*Cento e uma
Noites*

Cento e uma Noites
Histórias Árabes da Tunísia

Anônimo

Tradução, introdução e notas de
Mamede Mustafa Jarouche

wmf **martinsfontes**

Título do original árabe: KITAB MI'AT LAYLA WA LAYLA.
Copyright © 2005, Livraria Martins Fontes Editora Ltda.,
São Paulo, para a presente edição.

1ª edição *2001 (Hedra)*
3ª edição *2020*

Tradução, introdução e notas
MAMEDE MUSTAFA JAROUCHE

Acompanhamento editorial
Luzia Aparecida dos Santos
Revisões
Renato da Rocha Carlos
Maria Regina Ribeiro Machado
Dinarte Zorzanelli da Silva
Produção gráfica
Geraldo Alves
Paginação
Studio 3 Desenvolvimento Editorial
Capa
Katia Harumi Terasaka Aniya

Dados Internacionais de Catalogação na Publicação (CIP)
(Câmara Brasileira do Livro, SP, Brasil)

Cento e uma noites : histórias árabes da Tunísia / Anônimo ;
tradução, introdução e notas de Mamede Mustafa Jarouche. –
3ª ed. – São Paulo : Editora WMF Martins Fontes, 2020.

Título original: Kitáb Mi'at layla wa layla.
ISBN 978-85-469-0316-0

1. Contos árabes 2. Fábulas orientais 3. Fábulas orientais –
História e crítica I. Jarouche, Mamede Mustafa II. Título.

19-31856	CDD-892.73008

Índices para catálogo sistemático:
1. Fábulas : Literatura oriental : Coletâneas   892.73008

Cibele Maria Dias – Bibliotecária – CRB-8/9427

Todos os direitos desta edição reservados à
Editora WMF Martins Fontes Ltda.
Rua Prof. Laerte Ramos de Carvalho, 133 01325-030 São Paulo SP Brasil
Tel. (11) 3293-8150 e-mail: info@wmfmartinsfontes.com.br
http://www.wmfmartinsfontes.com.br

Índice

Prefácio: De 101 a 1001 VII

História das cento e uma noites 3
História do jovem mercador Muhammad Ibn Abdullah de Cairoão.................................. 19
História de Astro de Luz, filho do Preparador do Reino... 35
História da Ilha de Cânfora............................ 55
História de Záfir Ibn Láhiq............................. 67
História do vizir e seu filho............................ 83
História de Sulaymán, filho de Abdulmâlik ... 95
História de Mâslama, filho de Adbdulmâlik, filho de Marwán... 119
História de Maravilha de Beleza com o jovem egípcio.. 127
História do jovem egípcio e sua esposa......... 139
História do rei e seus três filhos 147
História do jovem das pulseiras..................... 155
História dos quatro amigos 165
História dos sete vizires................................. 173
História do rei e da serpente 217
História do cavalo de ébano 235

História do rei e da gazela 261
História do vizir Ibn Abi Alqamar com o califa
    Abdulmâlik Ibn Marwán................................. 275

Anexo 1
História do xeique Hadabi com Harun Arraxid . 285

Anexo 2
História de Ali Aljazzár com Harun Arraxid 317

Anexo 3
História de Mukábid Addahr, sua filha Izz
    Alquçur e Waddáh Alyaman........................... 331

Anexo 4
Os quatro prisioneiros e Harun Arraxid 341

Prefácio –
De 101 a 1001

O crítico tunisiano Mahmoud Tarchouna, primeiro e único editor árabe do *Livro das 101 noites*, observa que essa obra partilha com seu análogo mais ilustre, o *Livro das 1001 noites*, o (não tão) peculiar destino de ter sido traduzida para o francês antes mesmo que seu texto definitivo fosse fixado em árabe. No caso das *1001 noites*, o fato talvez se justifique: até hoje, o seu texto *definitivo* – aqui entendido como aquele cujo *corpus* seja reconhecido e atestado por manuscritos da mesma família – ainda é objeto de questionamentos e discussões. Assim, qualquer tradução das *1001 noites* que se pretenda honesta deve ter por base uma pesquisa em manuscritos, já que as mais usuais edições em livro, com exceção da edição do ramo sírio por Muhsin Mahdi, são em geral falhas e mal revisadas. Não é esse o caso, contudo, das *101 noites*: além do texto obviamente bem mais curto, seus poucos manuscritos, embora às vezes discrepantes entre si, não apresentam tantos problemas para fixação. Constituídas por histórias elaboradas, reelaboradas ou compiladas na Tunísia ou no Magrebe, as *101 noites* são representadas por apenas seis manuscritos, todos em caligrafia "cúfica", habitual no Ocidente árabe. Foram vertidas ao francês em 1911 pelo orientalista M. Gaudefroy-Demombynes[1], o qual, segundo avaliação de Tarchouna, optou por um manuscrito inadequado, pouco representativo do que teria sido o "ramo primitivo" da narrativa[2].

Seja como for, ao deparar com o título desta obra, a primeira indagação que ocorre a qualquer leitor é, certamente, a seguinte: quais as relações do *Livro das 101 noites*, concebido no Ocidente árabe, com o *Livro das 1001 noites*, produzido em seu Oriente? De uma perspectiva estrutural em sentido lato, parece que ambos apresentam acentuada semelhança: trata-se, com efeito, de histórias divididas em noites e narradas por uma personagem feminina cujo principal objetivo é salvar a vida. Mas, indo um pouco além dessa constatação mais ou menos acaciana, haveria, do ponto de vista genético, alguma relação entre os dois livros? Em outras palavras, um teria surgido do outro? Teria constituído o *Livro das 1001 noites* uma espécie de "versão ampliada" do *Livro das 101 noites*? Ou, pelo contrário, este último seria uma espécie de imitação resumida do primeiro? Pois, conquanto a leitura das histórias evidencie que a semelhança dos livros se resume ao enredo do "prólogo-moldura", às histórias do "cavalo de éba-

---

1. Nova edição: *Les cent et une nuits*. Sindbad, Paris, 1982.

2. Seria oportuno informar que na literatura árabe existem outros dois livros que carregam 100 ou 101 noites no título: o primeiro, impresso em Calcutá em 1814, chama-se *Livro de 100 noites das 1001 noites*, e é, como diz o nome, a edição feita pelo xeique Ahmad Shirwani das cem primeiras noites das *1001 noites*; o segundo, intitulado *101 noites* e publicado no Cairo em meados do século XX por Muhammad Ali Atiyya, constitui-se numa seleção de histórias das *1001 noites*, aparentemente adaptadas para consumo infanto-juvenil.

no" e dos "sete vizires", e à divisão da narrativa em noites – que se encerram, em geral, num momento de suspense –, ao leitor talvez permaneça a impressão – anacrônica – de que existiria, submersa, invisível ou subliminar, uma relação de referencialidade mútua entre os dois textos.

Tais questões suscitam problemas espinhosos. Pode-se pensar, entretanto, numa espécie de simultaneidade de elaboração: no Oriente árabe, o conjunto de histórias narradas por Xahrazad tendeu a ser dividido em 1001 noites, ou pelo menos a ter tal título; no Ocidente, mais econômico, as histórias que saíam de sua boca foram divididas em 101 noites. Cessam aí as semelhanças, em certa medida fortuitas, entre as duas obras. Do ponto de vista da articulação interna, afigura-se, à primeira vista, que na confecção das *1001 noites* os critérios poéticos eram por assim dizer mais sofisticados, conforme o demonstram as análises de críticos como Sandra Naddaf, André Miquel, Andras Hamori, Jamal Eddine Bencheikh, Abdalfattah Kilito, Muhammad Badawi, Ferial Ghazoul e Muhsin Mahdi, entre outros. As *101 noites*, ao contrário, exibem características mais tradicionais, presas à concepção de "história exemplar", da qual as *1001 noites* visivelmente se afastam[3]. Esse dado, por seu turno, pode até mesmo apontar para uma maior antiguidade do texto das *101 noites*. E existem outros elementos que serviriam para corroborar essa hipótese. Primeiro: as histórias provenientes da tradição árabe pré-islâmica[4] (como a do

---
3. Cf. Mahdi, Muhsin. "Exemplary Tales in the *1001 Nights*". *In*: *The 1001 Nights: Critical Essays and Annotated Bibliography*. Mundus Arabicus, nº 3, Cambridge, 1983, pp. 1-24.

4. Nas *1001 noites* também existem histórias desse período, mas introduzidas tardiamente.

rei e da serpente, noites 75-82), ou dos temas dos reis de Ád e Hímyar, punidos por sua prepotência – claramente semelhantes às narradas pelo cronista Wahab Ibn Munabbih, do século VIII d.C., no *Kitab attijan fi muluk Hímyar* ("Livro da coroa dos reis de Hímyar") –, além da recorrência de histórias com a temática da donzela-guerreira ao final domesticada, eventual resquício e reelaboração de lendas oriundas de um hipotético matriarcado em algum remoto passado pré-islâmico[5]. Segundo: quem examinar com um pouco de atenção a história dos sete vizires (noites 56-75) não deixará de notar que seu *corpus*, nas *101 noites*, é mais antigo que nas *1001 noites*[6].

---

5. Quanto a isso, seria instrutiva a leitura de: Mouna, Ziad, *Balqis, imraat alalghaz wa xaytánat aljins* ("Belquis, mulher de enigmas e demônio de sexo"), Beirute, Riad El-Rayyes, 1998.

6. E também bastante próximo do *corpus* da tradução espanhola do século XIII, conhecida por *Sendebar*; cf. Basset, René. "Deux Manuscrits d'une Version Inédite du Recueil des Sept Vizirs", *in*: *Journal Asiatique*, juillet-août, 1903, pp. 43-83, e Lacarra, Maria Jesús (org. e intr.). *Sendebar*. Madrid, Cátedra, 1989. Para uma coincidência interessante, confronte-se a história da cobra e do cão, embutida na história do filho do rei e dos sete vizires (noite 67), com um relato estudado por Jean-Claude Schmidt e resumido por Hilário Franco Jr. sobre "o surgimento do culto a um cão, ocorrido na diocese de Lyon. Pelo relato de um frade dominicano em 1257, o cão pertencia a um nobre que o matou julgando erradamente ter o animal devorado uma criança, quando na realidade a defendera de uma serpente. Descoberta a verdade dos fatos, o cão foi enterrado num poço diante do palácio e ali se plantaram árvores em lembrança do acontecido. Mais tarde o palácio foi destruído 'pela vontade divina' e a região tornou-se desabitada, mas os camponeses continuaram a ver o cão como mártir e em torno do local onde ele fora atirado desenvolveu-se um culto, pedindo-se sua intercessão sobretudo quando se tratava de crianças doentes. O dominicano que narra esses fatos pregou contra tal culto, fez queimar o corpo do animal e as árvores 'sagradas' próximas ao túmulo, ameaçando punir quem fosse venerar aquele local. Mas o culto ao cachorro santo persistiu até fins do século XIX [...]." *Apud*: *A Idade Média*, São Paulo, Brasiliense, 2001, p. 110; cf. ainda a bibliografia aí citada.

É certo que, nas *1001 noites*, a história dos sete vizires é inclusão tardia, ao passo que nas *101* ela é básica na constituição primeira do livro[7].

Conviria, de qualquer modo, fazer um ligeiro escorço da história de ambos: as 1001 noites são mencionadas em fontes árabes do século X, nomeadamente nos livros *Pradarias de ouro*, de Almasúdi, e *Catálogo*, de Annadim Alwarraq, volta e meia exumados pelos estudiosos; ademais, concretamente, existe um papiro do século IX no qual ainda se podem ler cerca de vinte linhas do "livro que contém histórias de mil noites"[8]. Seu manuscrito mais antigo, que pertenceu a Antoine Galland, data do século XIV e contém 282 noites – que devem pouco mais ou menos corresponder ao que foi seu núcleo dito "primitivo", elaborado a partir do século XIII. Aliás, não se pode falar de um único *Livro das 1001 noites*: necessário distinguir, nele, pelo menos três ramos bem distintos entre si: o sírio, o egípcio antigo e o egípcio tardio. E, em rigor, a quantidade de noites – quais sejam, mil e uma – só se completou na

---

7. Apenas duas narrativas dos "sete vizires" – "o marido ciumento e o papagaio" e "o filho do rei e a ogra" – fazem parte do ramo primitivo das *1001 noites*, e estão na história do rei Yunan e do sábio Duban. Mais tarde, aparentemente sem que os copistas atentassem para o fato, a história dos sete vizires foi reproduzida por inteiro – o que provoca a repetição daquelas duas narrativas. Por sinal, as histórias constantes dos "sete vizires" parecem ter sido desde sempre utilizadas para ampliar e/ou ilustrar outras narrativas. É o caso, por exemplo, de "lágrimas de cadela" (noites 66-67), que pode ser lida no tratado erótico *Arrawd alátir fi núzhat alkhátir* (conhecido no Ocidente como "O jardim perfumado"), do xeique Nafzawi (século XIII); cf. a edição crítica de Jamal Juma (Beirute, Riad El-Rayess, 1993, pp. 127-30).

8. Cf. Abott, Nabia. "A Ninth-century Fragment of the 'Thousand nights': New Light on the Early History of the *Arabian Nights*", *in*: *Journal of Near Eastern Studies*. Chicago, 1949, nº 8, pp. 129-64.

segunda metade do século XVIII. Tal fato indica que o livro, "capturado" pelo Ocidente em pleno processo de (re)elaboração, foi objeto, durante pelo menos seis séculos, de intermitentes tentativas de ampliação – é por isso que, de um lado, o número de noites dos manuscritos varia de 200 a 800 (sem contar, evidentemente, os tardios que contêm 1001) e, de outro, pode ser verificado tamanho número de discrepâncias, quer nas diversas histórias que constam da obra, quer nas variantes das mesmas histórias.

Não é o que sucede, diga-se desde já, com os manuscritos das *101 noites*, cujo número de noites corresponde, em todos, ao título do livro (o qual, a propósito e de maneira diversa das *1001 noites*, não é citado nas fontes antigas, cujo silêncio, tanto em relação ao livro como a seu suposto autor, um obscuro "xeique Fihrás", não chega a constituir, de modo algum, prova conclusiva de elaboração tardia)[9]. E, muito naturalmente, há histórias que constam de um manuscrito e não constam de outro, histórias que apresentam variações de um manuscrito para outro e, enfim, histórias em posições trocadas; nada que se assemelhe, todavia, à barafunda verificada nas *1001 noites*.

O manuscrito datado mais antigo das *101 noites* remonta ao século XVIII e, ainda que não haja provas conclusivas, deve refletir um *corpus* do século

---

9. O único autor a citar o "xeique Fihrás" é o turco Hájji Khalifa (1608-1657) na vasta enciclopédia sobre livros árabes denominada *Kaxf azzunún an asámi alkutub wa alfunun* ("Desvelamento das suposições a respeito dos nomes dos livros e das artes"), na qual afirma, laconicamente: "Cem noites, do xeique Fihrás [ou *Fihdás*], o filósofo; são cem narrativas [ou 'histórias'; o original traz *hikáya*]". Note-se que a descrição não corresponde ao livro, o que pode eventualmente indicar que o autor, talvez desconhecendo a obra, tenha procedido por ilação.

XIII[10]. O número de histórias acusa pequena variação, de 16 a 18; a tendência à ampliação radical só ocorre num manuscrito tardio do século XIX, no qual o copista, além de prolongar as narrativas, introduziu outras de fonte diversa, chegando a 29 histórias. Como se trata de obra na qual uma das linhas de força consiste justamente na apropriação e/ou reelaboração, numa palavra, na "refuncionalização" de histórias independentes ou pertencentes a outros conjuntos narrativos, a tarefa de separar o que estava em sua gênese do que foi incluído depois pode tornar-se bastante complexa, porquanto a inclusão, mesmo que tardia, de histórias de outras fontes implicaria um novo processo de refuncionalização; assim, a cada reescritura, ter-se-ia um novo livro, reestruturado e a um só tempo originário e diferido de si mesmo, num processo que, em tese, pode ser multiplicado ao infinito; mas às vezes se impõe um ponto de parada. Parece claro, *v.g.*, que "O filho do rei e os sete vizires", preexistente como narrativa autônoma e muito mais antiga, está entre as histórias que, por algum motivo, fizeram parte do livro desde sua elaboração, enquanto "O urso e o macaco", constante do livro *Sulwán almutá* ("O consolo dos poderosos"), de Ibn Zafar de Sicília, foi acrescentada ulteriormente[11]. Mas as variações mais intrigantes encontram-se no próprio "prólogo-moldura": embora

---

10. Ressalve-se que M. Tarchouna e M. Gaudefroy-Demombynes, o primeiro baseado em alguma fraseologia característica de Ibn Almuqaffa e Sahl Bin Harun e o segundo em alguns dados do enredo do "prólogo-moldura", aventam a hipótese de que o texto remonte ao século VIII ou IX, o que me parece um pouco arriscado, dada a contínua reposição, mesmo na literatura árabe mais tardia, de padrões de imitação da prosa antiga.

11. Ibn Záfar. *Sulwán almutá fi udwán alatbá*. Beirute, Muassasat Izz Addin, 1995, pp. 256 ss. (ed. de M. A. Damaj).

a narradora seja sempre Xahrazad, em alguns manuscritos é ela que se casa com o rei, enquanto, em outros, quem se casa é sua irmã, Dinarzad. Esta tradução, aliás, manteve o rei inominado, visto que seu nome suposto – "Dáram" – surge, nos manuscritos, em posições diferentes: em alguns, é o rei para quem o xeique Fihrás elabora o livro; em outros, é o nome do rei que se casa com Xahrazad. Mesmo assim, esse nome é ventilado apenas uma vez no "prólogo-moldura", o que indica a irrelevância da "individuação" e acompanha a tendência geral do texto de raramente atribuir nome aos personagens.

A título de curiosidade, leia-se, no "prólogo-moldura", o poema (*"as mulheres, ainda que descritas..."*) que faz a censura da perfídia e traição femininas: trata-se, na verdade, de transcrição, com alterações mínimas, dos versos de um certo "Jayyád" (ou "Jiyád"), poeta árabe anterior ao século IX, mencionados num tratado de retórica do século XI escrito por Abdulqáhir Aljurjáni[12]. Nas *101 noites*, tais versos são recitados pelo personagem que presencia a prática de adultério por parte da esposa do rei. Já nas *1001 noites*, essa tendência ao vitupério somente se manifestou nas versões do ramo egípcio, que também passaram a incluir versos do mesmo gênero logo após o episódio da mulher aprisionada numa arca pelo gênio, no "prólogo-moldura".

Tampouco passarão despercebidas ao leitor as constantes referências a relógios, autômatos, alarmes e outros engenhos, que parecem saídos de um texto de ficção científica. Na realidade, a crer nos cronistas medievais, ocorria no período uma dissemi-

---

12. Cf. Aljurjáni, Abdulqáhir. *Dalail alijaz*. Cairo, Dar Almadani, 1992, p. 13 (ed. de M. M. Shákir).

nação de saberes a respeito de tais objetos: em 1206, por exemplo, um artesão chamado Badi Azzamán Ismail Aljazari redigiu um tratado (*Kitab fi márifat alhíyal alhandasiyya*, isto é, "Livro que dá a conhecer as artimanhas mecânicas") sobre a produção de toda sorte de artefatos. E, recuando mais no tempo, pode-se cotejar um dos engenhos descritos no conto do "cavalo de ébano" (noite 83) com o seguinte relato do cronista medieval Eginaldo, a respeito de "um relógio, fruto de uma arte mecânica prodigiosa", enviado em 807 d.C. pelo califa Harun Arraxid ao imperador Carlos Magno: "Funciona a água e indica as horas que soam por meio de umas esferazinhas em bronze que caem sobre uma bacia de latão. Ao meio-dia, doze cavaleiros saem de doze janelinhas que logo se fecham atrás deles."[13]

Como palavra final, restaria dizer que a presente tradução, como se aludiu acima, baseia-se no texto da edição crítica estabelecida por Mahmoud Tarchouna (Tunis/Trípoli, Addar alarabiyya lilkitab, 1979). O trabalho de Tarchouna é excelente, consignando todas as variantes significativas no aparato crítico, do qual se lançou mão sempre que a leitura do original ou mesmo a opção do organizador pareceu discutível. Mantiveram-se todas as ocorrências da fórmula "disse o narrador", cujo uso, apesar de parecer um tanto ou quanto prolixo, é habitualíssimo na prosa árabe e, em geral, ou indica a retomada do discurso pelo narrador onisciente, ou re-

---

13. *Apud* Cipolla, Carlo M. *As máquinas do tempo*. Lisboa, Edições 70, 1992, p. 15. Cf. igualmente Losano, Mario G. *Histórias de autômatos*. São Paulo, Cia. das Letras, 1992, em especial o capítulo 2, "A mecânica árabe, autêntica herdeira da Grécia Clássica", pp. 23-39, e ainda Hill, Donald R. "Technologie", *in*: Rashed, Roshdi (org.). *Histoire des sciences arabes*, vol. III, Paris, Seuil, pp. 11-54.

mete para a própria concretude do ato narrativo; de outra parte, acompanhou-se o critério do organizador da edição árabe de incluir o nome das histórias – inexistente nos manuscritos, cujo único princípio para a divisão do texto é a própria sucessividade das noites. Merece igualmente explicação o procedimento adotado em relação ao *saj'* (prosa rimada) do original, recurso retórico-poético de ornamentação muito comum na antiga prosa árabe: a tradução procurou acompanhá-lo em algumas ocasiões – não todas, pois seu excesso em português é cansativo. Para a transcrição das palavras e dos nomes árabes, optou-se por um sistema simplificado. O tradutor agradece o precioso auxílio do professor Abdurrahman Asharqawi, da Universidade do Cairo, da escritora Afaf Assayyid e do livreiro Mamduh Ali Ahmad, bem como ao professor Mahmoud Tarchouna o gentil envio de um (raro) exemplar do *Livro do tigre e do raposo*, de Sahl Ibn Harun.

MAMEDE MUSTAFA JAROUCHE

---

* Nota à presente reedição
Recentemente, a arabista alemã Claudia Ott descobriu em Berlim um manuscrito até então desconhecido das *Cento e Uma Noites*. A data desse manuscrito, que ainda não foi editado e que em princípio se supôs remontar ao século XIII d.C., ainda é tema de discussões, mas, seja como for, o texto nele constante não altera de maneira substancial o estado da questão a respeito deste livro.

*Em nome de Deus, Misericordioso e
Misericordiador – e que Ele bendiga e salve nosso
senhor Muhammad e seus companheiros.*

*História das cento
e uma noites*

Disse o xeique Fihrás, o filosófico[1]: certo rei[2], tendo ouvido falar deste meu livro, mandou chamar-me e eu atendi; ao chegar, fui hospedado em seu palácio por um mês inteiro. Assim que se completou o mês, ele ordenou que eu comparecesse, e então me apresentei diante dele, que me disse: "Desejo pedir-te algo", e eu respondi: "Pede o que desejares." Ele disse: "Fala-me a respeito das cento e uma noites e prepara-me um livro que reúna tais histórias do começo ao fim", e eu respondi: "Sim."

Eu soube, ó rei – mas Deus conhece mais e melhor aquilo que está ausente –, que havia na terra da Índia um rei justo com seu rebanho[3]: todo ano rea-

---

1. Em árabe, "filósofo" é *faylasuf*. Como o original traz *faylasufi*, com partícula final de atribuição, julgou-se mais conveniente traduzir a palavra como "filosófico". Fihrás, como já se disse, é um nome praticamente desconhecido na literatura árabe. No manuscrito "3661 arabe", segundo informa M. Tarchouna, consta "Firmás".

2. O manuscrito "3661 arabe", depositado na Biblioteca Nacional da França, é mais preciso quanto à localização geográfica: "certo rei do Yêmen e dos Palácios da Felicidade".

3. Com exceção do manuscrito utilizado como base por M. Tarchouna, em todos os outros consta: "e cujo nome era Dáram Almahlul".

lizava um portentoso festival, no qual se reunia com seus companheiros e com os principais do país, a quem ele determinava que vestissem formosos trajes.

Ele providenciava comida e bebida, e todos comiam, citadinos e beduínos. Enquanto comiam e bebiam, o rei adentrava o palácio, desaparecendo de suas vistas por algum tempo e reaparecendo a seguir com a mais bela indumentária; sentava-se então no trono e ordenava que se trouxesse um enorme espelho indiano colocado numa carreta de metal, contemplava o próprio rosto e perguntava a seus companheiros e aos principais do país: "Acaso conheceis neste mundo alguém cuja figura seja mais bela que a minha?" "Não, ó majestade", respondiam eles.

Disse o narrador: o rei então demonstrava grande regozijo.

Certa feita, porém, quando o rei repetiu o gesto de todos os anos, levantou-se um velho xeique, dos maiores entre os principais do país, e lhe disse: "Muito cuidado, ó rei, com a vaidade, pois, se acaso fores a outras terras e visitares outros países, verás na terra da Babilônia, na cidade de Khurassan[4], um rapaz, filho de mercador, mais belo do que ti: a beleza dele é irradiante, e esplêndida a formosura." O rei então lhe disse: "Como poderei trazê-lo até mim? Se ele de fato for como dizes, prometo recompensar-te com abundantes cabedais. Se ele, porém, não for assim, por Deus que eu me vingarei de ti da maneira mais enérgica." "Ele não virá senão por meio de dinheiro e presentes", respondeu o xeique. "Concedido", disse o rei.

Disse o narrador: o xeique recolheu então, à sua conveniência, tudo quanto era mercadoria e presen-

---

4. Trata-se de evidente impropriedade geográfica, uma vez que Khurassan fica bem mais a Oriente, numa região hoje compreendida pelo Irã Oriental e pelo Afeganistão.

te. Construiu um grande navio e embarcou com os seus, zarpando e navegando com bons ventos durante dois meses inteiros, até que se aproximaram da cidade de Khurassan. Chegando ao porto, o xeique desembarcou, fazendo descarregar mercadorias e demais bens e deixando como encarregado pela embarcação um de seus companheiros. Comprou animais de carga e neles transportou tudo o que havia trazido da Índia até a cidade de Khurassan, onde se instalou na melhor hospedaria e alugou um espaçoso aposento com varanda, nele depositando todos aqueles pertences e mercadorias; depois, descansou.

Após três dias, ele saiu e se dirigiu à loja do khurassânida, no mercado dos droguistas. Cumprimentou-o e sentou-se à sua frente, e eis que o filho deste estava sentado numa esteira de brocado, com um turbante branco na cabeça, tal como descreveu o poeta:

Brilha o turbante em seu rosto
ou acaso é o rosto que nele brilha?
Pois é como se ambos fossem
luas cheias sumindo ao crepúsculo;
e quando se aproxima ou olha
ou quando sorri ou fala
de todos os membros agita, e o peito e as pupilas.

Disse o narrador: quando o xeique indiano entrou na loja do khurassânida pai do rapaz, mostrou-lhe algumas das mercadorias que havia trazido.

Disse o narrador: o perfumista ficou admirado, pois nunca vira aquilo em seu país. "Acaso sabes, ó Abu Muhammad, que eu não vim a esta terra senão por tua causa, pelo que ouvi a respeito de tua generosidade, fraterna amizade e boa convivência?", perguntou o xeique indiano. "Que Deus te abençoe e nos ajude a satisfazer aquilo de que és condigno. Eu te ajudarei em toda e qualquer situação e me esforçarei ao máximo para vender o que trouxeste", respondeu o khurassânida. "Que Deus te recompense por nós", disse o indiano.

Então o droguista chamou um de seus escravos e lhe dirigiu palavras que o xeique não compreendeu e, em seguida, voltando-se para o xeique, disse: "Por favor, meu senhor, talvez faças a gentileza de ir comigo à minha casa para comer de minha comida e para que entre nós se estabeleça segurança e um bom compromisso duradouro."

O indiano concordou e foi com ele e o rapaz. Quando chegaram à casa, o rapaz bateu à porta e eis que foi aberta por uma serva que parecia ramo de salgueiro chorão ou vara de bambu; assim que os viu, ela beijou o chão diante deles. Entrando, viram-se numa casa com um amplo corredor, e se dirigiram a uma sala que a brisa arejara e marcara, mobiliada com rico brocado; à direita bem como à esquerda havia camas com pés de ouro, e sentou-se cada qual num colchão. O droguista dirigiu-se ao filho, não mediante voz proferida e sim leve menear de pálpebras, e o filho por seu turno chamou a serva, que trouxe então várias espécies de saborosas iguarias: assim, eles mataram a fome com pães e carne de aves e mamíferos, que são os alimentos preferidos pela gente de Khurassan. O xeique indiano hospedou-se na casa do khurassânida, dignificado e respeitado, durante três dias, após o que foi instalado numa casa em frente, que foi provida de toda mobília e utensílios de que necessitava. O khurassânida ficou seu amigo, e jurou que não comeria nem beberia senão com ele, todos os dias, até que se tornaram como duas almas num só corpo. Certo dia, voltando-se para o khurassânida, o xeique indiano lhe disse: "Desejo mostrar-te tudo o que eu trouxe da Índia e de outras terras."

Quando o khurassânida ficou a par de tudo aquilo, e viu o que nunca tinha antes visto, o indiano lhe disse: "Ó Abu Muhammad, por que não envias teu filho comigo à Índia, a fim de que eu o apresente aos reis, líderes e mercadores? Ele será por eles conhecido, dignificado e bem-afortunado, e aprenderá o comércio, pois ele é um de seus membros, e noto que é esperto, inteligente e agudo." "Ele se casou com a prima há pouco tempo, e não poderá viajar senão após completar um ano de casamento. Mas caso tu, companheiro sem igual, permaneças conosco até se cumprir o prazo, eu o enviarei, como deferência a ti", respondeu o khurassânida.

Assim, o xeique indiano ficou até o rapaz completar um ano de casamento, quando então o khurassânida se voltou para o filho e lhe disse: "Ó Zahr Albasatin [Flor dos Jardins], sê responsável por ti mesmo e prepara-te para viajar com o xeique à terra da Índia a fim de veres outras cidades e conheceres reis e mercadores." "Ouço e obedeço primeiramente a Deus e a seguir a ti, meu pai", respondeu o jovem.

Disse o narrador: o pai então providenciou todo o necessário para a viagem, e eles enfim saíram da cidade, hospedando-se nas redondezas; porém, depois de se ter despedido da prima, o rapaz lembrou-se de ter deixado em casa certo objeto. Disse então ao xeique indiano: "Esqueci uma coisa em casa, meu senhor; espera-me, portanto, até que eu retorne."

Dirigindo-se daí para casa, encontrou o portão aberto. Entrou, gritou pela prima e nada de resposta. Foi para o quarto, ergueu o véu da cama e eis que sua prima dormia ao lado de um negro. Ao vê-la daquele jeito, a razão dele se apartou: pegou da espada e degolou-os, colocando a cabeça da moça no peito do negro e a cabeça do negro no peito da moça. A seguir, retornou ao ponto onde havia deixado o xeique, o qual, notando-lhe a alteração de cor e feição, indagou-o a respeito, mas o rapaz ocultou a ocorrência, e não falou com ninguém sobre o assunto. Avançaram, pois, até chegar ao navio.

Singraram mar adentro por muitos dias, durante os quais as alterações mais e mais se intensificavam no rapaz. Enfim, após passarem por sucessivas cidades da Índia, chegaram à cidade do rei, pois era ali que aportavam navios oriundos de toda parte. Assim que aportaram, foram cercados por canoas; logo a notícia chegou ao rei, as pessoas saíram com suas melhores roupas, bem como o próprio rei, sobre um formidável elefante a cuja direita havia dez bandeiras de variadas espécies de seda; pendentes da ponta da língua do animal, rubis cujo brilho praticamente seqüestrava o olhar.

O xeique indiano embarcou com o jovem Zahr Albasatin numa canoa até a terra firme; aproximando-se do rei, o xeique o cumprimentou, ao que aquele, após observar o jovem, disse na língua da Índia: "Ó Mudâbbir Arriyása" [Preparador da Governança] – era assim que chamavam o xeique –, "onde está a beleza a que te referiste?" "Atingiu-o no caminho, meu senhor, uma forte doença que lhe alterou cor e feição", respondeu.

O rei então ordenou que o jovem fosse hospedado na Residência da Generosidade, e que se despendesse o necessário para sua melhora e restabelecimento do cansaço da viagem. Essa residência ficava defronte do palácio do rei, e o xeique Mudâbbir Arriyása diariamente visitava o jovem, levando pomadas, remédios, beberagens, enfim, tudo quanto ele soubesse que lhe faria algum bem, mas o rapaz não fazia senão definhar cada vez mais.

Certo dia, cismando no que lhe sucedera por parte de sua prima com o negro, e como aquilo o fizera perder a cabeça, a lembrança quase o matou de tristeza; pôs-se, pois, de pé e começou a perambular de um ponto a outro. Notou então uma portinhola e empurrou-a até que se abrisse: surgiram então degraus de mármore branco salpicado de negro pelos quais ele subiu até o alto da residência, onde encontrou uma abóbada com quatro portas por meio das quais ele podia respirar os quatro ventos; as portas, de sândalo vermelho, marfim e ébano, haviam sido instaladas com pinos de ouro e prata; abriu-as e, correndo os olhos, localizou o palácio do rei, em cujo centro viu as altas árvores frutíferas e aves canoras de um jardim cujas águas, saindo da boca das estátuas, afluíam para cisternas de mármore branco salpicado de negro. No centro do jardim havia uma grande árvore de ramos entrelaçados e troncos curvados, como se fora uma tenda montada.

Disse o narrador: enquanto ele percorria o olhar, respirando a brisa daquelas flores e distraindo-se com o canto das aves, eis que ouviu um ruído proveniente de um dos lados do jardim; virou-se em sua direção e eis que uma porta se abriu daquele lado, dela saindo um grupo de quarenta moças que pareciam cada qual uma lua, cobertas de jóias e belas vestimentas; no meio delas, uma que parecia um sol pela luz invejado de tão brilhante; do cristal tinha a pureza, das rosas o semblante, das gazelas a fronte e as pupilas; usava um vestido tecido de ouro, e sobre a cabeça trazia uma coroa cravejada de todo tipo de pedra preciosa e aureolada de rubis; trazia um lenço na fronte, e era dela a melhor vestimenta. Munidas de tamborins, alaúdes, harpas, flautas e pandeiros, as moças começaram a dançar com arrebatamento, a balançar as cabeleiras e a agitar por sobre as mangas da roupa os talos das flores, espalhando-se pelo jardim e atingindo seu ponto mais elevado: foi quando o frenesi se manifestou por toda parte, e não se ouviam senão canções cantadas em círculo nem se viam senão pés batendo no chão; as moças, cuja beleza fazia brilhar o jardim, durante um bom tempo ficaram assim.

Disse o narrador da história: depois a moça mais bela gritou com as outras, e ao lado dela não houve uma que não batesse em retirada; então, após dirigir-se para a grande árvore já descrita e chegar debaixo dela, a moça bateu com o pé no chão: ergueu-se uma tábua e apareceu a boca de um túnel, do qual saiu um negro semelhante a uma palmeira elevada ou tronco delgado, frementes os lábios e chispantes os olhos. "Ó filha-da-puta, tu me abandonaste aqui sofrendo neste buraco de morte, ocupada em comer e beber?"; destarte ele ameaçava e ela assim se desculpava: "Meu senhor, juro, por teus direitos sobre mim, que eu não estava senão atarefada com o rei: meu objetivo é que o matemos e o destruamos a fim de que eu possa ser somente tua. Embora ainda não tenha podido, pois não encontrei uma forma, estou mesmo disposta a matá-lo, e estudo um estratagema para acabar com ele."

O negro então sorriu e gargalhou, e disse: "Deus proveja; meu amor por ti não acabou", e depois empurrou-a, derribando-a no chão, e fez com ela o que homens fazem com mulheres.

Quando o jovem khurassânida presenciou aquilo, pensou: "Ai ai! Eu aqui triste por causa da minha prima enquanto essa mulher do rei, dispondo de servas, todo tipo de roupas e jóias, dinheiro, comida copiosa e bebida à vontade, o trai apesar de tudo o que ele lhe deu! Que dizer pois de mim, que não chego a um décimo do que ela tem, ainda por cima compartilhando o poder e o dinheiro do rei?" Depois recitou o seguinte:

As mulheres, ainda que descritas como virtuosas
por quem da vida não mede os fatos nem os entende,
são com efeito carne que famintos cães espreitam:
se por acaso não a vigias, será então compartida;
dela hoje deténs segredos e confidências,
mas amanhã de outro serão sua boca e seu pulso:
tal como a casa na qual moras e que, desocupada,
amanhã nela adentra um desconhecido qualquer.

Concluída a recitação, o jovem pensou: "Por Deus que não manterei em meu coração o que eu vinha mantendo." Fechou a porta, desceu à residência e passou a comer e a beber: não se passaram nem dez dias e o jovem recuperou o vigor e a formosura. Extremamente feliz com aquilo, o xeique, após beijá-lo entre os olhos, foi informar o fato ao rei, que então ordenou a realização do festival, determinando sua divulgação por todo o país: que o povo acorresse com os mais belos adereços e as mais ricas vestimentas a fim de assistir ao festival no dia estabelecido.

No prazo estipulado, o povo se reuniu: beduínos e citadinos, todos usando os melhores adornos. E o rei – cujo adereço era o que ele habitualmente usava nessas ocasiões – determinou a seus companheiros que pusessem as mais belas vestimentas: eles assim fizeram e se instalaram em suas cadeiras. O rei também determinou a seus serviçais que pusessem roupas de brocado e cintos de púrpura cravejados de pérolas e corais; nas mãos, levavam conchas e leques. Ato contínuo, ordenou que se desse ao jovem khurassânida uma bela vestimenta; este então se enfeitou com os mais formosos atavios de Khurassan e postou-se diante do rei.

Disse o narrador: não houve, no conselho, quem não se levantasse para observar-lhe a beleza e perfeição.

Em seguida o rei estendeu a mão ao khurassânida, fê-lo sentar-se em seu trono e ordenou que se lhe trouxesse uma coroa, depositando-a na cabeça do jovem e apondo-lhe, ainda, um diadema na testa. Ordenou então que se trouxesse o espelho indiano, que foi conduzido na carreta até ser postado diante dele: aí contemplou o próprio rosto, depois contemplou o rosto e a figura do jovem no espelho; chamou então os membros do conselho: "Sede sinceros e não digais senão a verdade: quem é mais belo, eu ou este jovem?", perguntou-lhes. "Por Deus que nunca vimos, ó rei, ninguém mais belo do que ele neste nosso tempo", responderam-lhe. "Fostes sinceros e não pronunciastes senão a verdade", disse-lhes o rei, determinando então que o espelho fosse reposto em seu lugar e que todos, beduínos e citadinos, fossem alimentados. Quando terminaram de comer, ordenou-lhes que se retirassem, ficando a sós com o jovem.

O rei levantou-se, pegou da copa da espada, desembainhou-a e apontou-a para o rapaz, fazendo tenção de parti-lo ao meio. "Por que isso, ó rei, se eu não te fiz nenhum mal?", perguntou o rapaz. "É indispensável que me informes o que causou tais transformações em ti desde a tua chegada ao meu país", respondeu-lhe. Disse o rapaz: "Minha história, ó rei, foi assim e assado...", e contou-lhe o caso de sua mulher, de como a encontrara com o negro e de como a matara: "Isso transformou minha figura e corrompeu meu temperamento, por causa das tristezas e preocupações que invadiram meu coração." Depois, fez o relato do que presenciara no jardim do rei: o negro saindo do túnel, e o pacto que ele e a favorita do rei firmaram para liquidá-lo. "Quando vi o que vi, ó rei, consolei-me, abandonei as preocupações, expulsei a angústia de meu coração e voltei a pensar em mim e a comer e beber, até que minha saúde retornou e retomei minha beleza e formosura."

Disse o narrador: ouvindo suas palavras, o rei voltou-se para ele e disse: "Quem pode me confirmar o que mencionaste a respeito da moça e do negro?" "Vem comigo até onde me hospedaste; de lá, nós subiremos até a abóbada a fim de que possas ver com teus próprios olhos", respondeu-lhe. O rei levantou-se e disse: "Este é um dia de repouso e alegria." Depois tomou o jovem pelas mãos: "Segue na minha frente", disse-lhe. O jovem caminhou até a hospedaria, subiu até a abóbada, abriu-lhe a portinhola por meio da qual podia ver o jardim e começou a contar-lhe belas histórias.

Disse o narrador: enquanto ambos conversavam, ouviram um grande estrépito; o rei olhou naquela direção e eis que as moças caminhavam, a favorita do rei entre elas conforme o hábito, até chegar ao jardim, onde passaram a divertir-se dançando freneticamente com os cabelos. Subitamente acometido de ciúmes, o rei disse ao jovem: "Onde está o que mencionaste? Teu intento não terá sido somente desconceituar o meu harém? Fica sabendo que os reis não têm paciência com três coisas: a calúnia contra si, o envolvimento com seu harém e a revelação de seus segredos." Respondeu o jovem: "Não te apresses, ó rei: com um pouco de paciência, verás algo assombroso."

Disse o narrador: enquanto eles assim estavam, eis que a favorita gritou com as outras moças, as quais fugiram e se esconderam; ela se encaminhou então à árvore já mencionada e bateu com o pé no chão, levantando a tábua que tapava a boca do túnel, e dali saiu o negro, o qual bateu na mão da favorita e passou a censurá-la asperamente por causa de sua prolongada ausência. Ela se desculpou da mesma maneira que havia feito antes, e então ele a possuiu – com o rei vendo tudo. Disse-lhe o jovem: "O que estás achando, ó rei?", perguntou o jovem. "Nenhuma queixa contra ti", respondeu o rei.

Ato contínuo, o rei desceu, entrou no palácio, pegou a favorita e as moças que estavam com ela e degolou-as. Preparou a cabeça do negro e da favorita e as colocou num vaso, enviando-as ao jovem khurassânida. Vendo as duas cabeças, o jovem perguntou: "O que é isto, ó rei?" "São as cabeças do negro e da favorita", respondeu.

Daí em diante, o rei não quis mais casar-se com mulheres, e ficou com o rapaz até que este sentiu saudades de sua gente. Informou ao rei, que então lhe preparou uma embarcação, presenteando-o com valiosos tesouros e produtos da Índia. Despediram-se e o rapaz voltou para o pai. Quanto ao rei, ele ficou durante largo período sem se casar, até que enfim teve saudades do casamento e desposou uma bela moça: pernoitou com ela e, pela manhã, matou-a.

Com nenhuma mulher ele ficava mais de uma única noite: no dia seguinte a matava, e foi assim que ele deu cabo de quase todas as filhas de seus vizires, militares, parentes e principais do país.[5]

Seu principal vizir tinha duas filhas, a maior chamada Xahrazad e a menor, Dinarzad. O rei lhe dis-

---

5. A partir deste ponto, as diferenças da redação do "prólogo-moldura" entre os manuscritos se acentuam. Num deles, datado de 1268 H./1852 d.C., consta o seguinte:

Até que não restaram senão as duas filhas do vizir, a maior chamada Xahrazad e a menor, Dinarzad. O rei pediu uma delas, Dinarzad, em casamento. O vizir não pôde senão responder: "Concedido", e depois entrou em casa preocupado. Sua segunda filha, que se chamava Xahrazad, perguntou-lhe: "Por que te vejo preocupado?" Ele respondeu: "Como não ficar triste, se o rei pediu a mão da tua irmã em casamento a fim de ficar uma só noite com ela e a seguir matá-la? E se, depois, ele irá completar com ti, amanhã?" Ela disse: "Não te entristeças. Vai até ele e diz: 'As minhas duas filhas são muito apegadas uma à outra; assim, pede as duas em casamento e possui esta noite Dinarzad e, amanhã, Xahrazad, para que fique com a irmã, em outra casa, e se distraia com ela.'" O vizir assim agiu, e o rei disse: "Sim, eu as aceito." Disse o vizir: "E eu as concedo a vós."

Então o rei possuiu Dinarzad e, quando se aproximou o prazo no qual ele matava as esposas, Dinarzad disse: "Ó minha irmã Xahrazad, vem contar ao rei tuas belas histórias." E ela respondeu: "Sim", e começou a contar-lhe a história de Muhammad Ibn Abdullah de Cairoão. Ao ouvi-la, o rei a apreciou. Depois, raiou o dia e Xahrazad disse: "Por Deus que, se mantiveres minha irmã viva na próxima noite, eu te contarei uma história verdadeiramente mais assombrosa do que esta"; o rei disse: "Sim", e então saiu, não sem antes selar a porta do aposento, e dirigiu-se ao conselho de governo a fim de dar suas ordens e administrar o reino.

[*Disse o narrador:*] depois anoiteceu e o rei ficou com a jovem até o período estipulado, quando então acordou. Ao perceber que ele acordara, a jovem Dinarzad chamou: "Ó minha irmã Xahrazad, vem contar ao nosso amo as tuas agradáveis histórias", e Xahrazad começou a narrar-lhe a partir do ponto em que havia interrompido a primeira noite, até que Deus bem amanheceu a manhã, e o rei fez o mesmo que fizera no dia anterior. E ela ficou lhe contando histórias todas as noites, até que se completaram cento e uma noites e se verificou que Dinarzad estava grávida do rei; ele lhe deu plenas garantias de vida, e Xahrazad parou de se reunir com ele.

se: "Dá-me tua filha em casamento, ó vizir", e este lhe respondeu: "Ela é tua, meu senhor, e também a irmã dela. Nesta noite mesmo eu a mandarei para ti."

E, quando a noite escureceu, o vizir enviou sua filha mais velha, Xahrazad, até o palácio do rei. Depois de tê-la possuído e permanecido junto a ela, o rei se dispôs a matá-la, mas ela lhe disse: "Ó rei, se eu ficasse viva até a próxima noite, eu iria te contar uma história que nunca ouviste igual." E ele disse: "E por acaso tu sabes contar histórias?" Ela respondeu: "Sim." Então o rei ficou toda a noite com ela e, ao levantar-se, deixou-a, fechou a porta e lacrou-a com seu selo, ou seja, por meio de seu anel, e se retirou para o conselho em que tomava decisões e julgava.

Primeira noite

Quando foi a noite seguinte, o rei chegou, rompeu o lacre e dormiu com a jovem até a hora estipulada, quando então Dinarzad chamou: "Ó irmãzinha Xahrazad, conta ao nosso senhor uma de tuas belas histórias", e ela disse: "Sim", e começou a contar e o rei, a ouvir.

História do jovem mercador Muhammad Ibn Abdullah de Cairoão[1]

---

1. Cairoão, em árabe "Alqayrawán", cidade fundada em 670 d.C., hoje situada na Tunísia.

Ela disse: contam – mas Deus é mais sábio quanto ao que está ausente – que na cidade de Cairoão um mercador houve, de família de mercadores originário, dono de vastos cabedais e de próspera situação. Tinha ele um filho – das mais belas criaturas de Deus – ao qual ensinou todas as artes da cortesia e decoro, história e tudo o mais que fosse possível ensinar a um descendente de mercadores.

Quando a morte se aproximou, o mercador chamou o jovem e lhe disse: "Estou morto, meu filho: não há escapatória. Quero dar-te porém um conselho: aceita e não diverge de mim, se não te arrependerás." "E qual é ele, meu pai?", perguntou-lhe o jovem. "Não vendas nem compres a prazo", disse-lhe. "Sim, meu pai", respondeu.

O pai sobreviveu mais uns poucos dias e depois morreu, que Deus o tenha em sua misericórdia. O filho tomou então todo o dinheiro, reunindo dois mil dinares[2], e pensou: "Sou jovem e me estabelecerei no ponto de meu pai, aplicando-me na

---

2. No texto, genericamente, "dinar" se refere a moeda de ouro, e "dirham", a moeda de prata.

compra e venda e no toma-lá-dá-cá. Também, conforme me recomendou meu pai, não venderei nem comprarei a prazo."

Dirigiu-se então à loja do pai e, como este havia determinado, durante um ano dedicou-se a vender e a comprar, adquirindo nesse período, entre todos os outros mercadores, a fama de não vender nem comprar a prazo.

Disse o narrador: certo dia, instalado na loja, o jovem foi abordado por corretores: "Tu possuis, ó jovem, dois mil dinares. Se estiveres disposto a colocar em tua loja mercadorias no valor de doze mil dinares, nós te oferecemos essa possibilidade", disseram. "Como isso se daria?", inquiriu o jovem. "Não há dificuldade: basta que nos pagues uma comissão", responderam. E tanto insistiram que ele se dobrou, esquecendo-se da recomendação do pai.

Assim, os corretores trouxeram mercadorias de tudo quanto é canto, e ele as acolheu e pagou uma comissão a cada corretor. Mal tinha soado o chamado para a prece vespertina e já ele gastara os dois mil dinares e abarrotara de mercadorias as prateleiras. Mas o jovem passou do dia à noite sem vender nem comprar nada, e então foi para casa. E, quando Deus bem amanheceu a manhã, dirigiu-se à loja, onde passou do dia à noite sem vender nem comprar nada, fato esse que o afligiu e deixou deveras aborrecido. Retornou então para casa preocupado e triste; recordando-se da recomendação do pai, arrependeu-se amargamente do que havia feito. "Qual será a escapatória se algum dos proprietários exigir sua parte? O que direi? Vender as mercadorias de um e pagar a outro, perdendo assim o capital alheio e o meu próprio?", pensou de si para si.

Disse o narrador: enquanto ele estava assim sentado à porta de casa, eis que um velho xeique, amigo de seu pai, achegou-se a ele, cumprimentou-o e o jovem respondeu ao cumprimento. "O que te atingiu, prejudicou e afligiu?", perguntou o velho. "Desobedeci, senhor, ao meu pai: não perseverei na recomendação dele, nem a levei na devida conta, e por isso perdi dois mil dinares num só dia", respondeu o jovem. "Entra em tua casa e finge-te de doente: não entre nem saia ninguém, e, a quem perguntar, manda dizer: adoentado", disse então o velho.

E nesse ponto a aurora alcançou Xahrazad, e ela parou de falar. O rei levantou-se admirado: "Como é boa a tua história, moça!", disse. "Isso não é nada comparado ao que pretendo contar-te na próxima noite, se eu ficar contigo", respondeu ela. O rei fechou então a porta, selando-a com o selo real, e se dirigiu para o trono.

Segunda noite[3]

Disse o filosófico Fihrás:

Quando foi a noite seguinte, o rei chegou e, conforme o costume, rompeu o selo real e dormiu com a moça até o período habitual. Então Dinarzad chamou: "Xahrazad, minha irmã, conta ao rei nosso senhor tuas belas histórias."

Disse ela: "Sim."

O jovem se fez de doente e o velho ficou com ele durante a noite. Quando amanheceu, foi ao mercado e dirigiu-se a um estabelecimento freqüentado

---

3. No manuscrito de 1268/1852, consta o seguinte comentário, diretamente endereçado ao leitor, no início da segunda noite:

Eu sei – que Deus se apiede de ti – que tu dirás: "Mas este é um discurso curto para cada noite." Contudo, é possível que o autor o tenha resumido, por temor da prolixidade.

pelos mercadores, que lhe conheciam a generosidade e honestidade; sabedores de que ele constantemente visitava o jovem mercador, inquiriram-no a respeito. "Está doente", disse-lhes, e foi andando de loja em loja, e a quem lhe perguntasse sobre o jovem ele repetia "Está doente", até que rodou o mercado todo, do começo ao fim, e todo o mercado soube que o jovem estava doente.

No terceiro dia, o velho chamou outros dez velhos e um pregoeiro; foram ao mercado e ele lhes disse: "Ó gente, que Deus tenha misericórdia de todos, quem dentre vós for generoso e desejar que Deus lhe facilite a vida, que assista ao enterro do jovem e íntegro mercador: é o enterro de Muhammad Ibn Abdullah de Cairoão, morto ontem, que Deus tenha dele misericórdia."

Disse o narrador: então as pessoas se agitaram e depois lamentaram. O velho foi à loja, tomou uma peça de tecido, dela cortando uma mortalha, e deu algumas moedas a um homem a fim de que comprasse essências e outros apetrechos necessários ao morto. Vendo aquilo, os negociantes e proprietários das mercadorias foram ao velho e lhe disseram: "Ó xeique, o jovem comprou muitas mercadorias nossas mas não nos pagou nada." O velho lhes respondeu: "Nada sei do que estais falando, pois ele só comerciava com capital próprio: não comprava nem vendia a prazo." Disseram-lhe: "Mas nossos capitais estão com ele."

Disse o narrador: o velho então gritou: "Ó mercadores! Por acaso tendes notícia de que este jovem, desde que começou nesta loja aqui perto de vós, fazia transações a prazo?" Responderam todos: "Nunca o vimos fazer transações a prazo." Então os requisitantes ficaram confusos, sem saber o que fazer.

Havia entre eles um negociante que de tudo experimentara e a quem o tempo muito ensinara; ele se aproximou do velho: "Perderei então todo o capital, meu senhor? Indica-me o que fazer!", sussurrou-lhe ao ouvido. "Compra teu capital com capital. Dá-me os dois dinares da comissão e leva tuas coisas", disse-lhe o velho. "Sim", aceitou o negociante, dando-lhe os dois dinares e recolhendo as mercadorias. Todos os negociantes então cercaram o velho: "Por que entregaste as mercadorias dele?", perguntaram. "A verdade é que antes de morrer o jovem me ditou o testamento", disse-lhes.

E nesse ponto a aurora alcançou Xahrazad, e ela parou de falar.

Terceira noite

Disse o filosófico Fihrás:
Ela disse: deu-se então, meu amo, que um outro negociante questionou a respeito. O velho lhe repetiu a história, bem como para todos os outros requisitantes: assim, todos lhe pagaram dois dinares e retiraram suas mercadorias. Em seguida, o velho recolheu as mercadorias do jovem acrescidas de mil dinares; reuniu tudo na loja, trancou os armários e a loja e dirigiu-se para a casa do jovem, chorando e acompanhado por um grupo de pessoas que também choravam e pelos velhos do lugar, um dos quais levava nas mãos a mortalha e as essências. Quando se aproximavam, ouviram, proveniente da casa do jovem, um escarcéu cujo alvoroço repercutira nas redondezas por causa do forte júbilo dos gritos. O caso é que o velho já havia combinado com eles, recomendando o seguinte: "Quando eu chegar com

as pessoas e os velhos à porta da casa, levantai-vos todos, vinde encontrar-nos no meio do caminho e dizei: 'Nosso amo está vivo; na realidade, ele apenas havia sofrido um desmaio, mas hoje tudo passou e ele já acordou.'" Assim, quando os serviçais alcançaram o cortejo, o velho lhes perguntou: "O que ocorreu?" Responderam-lhe: "Nosso amo acordou do desmaio." O velho afetou então grande felicidade e, voltando-se para os demais velhos, agradeceu-lhes a boa ação, não sem antes distribuir dinheiro na casa do jovem e dar de esmola a um pedinte as essências e a mortalha. Todos se retiraram e o velho foi perguntar ao jovem: "Que tal te pareceu, filho, a minha artimanha para com eles?" "Tu és uma excelente pessoa, tio", respondeu o jovem. "Nunca mais faças isso; persevera na recomendação de teu pai", disse o velho, que em seguida observou: "Permanece dentro de casa e não apareças diante de pessoa alguma; ninguém o visite durante trinta dias." "Sim", respondeu o jovem.

Disse o narrador: ele fez o que o velho determinou. Quando se completaram os trinta dias, o jovem resolveu sair da cidade e viajar. O pai também lhe havia recomendado o seguinte: "Se viajares acompanhado, meu filho, não andes junto da caravana; fica dez milhas atrás ou adiante." Assim, tomada a decisão, o jovem despediu-se dos familiares e do velho, arrepiando caminho de sul a norte e de leste a oeste.

Disse o narrador: certo dia, enquanto ele viajava – cerca de dez milhas adiante da caravana –, ouviu uma voz que o chamava pelo nome: "Ei, Muhammad Ibn Abdullah de Cairoão!" O jovem correu pois o olhar em direção à voz, e viu então um rochedo na beira do caminho; aproximou-se, e eis que atrás da rocha havia uma moça nua, sem absolutamente nada que a protegesse. "Quem és, moça?", perguntou. "Sou filha de fulano, o mercador", respondeu ela, mencionando o nome de um mercador conhecido, amigo do pai do jovem.

E nesse ponto a aurora alcançou Xahrazad, e ela parou de falar.

Quarta noite

Disse o filosófico Fihrás:
Ela disse: deu-se então, meu amo, que o jovem disse: "E quem é que te pôs neste lugar, moça?" Ela respondeu: "Eu estava viajando com meu pai quando ladrões nos atacaram; mataram os membros da caravana e levaram meu pai aprisionado. Consegui escapar fugindo até este local; agora, meu senhor, solicito teu socorro." Então, ele agasalhou-a com uma de suas roupas, colocou-a na garupa e dirigiu-se até o ponto de encontro com a caravana; fê-la apear-se e montou tenda; eram passados uns poucos instantes e eis que os demais companheiros de viagem os alcançaram; ele lhes ordenou que desmontassem e logo eles desmontaram; entregou em seguida alguns dirhams a um de seus escravos, o qual comprou um cabrito, que foi degolado e cozinhado para os companheiros. O jovem colocou uma porção de carne e pão num prato e levou-o para a moça. Observando-a então, e a seu rosto que parecia um pedaço da lua ou uma barra de prata, sentiu-se atraído e pensou: "Quando a noite escurecer e dormirem todos os olhos, virei até ela e satisfarei meu desejo."

E, mal a noite escureceu e dormiram todos os olhos, ele se levantou e caminhou até a moça, mas dela não encontrou traço nem vislumbrou rastro. Ficou espantado e pensou: "Quem dera eu soubesse! o que aconteceu? quem era ela? seria da raça humana ou dos gênios?" Dormiu aquela noite pensando na moça, e, quando Deus bem amanheceu a manhã, a caravana retomou a viagem; ele ajaezou a camela e tomou a dianteira.

Quando já ia adiantado em seu caminho, eis que ouviu uma voz que o chamava pelo nome: "Ei, Muhammad Ibn Abdullah de Cairoão!"; voltou-se para olhar e viu a moça atrás de uma pedra na beira do caminho, da mesma forma que estava no dia anterior. Ele se aproximou, cumprimentou-a e ela respondeu: "Ó pérfido, quiseste ontem trair o Todo-Poderoso! Por que não te contiveste até poder fazê-lo de forma lícita? Mas teu pecado é perdoável: és ainda muito jovem e não tens experiência de vida." Então o jovem deu-lhe uma roupa, ela a vestiu e ele colocou-a na garupa, dirigindo-se até o ponto de encontro com a caravana, onde a fez apear-se e montou tenda, conforme o hábito. E, durante o dia, nada demonstrou; mas, quando foi no meio da noite, encaminhou-se até ela a fim de fazer o mesmo que pretendera fazer na primeira noite. Ao entrar na tenda, porém, dela não encontrou traço nem vislumbrou rastro. Passou então a procurá-la entre os companheiros de viagem; não a encontrou e ficou espantado, arrependido e preocupado.

Quando Deus bem amanheceu a manhã, a caravana marchou e o jovem tomou a montaria e arrepiou caminho na dianteira da caravana, conforme o hábito. E foi assim que, avançando por uma região desértica, ele ouviu o chamado: "Ei, Muhammad Ibn Abdullah de Cairoão!" Voltou-se e eis que era a moça nua. Avançou em sua direção, cumprimentou-a, ela respondeu e lhe disse: "Ó pérfido, quiseste ontem desobedecer ao Todo-Poderoso, e cometer o mesmo ato da primeira noite! Mas teu pecado é perdoável, pois nós não fomos criadas senão como tentação para os homens." E o jovem tirou uma peça de roupa, agasalhou-a, colocou-a na garupa – como já se tornara hábito – e cavalgaram tanto que o sol fortíssimo quase os queimou. Ela então disse: "Por Deus, meu senhor, que o sol está nos fazendo mal. Desvia por aqui até aquela árvore, sob a qual eu sei que há uma fonte d'água. Assim nos protegeremos na sombra, beberemos água da fonte e descansaremos até que o restante da caravana nos alcance e o dia esteja mais fresco"; ele disse: "Excelente a tua sugestão." Então, a moça apontou o lugar, no qual seria impossível à caravana alcançá-los.

Quando chegaram à árvore, ele pensou: "É agora que vou saciar o meu desejo nesta moça e derrotá-la para conseguir meu intento." Enquanto ele cismava no que fazer, eis que a moça se pusera de pé, e agora o agarrava e erguia e célere o lançava ao chão. Depois, amarrou-o e o prendeu à árvore.

E nesse ponto a aurora alcançou Xahrazad, e ela parou de falar.

Quinta noite

Disse o filosófico Fihrás:
Ela disse: deu-se então, meu amo, que, quando acordou, o jovem viu-se amarrado à árvore. Perguntou-lhe: "O que é isso?" Ela respondeu: "Caso estejas presumindo que alguém vai te salvar de mim, esquece: há anos e anos que eu espero botar as mãos em ti, mas não te encontrei nem tive forças. Mas agora, que caíste nas minhas mãos..." Depois ela montou o cavalo, colocou o jovem na garupa e avan-

çou por terras inóspitas até um palácio isolado no meio do deserto, cercado de árvores frutíferas e rios; fê-lo apear, amarrou-o a uma árvore, deixou-o e se foi. E assim ele passou o resto do dia.

Quando findava a tarde, eis que dez cavaleiros saíram do palácio, comandados por um que estava montado num formidável elefante, e outro num leão. Quando se aproximaram do jovem, o cavaleiro montado no leão perguntou: "Quem será o cavaleiro ali amarrado? Informaram-me que neste local não entra ninguém!" Respondeu-lhe um dos companheiros: "Presumo que seja um estrangeiro de terras distantes, surpreendido por ladrões que lhe levaram o dinheiro e o abandonaram neste local, não sem antes o deixarem do jeito que vós estais vendo." E, avançando em sua direção: "Ele será nosso hóspede esta noite." Soltaram-no então e introduziram-no com eles no palácio: e o que o jovem viu era um indescritível palácio, que a brisa arejara e a mão humana trabalhara. O cavaleiro que montava o leão instalou-se num colchão, bem como cada um dos cavaleiros; convidaram-no a alimentar-se, e se puseram a comer e beber até o cair da noite. Logo que escureceu, trouxeram velas que foram espetadas em hastes de ouro, e continuaram comendo e bebendo até ficarem embriagados: os turbantes então voaram de sobre as cabeças, surgindo longas cabeleiras de mechas grossas como a cauda de um camelo, e eis que eram moças em vestes masculinas, e a moça que montava o leão era a mesma que o aprisionara. "Que te está parecendo, Muhammad Ibn Abdullah de Cairoão? Por Deus que não sairás jamais deste palácio, e aqui terás da comida e bebida que desejares", disse ela. O jovem ficou então, durante dez dias, comendo e bebendo do bom e do melhor. No décimo primeiro dia, a moça voltou-se para ele e disse: "Desejávamos-te só para nós, Muhammad Ibn Abdullah de Cairoão. O teu desejo, porém, só se realizará quando voltarmos de uma viagem cuja necessidade se impôs. Ficarei afastada de ti, portanto, durante sete dias, e na volta se dará o que ambos desejamos. Mas há uma condição." Ele perguntou: "E qual é a condição?" Ela respondeu: "Mexe no que quiseres, menos ali", e apontou para um aposento situado no fundo do palácio; depois, despediu-se e partiu diligentemente com suas serviçais.

Durante cinco dias o jovem comeu e bebeu. Mas no sexto dia, acometido por terrível tristeza e aborrecimento, disse: "Por Deus que depois disso só a morte. E por Deus que abrirei aquele aposento para ver o que há nele: não vai acontecer senão aquilo que Deus quiser. Por Deus que estou detestando a vida neste mundo!" E recitou:

> *Um estrangeiro rememora o passado,*
> *e o coração lhe arde qual brasa infernal;*
> *mas, se Deus decidiu meu exílio,*
> *então, bela paciência com tal decisão.*

Ato contínuo, abriu a porta do aposento e entrou, mas nada encontrou. Pensou então: "Por Deus que isto é espantoso!" E assim se espantando e contemplando, eis que notou dois túmulos no aposento; aproximou-se e viu que sobre eles havia quadros de mármore com inscrições em alfabeto indiano, impossíveis de entender. Enquanto espichava a vista, vislumbrou entre os túmulos, no solo, uma prancha de ferro com argola de prata branca. "Esta prancha não está senão sobre algo que dá saída do palácio; ela só me proibiu de entrar neste local a fim de impedir que eu saísse", pensou. E, pegando na argola, pôs-se a girá-la, e eis que a prancha se ergueu, surgindo então a entrada de um túnel ao qual escadas davam acesso.

E nesse ponto a aurora alcançou Xahrazad, e ela parou de falar.

Sexta noite

Disse o filosófico Fihrás:

Ela disse: deu-se então, meu amo, que o jovem dirigiu-se à escadaria; tendo descido cinco degraus, porém, eis que a prancha se fechou acima dele e o local escureceu. Quis retroceder, mas não encontrou maneira; tentando erguer a prancha, verificou que ela estava fixa e não conseguiu movimentá-la. Certo então de que estava tudo acabado, pensou: "Eis-me aqui morto; este lugar será meu túmulo." Depois, desceu até o último degrau, e, vendo-se em meio a um imenso pátio, começou a caminhar por ele, e eis que divisou uma luz brilhante; virando-se para aquela direção, ouviu som de água corrente e foi para lá: eis que era uma gruta da qual a água escorria rumo a um prado mais perfumado que almíscar, cortado por um rio verdejante à cuja beira o almíscar se espalhava, ou seria quiçá essência de âmbar.

Disse o narrador: maravilhado com aquela beleza verdejante, o jovem contemplava o rio, quando notou em seu centro canoas de madeira da Índia, apinhadas de donzelas que pareciam luas; nas mãos esvoaçantes levavam adufes; dançavam com os cabelos e estavam vestidas com uma espécie de seda vermelha; adiante do rio, assentada em estacas de cobre amarelo, uma tenda branca permeada de fios de seda verde, com as cortinas erguidas: em seu centro, um formidável colchão ornamentado com toda qualidade de seda e brocado, e sobre ele uma moça que era a mais formosa dentre todas as criaturas que já se houvessem posto de pé neste mundo, fossem árabes ou estrangeiras; ao seu redor, quarenta servas com mantos e adereços, e em sua cabeça uma coroa cravejada de toda classe de pérola, rubi e gema, que equivaliam à riqueza do universo inteiro. Assim que as donzelas viram o jovem saindo da entrada da gruta, ocorreu enorme gritaria e elas fugiram das canoas, correndo para a direção oposta à da tenda. Havia, nas proximidades daquele rio, uma construção suntuosa de pedra branca cortada e mármore talhado.

Disse o narrador: enquanto o jovem contemplava aquela construção, eis que se viu próximo de quarenta escravos vestidos de cafetãs e armados com maças de ferro. Cercaram-no e disseram: "És humano ou gênio?" Ele respondeu: "Sou humano." Disseram-lhe: "Como então chegaste até aqui e saíste daquela gruta, que pertence aos gênios?" Depois, tendo-lhes ouvido gritos, gemidos e palavras incompreensíveis, o jovem disse: "Eu sou humano e não entendo nada do que estais dizendo." Nessa altura, eles o pegaram, carregaram até a construção e o encaminharam ao rei. "O que é isto?", perguntou o rei. "Nós o vimos, ó rei, saindo da gruta dos demônios, e então o conduzimos até vós", responderam. Ouvindo aquilo, o rei ficou muito contente e perguntou-lhe sobre seu estado; o jovem relatou-lhe toda a história, e o que lhe havia sucedido com a moça-gênio.

"Tu, meu jovem, foste quem eu vi em meus sonhos; preocupei-me contigo, pois meu reino não continuará senão por teu intermédio", disse o rei. "Faze comigo o que Deus quiser, ó rei", respondeu o jovem.

Disse o narrador: neste ponto, o rei convocou os líderes do povo, os principais do país e os vizires; casou o jovem com sua filha e lhe fez um grandioso festival, jamais visto por quem quer que fosse. O jovem permaneceu junto a ele por um curto período, pois logo o rei morreu, e ele foi entronizado; mandou trazer toda a parentela e reunir as pessoas a quem amava, e todos chegaram até ele na mais perfeita condição. O jovem estabeleceu-se então com eles em seu reino, com comida e bebida abundante, até que lhes adveio aquilo de que não há escapatória, e graças a Deus findou-se a história.

História de Astro de Luz, filho do Preparador do Reino

Depois ela disse: conta-se, ó rei, que certo monarca houve que dominou a terra de sul a norte e de leste a oeste. Seu nome era Mudâbbir Almulk [Preparador do Reino], filho de Táj Alizz [Coroa da Glória]. Ele tinha um filho chamado Nijm Addayá [Astro de Luz], de belas feições e que aprendera a montar a cavalo, jogar lança e lutar com espada; desafiava cavaleiros e campeões. Um dia, seu pai, tencionando casá-lo com uma filha de rei, reuniu os líderes de seu povo e de sua família.

E nesse ponto a aurora alcançou Xahrazad, e ela parou de falar.

Sétima noite

Disse o filosófico Fihrás:
Ela disse: deu-se então, meu amo, que o rei, estando reunidos parentes e afins, disse-lhes: "Pretendo casar meu filho. Indicai-me, pois, uma jovem, filha de rei, que seja a mais bela das criaturas de Deus, e eu a tornarei esposa de meu filho Nijm Addayá."

Então, levantou-se dentre as pessoas um velho entrado em anos, que já havia visitado todos os países e terras e feito amizade com as gentes de todo tempo e lugar. "Ó rei venturoso, dar-te-ei a conhecer uma moça cuja beleza neste tempo não tem equivalente. Seu nome é Náyrat Alixráq, filha de Jarrár Alizz, soberano da terra de Nawawir e dono dos palácios de Alazhár", disse o velho. O rei mandou providenciar um admirável presente, que ninguém jamais houvesse visto igual, e o enviou ao pai da moça por meio de um de seus vizires, acompanhado por um grupo de seus homens. Eles viajaram até chegar à terra do rei Jarrár Alizz, pai da moça. Além do presente, levavam uma carta na qual o rei Mudâbbir Almulk declarava sua intenção de tornar a moça sua nora, estabelecendo-se assim entre ambos os soberanos uma relação de afinidade.

Logo que o presente chegou a suas mãos, Jarrár Alizz foi até os membros da comitiva, recepcionou-os muito bem, hospedou-os num belo recanto de seu palácio, cumulou-os de gentilezas e aceitou o presente. O vizir e seus homens foram hospedados durante um mês completo, após o qual o rei determinou que se celebrasse o contrato de casamento, realizando um formidável festival; também tratou de providenciar um maravilhoso presente e enviou a filha com o vizir.

Quando a moça chegou com o presente, o rei Mudâbbir Almulk hospedou-a num formoso bosque cujas bordas, plenas de aves canoras e flores aromáticas, recendiam a almíscar, cortado por um aprazível rio verdejante, cuja beleza espantosa toda pessoa inteligente almejaria contemplar. Nesse bosque, chamado de Bosque das Iluminações e apelidado de Bosque das Flores, montara-se um pavilhão de rico brocado, com fios de seda vermelha e estacas de cobre amarelo, em cujo topo haviam colocado pedras de rubi cujo brilho seqüestrava a vista e monopolizava os olhos de quem olhava; as pedras pertenciam a uma estátua de ouro amarelo. Em seguida, o rei determinou às escravas que se ornassem com os mais belos adornos e se dirigissem ao local munidas de tambores, alaúdes, harpas e adufes e vestidas com roupas de brocado. Armou tendas e pavilhões por toda parte, fez para o filho uma coroa e preparou um grandioso banquete, a fim de que todos comessem, citadinos e beduínos.

Disse o narrador da história: então, o rei ordenou a seus ginetes que vigiassem os contornos daquele bosque, protegendo-o de todo perigo. E assim o filho do rei entrou no pavilhão acompanhado da jovem Náyrat Alixráq; sentaram-se, e comeram e beberam até a embriaguez. O jovem, que dormira sem colher seu intento, não acordou senão em virtude da luz do sol batendo-lhe no rosto; procurou a moça e nada. Foi até a entrada do pavilhão e encontrou então vinte servas degoladas. Vendo aquilo, soltou um grito fenomenal, e todos os homens e ginetes que vigiavam o local se reuniram ao seu redor. "O que te atingiu, amo e senhor, e o que te perturbou?", perguntaram-lhe. Ele então lhes informou de tudo e lhes indagou se ontem alguém ouvira algum grito. "Por Deus que nada percebemos, embora nenhum de nós tenha abandonado a sela", responderam.

A notícia chegou ao pai do jovem, e ele saiu com o exército à procura de quem teria feito aquilo. Enviou os ginetes aos pontos extremos do país, de sul a norte; todos procuraram notícias da jovem Náyrat Alixráq, mas nada localizaram.

Para o filho do rei, a perda da moça consistiu numa terrível desgraça. E não cessou de pedir ao pai uma oportunidade de procurá-la até que este, certo dia, distraiu-se com uma obrigação qualquer; o moço tomou então um corcel de raça, os relhos, provisões suficientes para alguns dias, e saiu da cidade devassando as terras de cima a baixo. Nem o pai nem nenhum de seus homens nada souberam a seu respeito até a manhã do dia seguinte; somente então foram enviados em seu encalço alguns ginetes, os quais retornaram sem resultados: não haviam encontrado vestígio algum do jovem. O rei ficou muito triste e arrependido daquela distração.

Quanto ao jovem, ele vagou por dias e noites até chegar a uma colina sob a qual viu um grande palácio, de árvores e frutas repleto e de águas e rios abundante. Contemplou-o e eis que, para além de um rio, havia outra colina elevada, e sobre ela um pavilhão armado; dirigiu-se até lá e disse: "Convosco esteja a paz! É um apaixonado quem vos chega." Logo que encerrou a fala, eis que a entrada do pavilhão se abriu e suas cortinas se ergueram, e dela saiu um jovem de formosa face e boas roupas; era de fato uma bela figura, que, chorando, respondeu: "Que a paz esteja contigo"; curvou-se respeitosamente e recitou:

É só minha lágrima efêmera que o segredo diz,
o segredo que é só dos mares do abandono;
se acaso a paixão te deixa louco, tudo bem:
de permeio, na loucura, entrevejo bom repouso.

E nesse ponto a aurora alcançou Xahrazad, e ela parou de falar.

Oitava noite

Disse o filosófico Fihrás:

Ela disse: deu-se então, meu amo, que o filho do rei disse: "Por que, ó rapaz, te vejo lacrimosos os olhos e transtornada a razão?" Respondeu: "Eu sou, ó jovem, descendente de árabes. Saí para um passeio neste rio com minha mulher, e então adormeci; quando acordei, não a encontrei; nem sei se ela subiu aos céus ou se afundou na terra." Disse o filho do rei: "Isso é algo verdadeiramente assombroso! Não há desgraça depois da qual não sobrevenha outra muito maior." Dito isto, o filho do rei descavalgou, entrou com o rapaz no pavilhão e ali dormiu naquela noite. E, quando Deus bem amanheceu a manhã, o filho do rei disse: "Acaso conheces, por aqui, uma construção nova, um palácio recém-construído? Ou presumes conhecer quem possa ter cometido o seqüestro?" O rapaz respondeu: "Sim, eu conheço aqui um lugar no qual há um palácio de construção recente. Nele vive um cavaleiro tão temível que em cujo fogo ninguém se aquece, e em cuja vizinhança ninguém mora." O filho do rei disse: "Vamos até lá." Então montaram e avançaram ambos até o palácio, e o que viram foi uma construção maravilhosa e indescritível. Apeando-se, aproximaram-se e eis que uma porta se abriu, dela saindo uma serviçal negra que perguntou: "Quem sois vós?" Responderam: "Somos estrangeiros e perdemos a rota. Vendo este palácio, viemos em busca da hospitalidade do dono para passar esta noite." Ela disse: "Sede muito bem vindos", entrou e trouxe-lhes uma tenda, que foi montada em frente ao palácio, em meio ao bosque; trouxe ainda comida e bebida, e providenciou-lhes o necessário para aquela noite.

Então, quando Deus bem amanheceu a manhã, o filho do rei procurou o rapaz, e o encontrou degolado à entrada. Ao vê-lo, disse: "Não há recurso ou força senão em Deus altíssimo e poderoso." Voltou à tenda, armou-se, montou o corcel e saiu, e eis que a porta do palácio se abriu e dela saiu, montado num corcel de raça, um cavaleiro, que avançou até ficar próximo do filho do rei; soltou então um grito estrepitoso, lançando-se contra ele e atirando-lhe uma lança, da qual o filho do rei se desviou; ato contínuo, também soltou um grito violentíssimo em direção ao cavaleiro. Combateram-se durante longo período, e eis que o filho do rei, soltando um grito, avançou como um leão sobre o cavaleiro; arrancou-o da sela, pendurou-o e puxou-o; o turbante voou de sobre a cabeça do cavaleiro, aparecendo-lhe então dezoito tranças de cabelo negro: eis que era uma moça, e ele então a soltou e disse: "Quem és tu?" Ela respondeu: "Sou a dona do palácio; fui eu que matei o rapaz que estava contigo, e lhe seqüestrei a mulher. Sou a senhora deste palácio, e nunca em minha vida fui derrotada por nenhum cavaleiro senão por ti. Quem és, ó valente?" Respondeu-lhe: "Sou um andarilho árabe à procura de comida e ganhos." Disse ela: "Por Deus que não és senão um príncipe. Andarilhos não agem assim." Em seguida, tomou-o pela mão e introduziu-o no palácio. Lá dentro, o filho do rei pôde ver que se tratava de um palácio que antes ninguém nunca tinha visto igual. A moça acomodou-o num suntuoso sofá e ordenou que se trouxesse comida, e eles então comeram e beberam.

O rapaz acabou ficando com ela durante largo período, desfrutando de comida abundante e bebida generosa.

E nesse ponto a aurora alcançou Xahrazad, e ela parou de falar.

Nona noite

Disse o filosófico Fihrás:
Ela disse: deu-se então, meu amo, que certo dia o filho do rei perguntou à moça sobre a esposa; ao não obter notícia alguma, pensou muito nela e foi acometido por uma intensa saudade. Disse enfim: "Eu gostaria, moça, de dar uma passeada por tua terra." Ela respondeu: "Faze o que desejares."

Disse o narrador: então ele montou o cavalo, muniu-se de seus apetrechos de guerra e saiu pela porta do palácio. Galopou durante todo o dia até que, fustigado pelo sol, dirigiu-se até uma árvore e sentou-se à sua sombra, pensando no exílio e na separação da esposa, com quem ele não havia realizado seu desejo. Pôs-se então a recitar:

Lágrimas me rebentam dos olhos em fileira,
e cá no peito me queima um fogo ardente;
mas quiçá o desespero do meu entardecer
não seja contraparte de um feliz amanhecer.

Enquanto estava em semelhante estado, ouviu uma voz que recitava:

A estrela some e depois retoma o antigo estado,
e o sol, depois do poente, tem nova ascensão;
mesmo um bem, quando acaba e o perde alguém,
depois do sumiço de algum jeito sempre volta;
fé em Deus, pois, e paciência com seus desígnios,
porque o fim das tuas preocupações está próximo.

Ouvindo as palavras provenientes daquela voz, o filho do rei ficou feliz pelo prazer que lhe proporcionavam à alma. E levantou-se incontinenti em busca do palácio da moça, de onde ele havia saído. Confundiu-se, porém, no caminho, e não soube para qual ponto da terra dirigir-se. E todos sabem que a terra mata quem a desconhece.

E, assim, por três dias ele vagou como uma avestruz na estepe.

Disse o narrador: no quarto dia, enquanto ele vagava, topou com um belo vale repleto de frutas, flores e aves, em tal estado de perfeição que todas formavam casais: rouxinóis, alcaravões, rolas, torcazes e pintassilgos cantavam nos galhos das árvores, imitando toda espécie de melodia. Esse era, de fato, um dos vales do paraíso, e não mera representação.

Vendo aquilo – maravilhado com tanta beleza, verdor exuberante e flores taludas –, o rei virou-se e descortinou na orla do vale uma abóbada erguida com pilastras de mármore branco salpicado de negro, pendurada pelo alto, no ar; em largura e comprimento, mais parecia uma cidade cercada de bosques, jardins e rios.

E nesse ponto a aurora alcançou Xahrazad, e ela parou de falar.

Décima noite

Disse o filosófico Fihrás:
Ela disse: o filho do rei aproximou-se da abóbada, meu amo, deixando o cavalo a pastar na grama. Contemplou-a e viu, inscritos em sua lápide, os seguintes versos:

*São astros terrestres ou luzes nas árvores
carregadas de pérolas? É ali que cantam
os rouxinóis, e de tal sorte que os galhos
parecem envoltos por cordas musicais.
Dou alvíssaras aos dias do encontro,
tão breves quanto os da primavera: doce ilusão.*

Disse o narrador: após ler os versos, adentrou a abóbada, em cujo centro havia um túmulo de placas de mármore com os seguintes versos:

*A morte me arrebatou palácio e reino,
à hora em que eu mais me distinguia;
por Deus, contempla e reflete, ó vivente,
e teme o destino, das adversidades fautor.*

Lendo esses versos, escorreram lágrimas das pálpebras do filho do rei: "Amaldiçoe Deus esta época miserável, que aos senhores tanto atrai e depois trai", pensou. Em seguida, contemplando o alto do túmulo, notou-lhe os seguintes versos:

*Pensaste bem dos dias quando tudo ia bem,
não fazendo caso do mal que o destino traria;
as noites te faziam feliz, e te iludiste e esqueceste
que no conforto da noite é que sobrevêm as desgraças.*

Disse o narrador: lendo tais versos, o filho do rei chorou copiosamente e recitou a seguinte poesia:

*Será que um dia vai o tempo recolher as rédeas?
Pois o tempo é contumaz em tropeçar no destino;
esperanças se alcançam e desgraças acontecem,
e sempre após uma ocorrência vem outra e mais outra;
em companhia ou solidão se atravessam as noites,
nas quais estrelas surgem e outras desaparecem;*

quem acaso supuser que o destino preserva
[a felicidade,
saiba que isso é impossível: a felicidade sempre se vai.

Disse o narrador: assim que terminou de recitar seus versos, o filho do rei saiu da abóbada à procura do cavalo, mas dele não encontrou notícia nem vislumbrou rastro; disse então: "Não há recurso nem força senão em Deus altíssimo e poderoso. Isto é algo que Deus quis, e não há quem possa impedir-lhe ou condenar-lhe as decisões." Depois passou a recitar os seguintes versos:

Sou como um falcão depenado
que suspira vendo outra ave a voar,
no espaço operando prodígios, e então
recorda a vasta plumagem que outrora o cobria;
era aquele um tempo adorável nos bosques:
fazia o que outras aves faziam – e mais ainda;
mas pronto a desgraça lhe assestou uma flecha,
tornando-o – as asas cortadas – uma ave perplexa.

Disse o narrador: então seu estado alterou-se de repente, e ele passou a caminhar junto ao vale, à procura de algo, e logo viu um leão que roía os ossos de seu cavalo. Golpeou-o célere com a espada, matando-o, e retomou a caminhada, acompanhando o declive do vale. Assim iam as coisas quando ele avistou grande quantidade de ovelhas e um pastor, do qual se aproximou e a quem cumprimentou; o pastor respondeu ao cumprimento e perguntou: "Quem és, meu jovem?" Respondeu: "Sou um estrangeiro que perdeu o caminho e agora está, como vês, à procura de sobrevivência."

E nesse ponto a aurora alcançou Xahrazad, e ela parou de falar.

Décima primeira noite

Disse o filosófico Fihrás:

Ela disse: então, meu amo, o pastor perguntou: "Por acaso ninguém te alertou quanto à entrada neste vale? Ninguém te afugentou? Por acaso não sabes que este é o vale dos gênios, habitado por um gênio feiticeiro que seqüestrou uma jovem de dentro de seu próprio palácio, e que esse gênio mata todo ser humano sobre o qual põe os olhos?" Perguntou o jovem: "E qual é o nome dela?" Respondeu o pastor: "Náyrat Alixráq." Disse o filho do rei: "E como é que tu, sendo também humano, estás apascentando ovelhas neste vale? Como é que ficaste ileso da perversidade dele?" Respondeu o pastor: "Só escapei porque me criei no palácio dele, e apascento-lhe as ovelhas." Disse o filho do rei: "Se quisesses, eu bem que poderia ajudar-te com as ovelhas, e então me darias alguma coisa..." Respondeu o pastor: "Deus te recompense por mim... Eu já orientei e alertei bem alertado; prepara-te para as conseqüências – eu já orientei. Come o que te apetecer e some-te em paz, antes que o gênio chegue e te encontre, porque aí não quero nem ver a vingança dele." Disse o filho do rei: "Deus te recompense. Mas dize-me: esse gênio por acaso não tem um abrigo?" Respondeu-lhe: "Tem sim, logo atrás desta colina: é um palácio portentoso, construção alta, corredores largos."

Disse o narrador: o jovem então despediu-se do pastor e avançou em direção ao palácio. Tendo ganhado do pastor uma torta de cevada, pôs-se a refletir sobre si mesmo, sobre como, depois de ter tido glória e poder, ele se humilhara diante daquele pastor, e como se prontificara a auxiliá-lo no pastoreio de ovelhas, e como o pastor recusara a oferta. Então recitou:

> *Quantas mãos beijei por necessidade,*
> *embora meu desejo fosse decepá-las;*
> *o tirano destino, porém, me obriga a*
> *adular o inimigo por ser mais conveniente.*

Disse o narrador: enquanto se dirigia ao palácio, foi alcançado pelo pastor, que lhe disse: "Espera aí; vou consultar a senhora do palácio a teu respeito." Respondeu: "Vai sem demora."

Disse o narrador: o pastor foi ao palácio e, contra todo hábito até então seguido, entrou. Vendo-o, a senhora assustou-se e, temerosa, perguntou: "O que te traz aqui a esta hora?" Respondeu: "Ó senhora, chegou-me um ser humano de boa figura, língua eloqüente e agradável aroma. Disse-me ser pastor de ovelhas, conhecedor do assunto." Disse a senhora: "Traze-o para que eu o veja." O pastor então retirou-se, foi até o rapaz e o encaminhou a ela. Assim que o viu e examinou, reconheceu-o. Mandou o pastor de volta às ovelhas, e logo ambos lançaram-se um sobre o outro; entre abraços e choros, ela recitou:

> *Por vida tua que não saíste de meu peito,*
> *nem desejei outro que não tu, meu amado;*
> *a longa ausência só fez a paixão crescer;*
> *dize pois aos censores e também aos espias:*
> *"A distância dos corpos não é uma infâmia*
> *quando a ligação está nos corações."*

E o filho do rei, por sua vez, recitou:

> *Deus sabe, lá nas alturas,*
> *que te amo de todo coração,*

*e nele ocupas um lugar
que ninguém nunca ocupou;
se meu coração tiver lugar para outrem,
chore eu de amargura o choro do anseio.*

Disse-lhe a moça: "Graças a Deus que meus olhos puderam repousar sobre ti! Quem te informou, meu senhor, que eu estava neste palácio?" Respondeu: "Foi Deus altíssimo que me orientou e guiou até ti. Mas dize: o que te aconteceu, e como chegaste a este palácio?" Respondeu-lhe: "Não sei como foi, meu senhor. Eu estava dormindo a teu lado e quando acordei me vi neste palácio."

Disse o narrador: enquanto eles conversavam, eis que o gênio chegou, comendo a terra e soltando labaredas de fogo pela boca.

E nesse ponto a aurora alcançou Xahrazad, e ela parou de falar.

Décima segunda noite

Disse o filosófico Fihrás:
Ela disse: vendo a chegada do gênio, meu amo, a moça tomou o filho do rei pelas mãos e escondeu-o num dos aposentos do palácio, não sem antes lhe providenciar comida e bebida. Depois saiu, deixando-o e pondo-se a arquitetar um plano para matar o gênio. Assim que ele entrou e se aproximou, ela viu que estava todo manchado de sangue. A moça perguntou: "Seja eu o teu resgate! O que te ocorreu?" Respondeu o gênio: "Lutei hoje com um gênio feiticeiro; nunca vi ninguém tão poderoso: me fraturou a cabeça bem aqui... por Deus que ia me matando! Fiquei com medo porque esse ponto é fatal, e não acho que vou escapar dessa." Disse a moça:

"Dize-me quais remédios servem para ti, e quem sabe eu possa preparar algo que te alivie a dor. Eu temo tanto a tua morte!" Respondeu o gênio: "Não há perigo. Também não te preocupes: eu não posso ser morto senão por uma faca feita de uma espécie de bambu que só existe nesta minha terra. E ninguém pode entrar nesta minha terra." Disse a moça: "Graças a Deus, meu senhor, que as coisas sejam assim." Depois, o gênio dormiu.

E quando Deus bem amanheceu a manhã, o gênio saiu montado num formidável leão; tomou duas espadas, envolveu a cabeça em couro de víboras e saiu pelos desertos à procura de gênios e feiticeiros com quem pelejar. A moça foi então até o filho do rei e lhe disse: "Toma esta espada e vai até o pastor; pergunta-lhe sobre o local onde está plantado o bambu da espécie tal – pois este gênio não morre senão com uma faca feita desse bambu, que só ele e o pastor conhecem. Ele te informará o local; assim que ele informar, mata-o, recolhe a quantidade necessária de bambu e volta depressa."

Disse o narrador: o jovem foi até o pastor e perguntou-lhe sobre o bambu; o pastor informou-lhe do lugar, e então o jovem o matou e se dirigiu até lá, tomando a quantidade necessária e em seguida retornando ao palácio, onde se pôs a fazer facas com aquele bambu; feitas, escondeu-as e combinou com a moça um estratagema para matar o gênio.

Desse modo, ficaram ambos esperando até que caiu a noite. Como o gênio não voltasse, o filho do rei disse à moça: "Ele está atrasado, e não me parece que seja esse o seu hábito." Ela respondeu: "Por Deus e por tua cabeça, que me é tão cara, que ele nunca deixou de aparecer uma única noite que fosse. Presumo que tenha ficado preso por alguma ocorrência fora do comum." Então ambos dormiram juntos aquela noite, na melhor vida e na mais perfeita felicidade. E, quando Deus bem amanheceu a manhã, ficaram à espera do gênio até a noite, mas ele não veio – e isso pelo período de sete dias.

No sétimo dia, porém, a moça avistou uma grande onda de poeira proveniente do deserto, e compreendeu de imediato que o maldito gênio estava para chegar. Disse ao filho do rei: "Deixa tudo pronto para matá-lo; fica de prontidão e vê lá o que vais fazer. Esconde-te aqui até eu determinar a hora do ataque", e o escondeu num dos aposentos do palácio, fechando a porta. Tratava-se de um aposento que vivia fechado.

Disse o narrador: não era passada nem uma hora e eis que o gênio chegou e entrou no palácio. A moça o recebeu da maneira mais gentil, cumprimentando-o, afagando-lhe o rosto e dizendo-lhe: "O que te fez ausentar-te tanto, meu senhor?" Respondeu o gênio: "Fica sabendo que durante estes dias percorri terras distantes, até chegar ao fim do mundo, à procura de uma filha de reis para seqüestrar e trazer como companhia para ti, pois, como eu sempre viajo e muito me ausento, temo que sofras com a solidão em virtude dessa minha ausência."

Disse o narrador: ela lhe agradeceu, beijou-lhe as mãos e lhe desejou longa vida. Mas o gênio começou a olhar para ela e a todo instante virar-se para a direita e para a esquerda, olhando ora para o chão, ora para o rosto dela. A moça perguntou: "Por que te vejo, meu senhor, virar-te tanto para a direita e para a esquerda?" Disse o gênio: "Entrou alguém aqui?" Ela respondeu: "Não, por Deus!" Disse-lhe: "Sinto cheiro de humano, aqui no palácio e em ti. Isso não era comum por aqui!"

E nesse ponto a aurora alcançou Xahrazad, e ela parou de falar.

Décima terceira noite

Disse o filosófico Fihrás:

Ela disse: então a moça disse ao supracitado gênio: "E por acaso uma lebre se atreveria a invadir a floresta dos leões? Como escaparia alguém que invadisse tuas terras, ou nelas entrasse ou simplesmente chegasse a elas? E como ele entraria no palácio, sendo que eu todo dia vigio esperando a entrada de algum humano em tuas terras, para perguntar-lhe, quiçá, sobre minhas terras, meu país e minha gente? Não, não vi ninguém." Disse o gênio: "Por Deus que isso calou fundo em mim e me contentou." Disse-lhe a moça: "Por Deus que ninguém entrou, com exceção do pastor que cuida de tuas ovelhas. Ele sempre vem bater à porta durante a noite, divertindo-me e contando-me histórias espantosas e crônicas assombrosas. Por Deus que ele é muito engraçado!"

Disse o narrador: ouvindo aquelas palavras, o gênio deixou-a em paz e ordenou-lhe que trouxesse comida e bebida, e num átimo ela colocou tudo diante dele. Comeram ambos, e o cansaço do gênio era tanto, em virtude da longuíssima viagem, que ele dormiu pesadamente depois de comer. Célere, a moça foi até o filho do rei, abrindo a porta e retirando-o do aposento. Ele perguntou: "O que sucedeu entre vós? o que conversastes?", e ela o informou do que ocorrera, acrescentando que distraíra o gênio até que o sono o tomara. Disse ainda: "Vai até ele, e que Deus altíssimo, o auxiliador, te ajude a matá-lo. Assim quem sabe livras o mundo de sua perversidade e ofertas um repouso às criaturas de Deus. Todos vão ficar felizes com a morte desse maldito, que fez tanta maldade neste mundo de Deus altíssimo."

O filho do rei, após mencionar o nome de Deus altíssimo, dirigiu-se então até o gênio, que roncava.

Pegou uma das facas de bambu, mirou bem no tórax e golpeou com toda a força, perfurando-o profundamente, e eis que o gênio, dando um violento grito de pavor, soltou fumaça e se transformou em cinzas.

    O filho do rei tomou a moça e todos os preciosíssimos tesouros que existiam no palácio. Voltaram ambos a sua terra e levaram juntos a melhor vida e beberam juntos a mais abundante bebida, até que lhes adveio aquilo de que não há escapatória, e graças a Deus findou-se a história.

História da Ilha de Cânfora

Depois ela disse: conta-se, ó soberano, que Kisra Anu Xirwan, rei da Pérsia, estava certo dia reunido, no alto de seu palácio, com os vizires e os principais de seu país, quando, voltando-se um pouco, viu uma grande poeira avançando e uma fumaceira brilhante, e eis que de pronto a poeira assentou e a fumaça se dispersou, daí saindo um cavaleiro que parecia montanha imponente ou leão inclemente, ou elefante agigantado ou mar encapelado. Caminhou com pressa e irritação até chegar à porta do palácio, e disse alto e bom som: "Que a paz esteja no palácio do reino e da chefia, morada de excelência e de porfia! Venho com um conselho ao rei!"

Disse o narrador: o rei determinou que fosse trazido à sua presença. Assim que ele entrou, vendo que se tratava de um xeique entrado em anos, o rei disse-lhe: "Qual é o conselho, ó ancião?" Disse o ancião: "Vaguei por todos os países, adentrei desertos e cidades, o país da Índia, o Sind, o Iêmen e a terra da China. Meu nome é Saáda Ibn Ammár, filho do Grande Amalecita, e tenho trezentos anos de idade. Não há uma única ilha do oceano à qual eu não tenha arribado, nem cidade na qual não tenha entrado. E isso porque me fiz ao mar desde Siráb até a terra da Índia, e dali fui mudando de navio em navio até alcançar o Iêmen, que atravessei, chegando a uma grande cidade de altas edificações e pátios largos, construída por artífices amalecitas e um grupo de bizantinos e romanos. Ela tem muitos aposentos, ó rei, e fica no Iêmen. Quando estávamos bem perto, o povo da cidade nos recebeu armado de clavas, lanças e pedras; ouviu-se dentro da cidade um grande alarido, e ficamos atordoados, sem ter onde nos refugiar. O rei da cidade se chamava Hamdán, muito prepotente, cesáreo, de grande força e soberba, e enorme coragem e arrogância."

E nesse ponto a aurora alcançou Xahrazad, e ela parou de falar.

Décima quarta noite

Disse o filosófico Fihrás:
Ela disse: o ancião então disse ao rei: "Ouve o que estou dizendo!" Respondeu o rei: "Minha atenção está toda contigo; fala: estou ansioso para ouvir tuas palavras e histórias." Disse o ancião: "Quando nos aproximamos da cidade e ficamos diante dela, fomos conduzidos ao rei; entramos num palácio indescritível. Assim – ó rei –, caminhamos, eu e meu companheiro, até uma porta enorme, que atravessamos, adentrando um pátio de paredes elevadas e pilares; o centro – ó rei –, que contava ribeirões e árvores de especiarias tais como canela, pimenta, milho, açafrão e broto de bambu, era cortado por canais de ouro e prata. Vislumbramos, no conselho,

uma grandiosa cúpula de mármore, com ameias de ouro vermelho; em cada ameia, uma estatueta feita do ouro mais puro, e na ponta de cada estatueta uma seta que falaria sozinha se sobre ela pousasse qualquer mosca: enfim, um cenário que causava anseios de uma vida mais longa. Sobre o alto da cúpula, um pavão de ouro, com olhos de rubi vermelho, pernas de esmeralda verde e asas cravejadas de diamantes."

Prosseguiu o ancião: "O secretário nos deixou e dirigiu-se rapidamente ao conselho, solicitando ao rei que nos recebesse; ele ordenou que eu me aproximasse, e foi assim que me vi diante de um rei esplendoroso em seu trono: à sua direita, cerca de vinte servas com leques de brocado; à esquerda, o mesmo tanto; na cabeça, uma coroa de ouro com engastes de pérola, diamante e rubi vermelho; no corpo, uma vestimenta tecida com fios de ouro; diante dele, criadas que semelhavam gazelas. O secretário cumprimentou-o, e ao nosso cumprimento ele respondeu numa língua que não entendi."

Prosseguiu o ancião: "Nesse ponto, o secretário voltou-se para nós e me disse: 'Como chegaste a este local?' Respondi: 'Quando ouvi falar sobre tua boa conduta em relação aos súditos, dirigi-me até ti a fim de rogar-te generosidade e benevolência; meu objetivo é conhecer este reino, e depois retornar a minha terra.' Disse-me o secretário: 'O rei pergunta: conheces os reis do mundo?' Respondi: 'Sim. E, dos reis do mundo, quem tem o reino mais vasto é aquele que fica depois do Iraque, pois se situa no centro do mundo, cercado por todos os outros reis.' Disse o secretário: 'É também assim que consta em nossos livros, embora entre nós ele seja conhecido como o *rei dos humanos*, igualmente chamado de *rei das feras*: é o rei dos turcos, que dentre os homens são as feras; em seguida, nosso rei, e em seguida o *rei dos elefantes*, que é o rei da Índia; em seguida, o rei da Etiópia, apodado de rei da sabedoria, porque é nela que se fundamenta; em seguida, o rei da Grécia, entre nós chamado de *rei dos homens*, porque não há na terra súditos de melhor compleição nem mais bela feição que os dele. Estes são os reis principais, estando abaixo deles todos os demais.'"

Continuou o ancião: "Eu disse ao secretário: 'Falaste com sinceridade e pronunciaste a verdade.' Ato contínuo, o rei determinou uma gentil hospedagem, e saí com o secretário, que me conduziu a um palácio indescritível; ali fui hospedado durante um mês completo, depois do qual me preparei para retornar à minha terra. O rei me presenteou então com toda espécie de tesouro, além de um navio repleto das coisas mais exóticas; despedi-me dele e do secretário, embarcamos e avançamos com bons ventos pelos campos equóreos, até que avistamos como que uma pedra em pleno alto-mar; dirigimo-nos até lá e eis que ficava numa ilha branca – mais branca do que o gelo ou a cânfora – feita pelo Grande Amalecita; todos os seus tesouros ali estavam; no centro da ilha, uma pedra na qual se escrevera: 'Esta é a Ilha de Cânfora, feita pelo Grande Amalecita, cujas fortuna e riqueza estão sob esta pedra, mas ela é dotada de um talismã que só permite a entrada de um descendente do Pequeno Amalecita.' Tentei então erguer a pedra, mas não consegui."

E nesse ponto a aurora alcançou Xahrazad, e ela parou de falar.

Décima quinta noite

Disse o filosófico Fihrás:

Ela disse: deu-se então, meu amo, que o ancião disse: "Naveguei, pois, pelo mar encapelado, ó rei, até chegar a ti, cujo gentil auxílio eu rogo, a fim de retirar aqueles tesouros e preciosidades." Disse o rei: "Seja feita tua vontade da melhor maneira", e ordenou que se providenciasse tudo quanto ele necessitava: enxadas, picaretas, pás, cordas, cordões, círios e provisões, selecionando-lhe ainda cem homens dentre os melhores e mais importantes do reino, os quais foram enviados ao ancião. Assim, dirigiram-se todos ao navio, embarcaram e, com bons ventos, navegaram o mar alto em busca da ilha.

Conta-se que os habitantes das cercanias daquela ilha eram antropófagos que punham perfumes e cânfora nas cabeças das pessoas devoradas, pendurando-as em suas casas e adorando-as mais do que a Deus. Prosternavam-se diante dessas cabeças e lhes faziam perguntas: um demônio falava então pela boca de cada cabeça e lhes fornecia respostas. Essa gente não se alimentava senão de carne humana.

Disse o narrador: após navegar durante dez dias, o ancião Saáda conduziu os homens a uma outra ilha, na qual havia água potável. Desembarcaram e, enquanto se abasteciam, ouviram um violento zumbido, e eis que era uma ave gigantesca: lançou-se sobre eles e, com as garras, arrebatou um dos homens aos ares. Todos ficaram muito irritados, e disseram ao ancião: "Estás querendo é acabar conosco!" Respondeu o ancião: "Só se morre por ter chegado a hora." E por aí ficaram o dia inteiro, até que, escurecendo a noite, ouviram um forte zumbido proveniente das bandas lá do mar; assustaram-se e temeram por suas vidas, mas eis que eram sereias do mar saídas: pareciam gazelas rebolantes ou luas imponentes, com o cabelo já solto até a cintura. Avistando-as, os homens da embarcação lançaram-se a elas, que não fugiram: acarinharam-nos e divertiram-se com eles, e cada qual dormiu com uma sereia. Quando, porém, raiou a aurora e surgiu a luz do dia, elas gritaram umas com as outras; depois, entraram todas no mar encapelado e mergulharam, sem que ninguém pudesse impedir.

Os homens seguiram então a viagem pelos campos equóreos e navegaram dias e dias até a Ilha de Cânfora, cuja brancura, semelhante à da estrela cadente, eles puderam avistar. Quando se aproximaram, deitaram âncoras e desembarcaram todo equipamento de que necessitavam: enxadas, picaretas, pás, cordas, cordões e círios. Escavaram em torno da pedra e, reunindo forças, levantaram-na, encontrando debaixo dela placas de mármore branco; retiraram-nas e surgiu então a entrada de uma caverna. Acenderam os círios e caminharam pela caverna até topar com uma porta de ferro aberta, e lá dentro havia um leão. Disse-lhes o ancião: "Quem de vós avançará até o leão?" Realizaram um sorteio; o escolhido entrou e, mal se aproximou, o leão o atacou, partindo-o ao meio e voltando ao mesmo ponto, não sem antes ter atirado o corpo num grande vestíbulo situado acima. Disseram ao ancião: "Pretendes de fato acabar conosco! Chega!" Mas o ancião atinou por fim com um estratagema que obstou os movimentos do leão: estendeu barras em direção à entrada do vestíbulo, de tal modo que o grupo todo pôde atravessar; caminharam até uma laje de mármore preto com um pino de cobre amarelo; giraram-no e a laje se ergueu, descortinando-se-lhes então a luz por meio de uma portinhola à qual eles se dirigiram e que, atravessada, conduziu-os a um grande pátio em cujo centro havia uma fonte d'água cercada de árvores com frutos e toda espécie de pássaros – tudo feito de ouro e prata; diante da fonte, o portal de um indescritível palácio, e diante do portal um autômato brandindo uma espada e girando como se fora mó de moinho. Assustado, o grupo perguntou ao ancião: "Tens agora algum ardil que impeça nossa aniquilação?"

E nesse ponto a aurora alcançou Xahrazad, e ela parou de falar.

Décima sexta noite

Disse o filosófico Fihrás:
Ela disse: deu-se então, meu amo, que o ancião avançou a fim de arquitetar um estratagema, mas um dos homens tomou-lhe a dianteira e, assim que encarou o autômato e se aproximou dele, apavorou-se; ao fazer menção de volver atrás, uma rajada provinda do autômato atingiu-o e o partiu em dois, deixando o grupo aterrorizado. Logo depois, contudo, o ancião atinou com um estratagema que obstou os movimentos do autômato, e puderam entrar todos no palácio; o que viram era estupendo: pilhas de ouro vermelho, rubi e diamante; no centro, uma porta de sândalo ornado, folheada a ouro e adornada com pedras de rubi; do lado direito um grande gabinete, e no centro do gabinete um trono de ouro, e sentado no trono um homem que dava a impressão de estar dormindo, e sobre esse homem uma roupa tecida a ouro, e em sua cabeça uma placa de ouro vermelho na qual se escrevera: "Eu sou

o Pequeno Amalecita. Governei e derrotei; doei e neguei; vivi uma vida feliz e passei períodos difíceis; libertei servas e escravos; violei virgens; e isso tudo até que o destino me atingiu, e o Onipotente Todo-Poderoso me julgou: tornei-me então o que vês. Portanto – ó tu que me estás vendo –, pondera e não te deixes iludir pelo mundo, que é traição e engano." Sob tais linhas, escreveram-se os seguintes versos:

> *Quando o sol melhor brilhava para mim,*
> *recolhi o que eu queria com a mão destra;*
> *mas a morte, bem melhor que a ignorância,*
> *veio reta eliminar a prepotência.*

Disse o narrador: quando leu tais versos, o ancião fez tenção de recolher a placa, mas eis que um violento bramido sacudiu todo o palácio. O ancião caiu de joelhos, enquanto os homens fugiam para tudo quanto era lado; em seguida, o ancião, recuperando-se assustado e aterrorizado, arrebanhou todos os tesouros e riquezas que conseguiu. Voltaram ao navio e o carregaram de diamantes, rubis e outras preciosidades, mas a placa ninguém pôde levar. Recolocaram a pedra da abertura no lugar e, quando se preparavam para o embarque, ouviram um forte alarido; ergueram a cabeça e viram em seu encalço gentes de cauda, e cuja única vestimenta consistia nos próprios pêlos. Recolheram-se ao navio, ergueram âncoras e fizeram-se ao mar, de lá observando a ilha, agora abarrotada daquelas criaturas, as quais mergulharam no encalço da embarcação. O ancião então ordenou que se tocassem cornetas, clarins e tambores, e as criaturas, ouvindo aqueles sons, deram meia-volta e fugiram para a ilha.

E o ancião navegou com seus companheiros durante dez dias.

E nesse ponto a aurora alcançou Xahrazad, e ela parou de falar.

Décima sétima noite

Disse o filosófico Fihrás:

Ela disse: e quando foi no décimo dia, meu amo, eles aportaram na cidade do rei Kisra, a quem o ancião mandou avisar da chegada. Muito contente, o rei lhe enviou um cavalo puro-sangue e escravos. O ancião foi ao rei, cumprimentou-o e foi parabenizado pelo feliz regresso. O ancião ofereceu-lhe tudo quanto trouxera de preciosidades, que muito agradaram ao rei e o enriqueceram, e ele aproximou o ancião e o nomeou chanceler do império. E ficaram na melhor vida até que lhes adveio aquilo de que não há escapatória, e graças a Deus findou-se a história.

História de Záfir Ibn Láhiq

Depois ela disse: conta-se, ó rei, que certo monarca da Índia tinha um filho chamado Záfir Ibn Láhiq, cuja mãe era concubina, e não esposa, e um outro filho, este de sua esposa, a qual não poupava esforços para destruir Záfir, a fim de que o sucessor ao trono fosse o filho dela. Sabedor de tudo isso, e de tudo que se fazia em prol de seu irmão, e ainda dos esforços para humilhá-lo, Záfir pensou: "Depois disso só me resta morrer", e, dirigindo-se a seu irmão paterno, disse-lhe: "Meu irmão, já não me verás depois desta noite." O irmão perguntou: "E por que isso?" Respondeu: "Por causa de um assunto que vai exigir muito esforço de mim." Esse jovem irmão paterno ainda não sabia distinguir o bem do mal.

Depois, Záfir retornou à sua casa, montou o cavalo, vestiu os trajes de guerra e saiu da cidade no escuro da noite, passando a perambular às cegas pelos desertos feito avestruz; nesse ritmo, quando foi de manhã ele já estava distante da cidade. Passou a cruzar selvas e colinas, desertos e campinas, bosques e montanhas; atravessou, no calor ardente do solo enegrecido, obscuras terras estéreis de secretas veredas que poriam à prova os mais inteligentes;

sem população nem pólo de atração, sem augúrio nem murmúrio – excetuando-se o dos gênios descendentes de Satanás. Se para ali fosse, o lobo se perderia, e o leão se assustaria.

Disse o narrador da história: durante cinco dias, Záfir vagou por esse lugar, até que no sexto avizinhou-se de uma terra branca como barra de prata, de brisa refrescante, cortada por um vale de bordas fertilíssimas, cuja terra firme era de um magnífico verde brilhante; o perfume florescia em todas as suas extremidades, delas se propagando para muito além; sua vermelhidão era intensa, e a riqueza, abundante: lagoas cheias e árvores elevadas em cujos galhos estirados cantavam aves por todos os lados, e tantas eram que só Deus lhes podia determinar a quantidade: rouxinóis, alcaravães, rolas, torcazes e pintassilgos.

Assim que viu aquele vale e seu esplendor, Záfir acorreu até ele como se fora víbora esfolada ou espada desembainhada. Aproximou-se, apeou-se e bebeu água; seu cavalo também satisfez a sede, e depois se pôs a pastar as ervas do solo.

Ansiando por dormir um pouco, Záfir virou-se e viu na orla do vale, no lado oposto ao que estava, um pavilhão de anêmonas brancas diante do qual havia um bastão espetado, um cavalo amarrado e um espadagão dependurado.

E nesse ponto a aurora alcançou Xahrazad, e ela parou de falar.

Décima oitava noite

Disse o filosófico Fihrás:
Ela disse: tendo avistado o pavilhão, meu amo, Záfir atravessou o vale, chegou até lá e cumprimentou alto e bom som: "Que a paz esteja convosco, ó

moradores deste pavilhão!" Nem bem terminou de falar e a entrada do pavilhão se levantou, surgindo por debaixo dela três moças virgens de seios taludos, belas como a lua: traziam colos de lua cheia, bocas de flor de romãzeira e jóias e adornos às mancheias. "Ó cavaleiro!", espantaram-se, "Ninguém te advertiu, acaso, quanto à entrada neste vale? Ninguém te afugentou? Por Deus, é como se já te víssemos pranteado por carpideiras e lamentado por parentes e queridos entes!" Disse-lhes o filho do rei: "E quem me faria mal?" Responderam: "O senhor deste pavilhão é um feroz cavaleiro em cujo fogo ninguém se aquece, e em cuja vizinhança ninguém mora!" Perguntou-lhes: "Dizei-me o nome com que se conhece, e o apelido com que se reconhece." Disseram: "Seu nome é conhecido, e sua história, reconhecida. Por Deus que ele é a calamidade-mor e o ardiloso pior. Por Deus que ele é das falanges o desbaratador e das façanhas o colecionador. É ele o cavaleiro Rompe-Crânios, senhor do Vale dos Bárbaros.

Disse o narrador: enquanto o jovem conversava com as moças, eis que se viu poeira subindo. Elas lhe disseram: "Aí vem, ó cavaleiro, o campeão de quem falávamos; salva o corpo e leva a alma por butim, antes que ele te veja!" Mas o jovem não deu importância a tais palavras, e eis que o campeão chegou e ficou sumamente encolerizado ao ver Záfir conversando com as moças. Deu um brado e lançou contra ele uma lança da qual o filho do rei se esquivou, e então ela atingiu uma rocha, partindo-a ao meio e penetrando na terra até a metade. Nesse ponto, fizeram carga um contra o outro, e esgrimiram até que as espadas se desgastaram e as lanças se quebraram; quanto mais o tempo passava, tanto mais a peleja se encarniçava, e os cavalos iam se desfazendo em suor e se diluindo de sofrimento. Mas eis que o filho do rei, dando contra o cavaleiro um pavoroso brado de cólera, assestou-lhe um golpe que o talhou como se fora um lápis. As moças, nesse instante, cercaram-no rapidamente e disseram: "Quem és tu, ó campeão, que livraste o mundo da sanha deste tirano opressor?" Respondeu-lhes Záfir: "E o que é que ele fazia?" Responderam: "Sempre que ouvia falar de alguma moça bonita e formosa, ele a seqüestrava, fosse do palácio dela, fosse do pai dela. Ele havia enchido a terra de maldade." Então, causticado pelo sol, Záfir apeou-se, entregou o cavalo aos cuidados de uma das moças e adentrou o pavilhão, cuja mobília era de seda e rico brocado, conforme ele pôde notar antes que o arrebatasse o sono devido ao intenso cansaço. Chamou uma das moças e disse: "Estenda a perna para que eu durma sobre ela"; ela assim fez e o jovem dormiu, enfim, só acordando na manhã seguinte por causa dos fortes raios do sol. Abriu os olhos e não encontrou notícia das moças nem rastro do pavilhão. Dirigiu-se ao cavalo, selou-o, armou-se com a espada, montou e pensou: "Não há recurso nem força senão em Deus altíssimo e magnífico. Quem dera eu soubesse quem levou as moças e o pavilhão!" Depois seguiu o declive do vale, olhando à direita e à esquerda, mas não viu ninguém.

E nesse ponto a aurora alcançou Xahrazad, e ela parou de falar.

Décima nona noite

Disse o filosófico Fihrás:
Ela disse: acompanhando o declive do bosque, meu amo, o jovem topou com um magnífico palácio

– de construção recente e alicerces de ferro fulgente – edificado por bizantinos, amalecitas, escravos e nobres. Contemplou-o e viu num de seus lados sete pavilhões de rico brocado. Atravessou o vale e foi ao primeiro pavilhão, à frente do qual havia um cavalo puro-sangue amarrado e um espadagão dependurado. Chamou: "Que a paz esteja convosco, ó moradores deste pavilhão! Sou estrangeiro de longes terras, e gostaria de fazer uma visita." Mal pronunciou essas palavras e encerrou o discurso, a entrada do pavilhão se abriu, dela saindo um jovem que parecia galho de salgueiro ou vara de bambu. Disse: "Quem és tu, que enfrentaste sozinho o mar encapelado e os labirintos da morte? Acaso não ouviste a respeito do senhor deste palácio e deste vale?" Disse o filho do rei: "Dize-me o nome com que se conhece, e o apelido com que se reconhece." Disse-lhe: "Como podes desconhecer-lhe o nome, sendo ele um campeão renomado e aclamado, Assuwaydá[1] Ibn Ámir Ibn Badr Assamá, um valente cavaleiro?"

Disse o narrador: o filho do rei aproximou-se então e disse: "E por acaso és dos homens dele?" Respondeu: "Pelo contrário, procuramos vingança: nós somos sete irmãos cuja irmã ele seqüestrou do palácio de nosso pai, o rei dos reis Mudir Addimá Ibn Mansur Assamá, senhor de palácios e riquezas. Saímos-lhe no encalço, e quiçá o encontremos." Disse-lhes Záfir: "Eu gostaria, meus irmãos, de ir convosco, pois também presenciei algo revoltante, e então montei meu cavalo e saí em disparada qual se fora um vagabundo árabe, amanhecendo numa terra e anoitecendo noutra." Disseram-lhe: "Vem conosco, come de nossa comida e bebe de nossa be-

---

1. *Assuwaydá* é uma das palavras árabes para "melancolia" (bílis negra).

bida, até que se concretizem os desígnios de Deus, e se cumpra o que já estava escrito."

Disse o narrador: neste ponto, Záfir apeou-se do cavalo, amarrou-o e entrou no pavilhão, ali se abancando a fim de conversar com os irmãos. Enquanto estavam assim, subitamente ouviram um brado colossal que repercutiu no palácio e vale: saíram para ver, e eis que a porta do palácio se abrira, dela saindo um cavaleiro que mais parecia monte portentoso ou oceano caudaloso, vestido de ferro rutilante e cota de malha, tal como descreveu um poeta:

> *Esférico, a morte semeia, e ao seu redor*
> *as setas das lanças rebrilham qual astros;*
> *a couraça de ferro o ferro cobre, semelhando*
> *uma lua à espreita na beira da treva;*
> *se a durindana nas mãos ele brande,*
> *será noite em que a aurora estrebucha.*

Disse o narrador: o cavaleiro dirigiu-se ao meio da praça e disse: "Ó cavaleiros! será que alguém me vai desafiar?" Então um dos irmãos aceitou o desafio, e foi morto; depois o segundo, e foi abatido; depois o terceiro, e foi aniquilado; depois o quarto, e foi exterminado; depois o quinto, e sua morte foi apressada; depois o sexto, e foi liquidado. Restou o sétimo, que era o menor, o qual já se prontificava a enfrentá-lo quando Záfir o impediu dizendo: "Alto lá, meu filho. És muito jovem e não sabes o que é a guerra." Ato contínuo, vestiu couraça e véu e saiu, mantendo-se ereto em seu cavalo; soltou contra o cavaleiro um brado que sacudiu terra e montanhas, e ambos se atacaram, atracaram e guerrearam, fazendo tantas cargas um contra o outro que a poeira sobre ambos parecia tenda montada. Assim ficaram até que a noite anoiteceu e o escuro se interpôs entre eles, e cada qual se foi são e salvo.

E nesse ponto a aurora alcançou Xahrazad, e ela parou de falar.

Vigésima noite

Disse o filosófico Fihrás:
Ela disse: e foi então, meu amo, que o filho do rei retornou ao pavilhão no qual deixara o caçula dos sete irmãos. Encontrou-o chorando, pesaroso pela perda dos irmãos. Disse-lhe: "Não fiques assim: eu te prometo, pelo desencadeador da aurora e dos vendavais, que fatalmente me vingarei por ti, lavando-te a infâmia e fazendo-te arrastar prisioneiro, até a terra de teu pai, o assassino dos teus irmãos." E assim conversaram e depois dormiram. Mas, quando Deus bem amanheceu a manhã, o filho do rei não acordou senão por uma bulha de cascos; levantou-se aterrorizado e atemorizado, e saiu pela entrada do pavilhão, onde encontrou imolado o rapazinho, ainda debatendo-se em seu próprio sangue. Záfir ficou por alguns instantes estupefato, e disse: "Não há recurso nem força senão em Deus altíssimo e poderoso." E, imediatamente, pôs a couraça, montou o cavalo, puxou da espada e saiu em disparada. O cavaleiro senhor do palácio, que o aguardava diante do pavilhão, disse-lhe: "Ora vejam! quem procura vingança em regiões inóspitas por acaso dorme sono tranqüilo? Se os outros cavaleiros não me fossem acusar de traição, não estarias vivo de forma alguma. Iniciemos pois a batalha! Juro por tudo quanto é digno dos homens nobres: despejar-te-ei lanças tão terríveis que fariam encanecer os cabelos de um bebê, e apavorariam os mais valentes campeões."

Dito isto, ambos carregaram um contra o outro, jogando com esquivas, e batalharam por longo tempo: não se ouviam senão batidas nos elmos, qual martelo na bigorna; dos cavalos só se ouvia o bufar, e do solo o ciciar, e assim foi até o meio-dia, quando então o filho do rei lançou contra o cavaleiro um brado retumbante e se abateu sobre ele como águia do céu provinda, golpeando-o no flanco e arrancando-o da sela como se fosse passarinho nas garras de falcão; jogou-o da direita para a esquerda, e da esquerda para a direita, e depois o sacudiu violentamente, até que o albornoz voou de sua cabeça, soltando-se então dezoito tranças de cabelo preto, e eis que era uma jovem, das mais belas criaturas de Deus, com imagem de lua luzente. Devolvendo-a à sela, o filho do rei perguntou-lhe: "Moça de seios e colo, de uma costela torta nascida, enfrentando cavaleiros?" Ela se voltou para ele e perguntou: "Quem és, ó cavaleiro?" Respondeu: "Sou Záfir Ibn Láhiq, senhor das cidades de flores e dos palácios iluminados, agora vagando pelo mundo." Ela lhe disse: "Regozija-te! Deus acaba de te conceder benesses, riquezas e mulheres em profusão." E, tomando-o pela mão, continuou: "Já aprendi que és um bravo cavaleiro. Antes de ti, eu nunca havia sido vencida por ninguém." Disse-lhe: "Como é que te isolaste neste palácio?" Respondeu ela: "Meu pai era um bravo cavaleiro que não teve filho homem, e então me chamou de Assuwaydá Ibn Ámir, nome de um dos companheiros dele. Ensinou-me a cavalgar, enfrentar a noite, esgrimir, jogar lança, desafiar cavaleiros rivais, e transformei-me então no que vês." E, tornando a tomá-lo pela mão, introduziu-o no palácio, e Záfir viu riquezas, tesouros e muito mais. Isolando-se com ela, tomou-a por esposa; possuindo-a, descobriu-a virgem imaculada. Coabitou com ela durante um bom tempo, e depois disse: "Quero ir à cidade de meu pai", e ela lhe respondeu: "Vou contigo, com a permissão de Deus altíssimo."

E nesse ponto a aurora alcançou Xahrazad, e ela parou de falar.

Vigésima primeira noite

Disse o filosófico Fihrás:
Ela disse: deu-se então, meu amo, que a moça recolheu, dos tesouros, o que tinha peso baixo e valor alto e nomeou um responsável pelo palácio. Depois, montaram ambos e cavalgaram por terras distantes durante vários dias, chegando ao Vale dos Bárbaros, no qual Záfir tinha enfrentado Rompe-Crânios. Ali se apearam e deixaram os cavalos pastando às margens do rio. Quando anoiteceu, dormiram juntos. Záfir só acordou com a luz do sol batendo em seu rosto; procurou a moça, mas dela não encontrou notícia nem localizou vestígio – e o cavalo dele continuava amarrado no mesmo lugar. Levantou-se assustado e angustiado, e passou a vagar como avestruz no deserto; procurou um rastro qualquer, mas, nada encontrando, pensou: "Ocorreu aquilo que Deus quis. Não há desgraça à qual não sobrevenha outra pior." Depois de ter cavalgado pelo vale por cerca de uma milha, encontrou um pastor de ovelhas. Cumprimentou-o e perguntou: "Acaso conheces – ó pastor – os moradores desta terra?" Respondeu o pastor: "Só nós dois." Perguntou: "A quem te referes?" Respondeu: "Somente eu e meu velho pai moramos neste vale, que era antes habitado por um cavaleiro chamado Rompe-Crânios. Deus, porém, enviou-lhe uma criatura mágica que livrou o mundo de sua maldade." Perguntou-lhe: "E acaso sabes de algu-

ma construção por aqui?" Respondeu: "Lá longe, a umas cinqüenta milhas, existe um lugar chamado de Palácio dos Raios, que está protegido por um círculo mágico a partir de quarenta milhas, de tal modo que o sol queima qualquer pessoa que as ultrapasse, e ninguém lhe conhece nenhuma entrada. É habitado por um cavaleiro ao qual ninguém supera em valentia, chamado Sayf Alalám, filho de Khaddáb Addimá[2], senhor do Palácio dos Raios."

O filho do rei pensou: "É para lá mesmo que eu vou. Juro por tudo quanto é digno dos homens nobres que vou atrás dele de qualquer jeito, nem que seja nas alturas solares ou nas profundezas da terra." Depois, agradeceu ao pastor e desceu acompanhando o declive do vale, imprimindo velocidade ao galope, até que as sombras da noite se abateram sobre ele; procurou então uma árvore debaixo da qual estendeu uns trapinhos, adormecendo sobre eles. Foi despertado por barulhos e grunhidos: abriu os olhos e viu um leão aterrador, terrível, de tamanho colossal e aspecto apavorante. O jovem fez carga contra o leão, o qual por sua vez atacou, e o jovem se desviou.

E nesse ponto a aurora alcançou Xahrazad, e ela parou de falar.

Vigésima segunda noite

Disse o filosófico Fihrás:

Ela disse: e assim, meu amo, o jovem se desviou do leão, escapando de seu ataque. Vendo o animal

---

2. O nome significa: "Espada dos Estandartes, filho do Pigmentador com Sangue", isto é, aquele cujas tinturas seriam compostas pelo sangue das pessoas que ele abatia. Uma tradução possível seria *Arranca-Sangue*.

hesitar, lançou-se sobre ele e lhe aplicou uma espadeirada na cabeça, tão violenta que a arma chegou à espinha do leão, e este caiu morto, revirando-se em seu próprio sangue.

Retornou então ao cavalo, montou-o e ouviu um violento brado que retumbou por todo o vale. Voltou-se para aquela direção e eis que viu uma seta de lança brilhando qual lampião: era um cavaleiro que, soltando um brado violento, tentava atingi-lo. O filho do rei desviou-se, e a lança enterrou-se no chão até a metade; surpreendido, o filho do rei desembainhou a espada e fez carga contra o cavaleiro. Enfrentaram-se até o meio-dia, quando enfim Záfir, subindo nos estribos, conseguiu pegar o inimigo pelos braços, derrubando-o do cavalo e atirando-o ao chão; nesse momento, o albornoz voou de sua cabeça, surgindo tranças de cabelo tão preto quanto o escuro da noite: era uma jovem. Disse ele: "Pereça tua mãe! quem és?" Ela respondeu: "Fui eu que invadi o pavilhão em que estavas com as três moças e também seqüestrei Assuwaydá, filha de Ámir. Elas agora estão em meu palácio. Sou eu que me fiz chamar de Sayf Alalám. Se me poupares, Deus te dará grandes riquezas."

E nesse ponto a aurora alcançou Xahrazad, e ela parou de falar.

Vigésima terceira noite

Disse o filosófico Fihrás:
Ela disse: diante disso, meu amo, Záfir deixou a moça, ele que antes pretendia matá-la. Ela se dirigiu então ao cavalo e montou, ele fez o mesmo, e galoparam ambos até chegarem a uma gigantesca montanha cujo cume rasgava os céus; no meio da monta-

nha havia uma caverna onde entraram os dois e desapareceram num subterrâneo, saindo em seguida nas proximidades de um lago com embarcações; entraram num barco e a moça remou até chegarem à porta de um magnífico palácio. Ele se voltou para ela e perguntou: "Qual é o teu nome, moça?" Ela respondeu: "Xams Addayá[3], filha de Khaddáb Addimá. Este palácio é conhecido como Palácio dos Raios; está protegido, de todos os lados, por um círculo mágico num raio de quarenta milhas. É feito de uma espécie de cristal que, mal nasce o sol, queima qualquer tolo que lhe chegue perto, e isso por causa de seu brilho intenso. Foi com essa pedra que os gênios fizeram construções para Sakhr, filho de Iblís Alakbar [Lúcifer Maior]."

Depois a moça tomou o filho do rei pela mão e o introduziu no palácio, levando-o a uma enorme sala com oitenta pilares de mármore, mobiliada com toda espécie de seda e brocado tecido em ouro. Instalou-o numa espaçosa poltrona e, chamando uma serviçal, disse-lhe: "Traze-me Assuwaydá e as três moças que eu seqüestrei no Vale dos Bárbaros." Depois de um instante, vieram todas em formosas vestes e excelente estado. Cumprimentaram-no e felicitaram-no por estar bem. Ficou com elas alguns dias e em seguida casou-se com Xams Addayá, filha de Khaddáb Addimá, com a qual comeu e bebeu durante um mês inteiro. Depois, Xams Addayá foi até o pai e o matou, cedendo o governo a Záfir. Então, as tribos lhe pagaram tributo, e ele distribuiu dinheiro aos homens, arregimentou soldados e constituiu um poderoso e avassalador exército como jamais se vira antes. Também promoveu um grande

---

3. *Xams Addayá* significa "Sol das Luzes" ou "Sol da Iluminação."

festival, no qual sacrificou vacas e ovelhas, degolou camelos e ofereceu vinho; montaram-se muitas tendas e pavilhões, e ele reconciliou-se com o irmão, o qual o censurou por tê-lo abandonado e lhe informou que a mãe – origem de todos os problemas – havia morrido. Depois de ficarem juntos alguns dias, o irmão retornou para cuidar do palácio e do exército. Záfir permaneceu com as moças, enviando os hóspedes para o palácio repleto de tesouros de Assuwaydá, filha de Ámir, e nomeando como governador daquela terra um de seus oficiais. E assim ficou na melhor vida, comendo e bebendo do melhor, até que lhe adveio aquilo de que não há escapatória, e graças a Deus findou-se a história.

História do vizir e seu filho

Depois ela disse: conta-se, ó rei, que quando o califa Harun Arraxid deu cabo do clã dos Barmécidas[1], um velho entrado em anos, membro do clã e importante vizir, conseguiu fugir acompanhado do filho. O velho se chamava Muhammad, e o filho, Abdullah.

Disse o narrador: vagaram ambos até chegarem ao porto da cidade de Basra, onde embarcaram num navio que se dirigia à Índia. Enquanto singra-

---

1. Clã persa originário da cidade de Balkh, atualmente situada no Afeganistão. Antes de se converterem ao islamismo, seus membros praticavam o zoroastrismo, do qual alguns deles eram sacerdotes. Adquiriram grande importância e poder no período que vai de 750 a 803 d.C., quando foram desbaratados e perseguidos por ordem do célebre califa abássida Harun Arraxid (morto em 809 d.C.), junto ao qual haviam gozado de enorme prestígio. Os motivos que levaram o califa a promover a matança, decidida após um período de viagem, são controversos, mas certamente ligados ao fato de esse clã constituir uma espécie de estado dentro do estado, tal o poder que seus membros desfrutavam. Já Harun Arraxid – quinto califa da dinastia Abássida, sobre o qual se formou vasta legenda na cultura árabe-muçulmana, e cujo governo (786-809 d.C.) de fato constituiu a época de ouro dessa civilização – é personagem não só das *1001 noites* como também de várias histórias deste livro.

vam com agradável brisa, descortinaram uma enorme montanha negra no meio do mar. O navio atracou ali, e como a água potável de ambos se tivesse esgotado, desceram a fim de abastecer-se. Caminharam até a noite e depois fizeram tenção de retornar ao navio.

E nesse ponto a aurora alcançou Xahrazad, e ela parou de falar.

Vigésima quarta noite

Disse o filosófico Fihrás:
Ela disse: quando se fez mais intenso o breu da noite, meu amo, pai e filho resolveram retornar ao navio. Enquanto caminhavam, ouviram no mar um forte alarido. Correram em direção ao navio, entraram e, levantando a cabeça, viram um monstro que se ergueu do mar e arrebatou um grupo de tripulantes. Houve então grande algazarra, e todos se puseram a rezar e implorar auxílio divino. De manhã, o navio zarpou da ilha, mas, quando já se encontravam em alto-mar, violento vendaval se iniciou: as águas entraram em turbulência e se encapelaram, despencando depois sobre o navio, que se rachou; o filho do vizir logrou salvar-se numa prancha, e durante a noite inteira as águas ora o faziam subir, ora descer. Quando Deus amanheceu a manhã, as ondas o lançaram numa ilha isolada dos campos equóreos. O jovem começou a perambular em busca de alimento, e no interior da ilha encontrou muitas árvores frutíferas: comeu daquelas frutas e bebeu de seu líquido, retornando em seguida à praia, na qual vislumbrou alguns apetrechos do navio, arrojados à costa pelo vendaval. Recolheu então uma camisa,

vestiu-a e dormiu sob as árvores durante todo o dia e toda a noite.

Quando Deus amanheceu a manhã e o sol raiou, o jovem, contemplando o mar, notou uma canoa com cerca de dez homens, que se dirigia à ilha; escondeu-se então num ponto em que, embora eles não o vissem, ele podia espioná-los. Viu-os retirando da canoa um velho de pés e mãos algemados. Puseram-no numa prancha e o carregaram em suas cabeças até um poço, e ali o atiraram; depois, retornaram à canoa e zarparam. Logo que desapareceram no horizonte, o jovem acorreu até o poço e ouviu o velho rogando ajuda a Deus altíssimo; recolheu então cipós nos galhos duma árvore, com eles fazendo uma corda resistente, e desceu ao fundo do poço, onde estava o velho. Perguntou-lhe: "Ei, tu! Estás vivo ou morto?" Respondeu o velho: "Vivo graças a Deus, que agora me salva por teu intermédio." Disse-lhe: "Sou um jovem náufrago; cheguei a esta ilha numa prancha, e vi o que aquela gente fez contigo; por isso vim." Disse o velho: "Tira-me daqui, meu filho, que eu te deixarei rico e te salvarei desta ilha."

Disse o narrador: o jovem soltou então as algemas do velho e deu um jeito de retirá-lo do poço, alçando-o à superfície. Depois providenciou-lhe alimentação – as frutas da ilha – e ficou com ele durante alguns dias, ao cabo dos quais, tendo o local ficado repleto de pássaros brancos, o velho voltou-se para o jovem e disse: "Alvíssaras! Amanhã cedinho, se Deus quiser, aportarão aqui muitos navios e nos tirarão desta ilha. Se Deus quiser, com seu poderio e força!"

E nesse ponto a aurora alcançou Xahrazad, e ela parou de falar.

Vigésima quinta noite

Disse o filosófico Fihrás:

Ela disse: o jovem perguntou ao velho: "E como é que podes saber disso?" O velho respondeu: "Sei disso e de muitas outras coisas. Possuo um livro que ensina a extrair preságios do vôo dos pássaros: vendo a ilha se encher deles, compreendi que ela se encherá de homens."

De fato, quando Deus amanheceu a manhã, eis que vários navios e canoas aportaram na ilha. Os homens desembarcaram, caminharam pelo lugar e encontraram o velho e o jovem; perguntaram-lhes como estavam, e ambos explicaram o que lhes sucedera; então, eles os conduziram até os navios. Os tripulantes passaram na ilha alguns dias, e quando os ventos se tornaram favoráveis zarparam, sulcando os campos equóreos por dias e noites, até que aportaram numa grande cidade, repleta de habitantes. Desembarcaram, e o velho dirigiu-se com o jovem filho do vizir a uma hospedaria, na qual alugaram um quarto. Após terem se instalado, o velho tomou papel e tinta, escreveu uma carta e entregou-a ao jovem, dizendo: "Vai com esta carta ao lugar tal e pergunta sobre fulano; encontrando-o, entrega-lhe a carta. Se ele perguntar a meu respeito, conta tudo e dize-lhe que estou neste local."

Disse o narrador: o jovem foi ao lugar indicado pelo velho; chegando ao homem mencionado, entregou-lhe a carta. Depois de lê-la, ele perguntou: "Onde está, meu jovem, o autor desta carta?" Respondeu: "Está na cidade. Se quiseres, poderás vir comigo até ele." Disse: "Sim, vamos até lá."

Disse o narrador: então caminharam ambos até chegarem ao velho. Assim que o viu, o homem abraçou-o fortemente; findos os cumprimentos mútuos, o homem disse: "Por Deus, meu amo, que eu não te supunha vivo! Graças a Deus!" Em seguida saiu e voltou com comida e bebida, e todos se alimentaram. O homem e o velho conversaram por um bom período; o velho disse: "Eu quero que me compres um navio"; o homem respondeu "Sim" e se retirou. Ao jovem, que ficara no quarto, o velho disse: "Vai ao mercado, meu jovem, e compra dois arráteis de cobre vermelho. Traze também um pouco de carvão"; o jovem trouxe prontamente o pedido. Então, o velho acendeu o carvão sobre o cobre, e este se tornou branco; depois, lançou certo pó sobre ele, e aquilo se transformou em ouro puro.

O homem retornou e disse: "Teu pedido foi cumprido, meu senhor: o navio já está providenciado." O velho então entregou-lhe o ouro; o homem foi ao mercado e não era passada nem uma hora quando ele voltou trazendo muito dinheiro. Disse-lhe então o velho: "Providencia provisões e tudo quanto seja necessário para o navio e para os tripulantes, escravos e outros." E o homem, após ter comprado todo o necessário, despediu-se e foi embora.

O velho disse ao jovem filho do vizir: "Se tiveres paciência, Deus te concederá imensas riquezas." E navegaram pelos campos equóreos. Assim que se afastaram da cidade, o velho voltou-se para o jovem e perguntou: "Acaso conheces, meu filho, a minha história?" Respondeu: "Não, meu tio." Disse o velho: "Eu era o rei daquela cidade, e então me ocorreu o que presenciaste. Aquele homem era a pessoa mais próxima de mim. E eu, como estás vendo, sou um velho já entrado em anos e debilitado. Quero retribuir-te o bem que me fizeste."

E nesse ponto a aurora alcançou Xahrazad, e ela parou de falar.

Vigésima sexta noite

Disse o filosófico Fihrás:

Ela disse: e assim, meu amo, avançaram eles pelos campos equóreos durante o período de vinte dias, até avistarem enfim uma estátua de ídolo que pairava no ar. O velho voltou-se para o jovem e disse: "Este ídolo, meu filho, é o primeiro de uma série de sete, feita por Alexandre o Grande, que a paz esteja com ele, quando adentrou o Mar das Trevas." Continuaram a avançar, ultrapassando um ídolo após o outro, até que chegaram ao sétimo, ligado a uma ilha de tamanho colossal. Desembarcaram, e o velho encaminhou-se com o jovem ao sétimo ídolo; aproximaram-se, e o ídolo fez menção de atirar-lhes uma lança; a terra, porém, tremeu-lhes sob os pés, e ouviram-se gritos agudos; volveram atrás e acercaram-se do ídolo pelo outro lado, no qual havia uma pequena porta; o velho abriu-a e retirou três chaves; em seguida, tomando o jovem pela mão, foi até o navio e orientou a tripulação a que não abandonasse o local até que ambos retornassem. Depois, caminharam pela ilha até um palácio fortificado, construído em tempos remotos pela dinastia persa dos descendentes de Kisra; aproximando-se, viram ao seu redor um rio cujas águas giravam como pedra de moinho; em seu centro, havia pontas de seta espetadas. O velho voltou-se para o jovem e disse: "Não se entra nesse palácio senão por meio de um bom ardil"; aproximando-se do rio, ouviram gritos agudos e alaridos. O jovem perguntou: "O que são esses gritos, meu velho? Parecem grasnidos de águia!" O velho respondeu: "Às portas deste palácio, meu filho, existe uma variedade de ave encantada semelhante à águia: quando alguém se aproxima, grita como estás agora ouvindo. É por isso que se chama Palácio das Águias."

Em seguida, o velho ficou de frente para a porta e escavou; surgiu então uma placa de mármore com um grande pino rosqueado; girou-o, e eis que o pino rodopiou profusamente. O velho disse ao jovem: "Vigia o vale; se vires algo, informa-me", e continuou girando o pino até que as águas amansaram, delas emergindo uma ponte levadiça de cobre, que se fixou no alto. O jovem avisou imediatamente o velho, e este largou o pino; atravessaram ambos a ponte, chegando à porta do palácio, em cuja placa de mármore estavam pintados os seguintes versos:

Não adentre este palácio senão o mais valente,
pois está iludido quem ignora seus caminhos;
e quem por acaso tiver os temores sob controle
fica plenamente responsável por quem não tem.

E nesse ponto a aurora alcançou Xahrazad, e ela parou de falar.

Vigésima sétima noite

Disse o filosófico Fihrás:
Ela disse: e então, meu amo, ambos aproximaram-se da porta, abriram-na, entraram – o velho adiante e o jovem atrás – e encaminharam-se até o centro do pátio, e aí constatando que o palácio, de luxuosa construção, estava em deplorável condição: suas bases eram de blocos de pedra sólida ligados por tijolo e argila; o arco das portas, sustentado por colunas de mármore, fora instalado antes das portas, e as janelas apresentavam exóticos paramentos; no

interior, havia banheiros e largos aposentos, conjuntos, pavilhões, arcos, túneis, bosques, jardins, piscinas com estátuas e manivelas, leões de cuja boca a água fluía em abundância, salões elevados com portas de sândalo vermelho laminado a ouro e colchões de brocado com almofadas e travesseiros que de tão coloridos deixavam o olhar atônito. Tal palácio constituía uma lição para quem reflete e uma advertência para quem se excede: estava no mais completo abandono, depois do acúmulo de tempos e eras.

O velho dirigiu-se a um dos salões, abriu-o e eis que estava abarrotado de gemas e rubis; em um de seus colchões havia homens que passavam a quem os visse a impressão de estarem vivos. No segundo salão, encontrou um trono de ouro cravejado de rubis; à direita, um leão; à esquerda, serpentes; e sobre o trono um homem que parecia dormir mas não dormia; em sua cabeça, uma placa de esmeralda verde na qual se escrevera com ouro: "Eu sou Thálaba, filho de Abd Layl, filho de Jârham, filho de Abd Xams, filho de Wáil, filho de Hímyar, filho de Yámur, filho de Qahtán, filho de Hud, que a paz esteja com ele. Tenho quinhentos anos, plantei árvores, rompi o curso dos rios e deixei-me seduzir por este mundo, até que veio o que estava previsto e decidido pelo Todo-Poderoso. Que reflita, pois, aquele que tem visão. Oxalá quem me veja não se deixe seduzir por este mundo."

Depois ambos entraram em outro salão, no centro do qual havia um trono cercado de lampiões de ouro e prata pendurados, adornados com várias qualidades de pedras preciosas; no trono, um ancião que parecia dormir mas não dormia; portava um livro aberto diante de si: com a vista nele cravada, sugeria estar vivo a quem o visse. Sobre sua cabeça, uma coroa com engaste de gemas e rubis que iluminavam o salão com sua pureza, brilho e magnitude.

Disse o narrador: o velho voltou-se para o jovem e disse: "Espera aqui até que eu pegue a coroa e as pedras preciosas que estão na cabeça desse ancião."

E nesse ponto a aurora alcançou Xahrazad, e ela parou de falar.

Vigésima oitava noite

Disse o filosófico Fihrás:
Ela disse: deu-se então, meu amo, que o velho, tendo-se dirigido até o trono para pegar a coroa e as pedras preciosas, topou com cinco degraus diante de si. Subiu o primeiro, e o ancião do trono ficou em pé; subiu o segundo, e o ancião fechou o livro; subiu o terceiro, e o ancião pegou um arco com a mão esquerda; subiu o quarto, e o ancião pôs uma flecha no arco; quando ia tocar no quinto degrau, eis que o palácio inteiro balançou e o velho tropeçou, retrocedendo, e então os movimentos cessaram; galgou novamente os degraus, escorregou, e o ancião do trono acertou-lhe uma flechada, prostrando-o, e o velho despencou morto na escadaria.

Vendo aquilo, o jovem filho do vizir ficou sumamente temeroso por sua vida. Acorreu a fim de retirar o velho do local, mas de baixo do trono saiu um leão que abocanhou o velho e chacoalhou violentamente o jovem, atirando-o de joelhos e deixando-o enfim desmaiado.

Quando se recuperou do desmaio, pôs-se em pé e começou a recitar o Alcorão e as preces islâmicas. Enquanto fazia isso, ouviu uma voz entoar os seguintes versos:

Não fosse tua recitação, não estariam
na terra firmes os teus pés, ó humano!
Num local que ao rei dos gênios pertence,
a todo momento setas semeiam a morte.
Foi meu dever dar-te a ti tal conselho
e a todos os sensatos, que evitem a morte;
apodera-te agora de riquezas a ti destinadas,
mas nunca voltes, ainda que tudo percas.

Ouvindo tal voz, o jovem tranqüilizou-se e recolheu, dentre os rubis, os de peso baixo e valor alto. Retornou ao barco, nele depositando aquelas preciosidades. Pegou as chaves e abriu as portas dos salões, ali encontrando tesouros com os quais ninguém sonhara de tão indescritíveis. Terminada a tarefa, e tendo recolhido o que bem lhe aprouvera, fechou as portas, foi à ponte, atravessou-a, dirigiu-se à placa de mármore, girou-lhe o pino, e a ponte voltou à primitiva posição, desaparecendo sob as águas. Tornou as chaves ao ídolo, embarcou no navio e navegou pelos campos equóreos por dias e dias, até chegar à cidade de Basra, onde desembarcou seus tesouros. Comprou casas, imóveis, jardins, mulheres e cavalos, determinando ainda a seus escravos que mercadejassem e pelo mar viajassem. E assim ficou na melhor vida, até que lhe adveio aquilo de que não há escapatória, e graças a Deus findou-se a história.

História de Sulaymán, filho de Abdulmâlik[1]

---

1. Sulaymán Ibn Abdulmâlik: referência a uma personagem histórica (674-717 d.C.), membro da dinastia Omíada, que seria califa a partir de 715, sucedendo a seu irmão Walíd. Promoveu um cerco a Constantinopla. Seu pai, Abdulmâlik Ibn Marwán, foi califa de 685 a 705.

Depois ela disse: conta-se, ó rei, que, quando atingiu sete anos de idade, Sulaymán falou com sapiência e poesia. Recebeu todo conhecimento, e aprendeu a cavalgar, enfrentar a noite, jogar lança, esgrimar e travar combate com campeões e cavaleiros; quando caçou leões, então, foi um prodígio de Deus e uma lição para quem reflete.

Ao completar dezessete anos, seu braço ficou mais potente, e a musculatura, mais saliente. Tornou-se a mais bela criatura de Deus na constituição, e também a mais generosa de formação; seu pai, que se sentia extremamente feliz, disse-lhe: "Pede o que desejares, meu filho." Respondeu-lhe: "Gostaria, meu pai, que construísses para mim um palácio no qual houvesse rios correntes." Disse-lhe: "Com todo amor e honra."

Disse o narrador: o pai recorreu ao chefe dos arquitetos, e então se reuniram arquitetos de todos os pontos do mundo e construíram um palácio jamais visto. Quando a tarefa terminou, realizou-se nas dependências do palácio um magnífico festival, no qual todos comeram, beduínos e citadinos.

Disse o narrador: certo dia, estando Sulaymán sentado num jardim suspenso, olhando para o pátio do palácio e contemplando embevecido a brancura do mármore, eis que notou dois corvos que, brigando, caíram no centro do pátio, e seu sangue escorreu na brancura do mármore. Ele pensou: "Será que Deus já criou uma donzela cujo corpo tenha a brancura deste mármore, os cabelos, a negrura desses corvos e as faces, a vermelhidão deste sangue sobre o mármore? Quem dera eu soubesse!"

E nesse ponto a aurora alcançou Xahrazad, e ela parou de falar.

Vigésima nona noite

Disse o filosófico Fihrás:

Ela disse: deu-se então, meu amo, que Sulaymán convocou amigos e vizires, e lhes revelou o desejo que em seu peito se gestara. Disseram-lhe: "Somente encontrarás uma donzela igual a essa por meio de Abu Hazm."

Disse o narrador: Sulaymán mandou convocar Abu Hazm e lhe falou do assunto. Respondeu: "Eu conheço, ó príncipe, uma donzela com tais características: é Qâmar Alazrár, filha de Namáriq[2], rei da Terra de Atáriq, e está preservada das vistas públicas. É a mais bela do mundo. Mas é mais fácil para ti chegar aos céus do que perto dela." Perguntou Sulaymán: "E por que isso?" Respondeu: "Trata-se de donzela de véu espesso[3]. O pai dela tem um reino poderoso e, com um único chamado, é capaz de

---

2. Qâmar Alazrár: "Lua de Botões"; *Namáriq*: "Coxins de Sela".
3. A expressão "de véu espesso" designa pessoas, ordinariamente mulheres, muito protegidas e de difícil acesso.

mobilizar cem mil combatentes. E ele lhe concedeu ampla liberdade para escolher o marido que desejar ou que a derrotar em combate. Entre as criaturas de Deus, é ela a que mais detesta o gênero masculino."

Disse o narrador: Sulaymán voltou-se para ele e perguntou: "Como, ó Abu Hazm, poderei chegar até essa moça e reunir-me a ela?" Respondeu Abu Hazm: "Creio que o melhor a fazer seja enviar-lhe um presente; caso ela o aceite, será um bom sinal." Disse Sulaymán: "Vou enviar Abdullah Albattál, que dentre os homens é o mais corajoso, o de mais bela aparência e melhor retórica."

Disse o narrador: na realidade, o amor pela donzela havia provocado no coração de Sulaymán um fogo que nem os sete mares apagariam. Convocou Abdullah Albattál e lhe disse: "Vou enviar-te, com um presente, ao rei Namáriq." Respondeu: "Ouço e obedeço, meu senhor, primeiramente a Deus e depois a ti, ó príncipe."

Disse o narrador: então Sulaymán determinou que se trouxesse um corcel puro-sangue e escreveu ao pai da moça uma carta procurando convencê-lo a se tornarem parentes. Depois acrescentou presentes de gemas, rubis, esmeraldas e ervas da Índia, além de cem homens de nobre raça e cem escravos de origem cristã, vestidos de brocado e munidos de dardos azulados e escudos bojudos. Quando terminou de preparar o presente, dirigiu-se com seus companheiros a Abdullah, fazendo-lhe as recomendações finais e dele se despedindo.

O cavaleiro viajou então, atravessando terras de cima a baixo, até chegar à cidade do rei Namáriq, o qual saiu para recebê-lo em meio a uma grandiosa exibição. Cumprimentou-o e lhe perguntou: "De onde vens, e aonde vais?" Respondeu: "Venho-te como enviado do príncipe dos crentes Abdulmâlik Ibn Marwán e de seu filho Sulaymán, os quais são pelos grandes temidos, e pelos pequenos obedecidos." O rei então se indignou e disse: "Tu me ameaças, acaso, com Abdulmâlik e seu filho?" Respondeu-lhe: "Ó rei, eu somente vim a ti com uma sentença para que se estabeleçam laços de parentesco: que cases tua filha com o filho dele." Respondeu o rei: "E o filho dele é do mesmo feitio que tu? Pois juro por tudo quanto é caro aos nobres que, se o costume dos reis permitisse a execução de mensageiros, eu te mataria. Mas não: volta a teu senhor e diz-lhe que no próximo ano marcharei contra ele com dez mil combatentes sobre dez mil cavalos malhados, dez mil sobre dez mil cavalos negros e dez mil sobre dez mil cavalos baios. O início de minhas tropas estará na terra dele e o final na minha terra. Matar-lhe-ei o pai, Abdulmâlik. Destruirei Damasco por inteiro. E apossar-me-ei da Síria e da Índia."

E nesse ponto a aurora alcançou Xahrazad, e ela parou de falar.

Trigésima noite

Disse o filosófico Fihrás:
Ela disse: deu-se assim, meu amo, que o rei Namáriq entregou a Abdullah Albattál a resposta à solicitação de casamento, não sem antes ter se apossado dos presentes enviados, e em seguida se retirou.

Como a notícia a respeito de tais fatos tivesse chegado à donzela Qâmar Alazrár, enviou ela cem cavaleiros no encalço de Abdullah, a fim de o trazerem vivo ou morto.

Abdullah, notando que vinham cavalos atrás de si, não teve dúvidas de que seria atacado; desviou-se, pois, do caminho, que conhecia muito bem, e então eles não lhe encontraram vestígio nem lhe vislumbraram rastro. Continuou avançando por terras inóspitas e desertos até chegar à cidade de Damasco. Sulaymán, que naquele dia se instalara na torre de seu palácio, viu Abdullah se aproximando em grande velocidade; chegou ao palácio e gritou: "Socorro! socorro, ó rei!" Então, Sulaymán determinou que ele entrasse, e Abdullah o cumprimentou e relatou-lhe as ocorrências. Ato contínuo, Sulaymán informou ao pai, Abdulmâlik, o qual disse: "O que queres que façamos?" Respondeu: "Marchemos agora contra ele, mesmo que suas tropas sejam infinitas."

Disse o narrador: então Abdulmâlik ordenou que fossem reunidos quarenta mil cavaleiros de armadura, hábeis em cruzar terras inóspitas e desertos. Deu-lhes armas e distribuiu-lhes dinheiro, entregando o comando a seus filhos Sulaymán, Walíd e Mâslama; em seguida, despediu-se e retirou-se.

As tropas avançaram cortando as terras de cima a baixo: florestas, colinas, montes, desertos, vales e terras distantes durante três dias. No quarto dia, as tropas caminhavam quando viram diante de si uma gazela; pretendendo caçá-la, Sulaymán tentou seguir-lhe o rastro, mas não a alcançou; voltou ao local onde estava o exército, mas dele não encontrou notícia nem vislumbrou rastro.

Enquanto ele se virava à direita e à esquerda, avistou ao longe algo que brilhava como raio; dirigiu-se até lá e eis que era um rio verdejante e florescente, de cujas margens o almíscar se espraiava, ou nas quais chovia âmbar. Vendo aquele vale, com tais formosura e esplendor, e incomodado pelo sol causticante, Sulaymán acorreu a ele, como se fora serpente esfolada ou espada desembainhada. Aproximando-se daquele rio de suaves águas, contemplou as árvores de curvos galhos com frutas no alto e aves canoras e foi invadido pelo desejo de ficar ali; apeou-se pois do cavalo, amarrou-o, entrou na água e começou a banhar-se; ouvindo, no entanto, uma voz, imediatamente vestiu as roupas, montou o cavalo e notou, saindo do meio do arvoredo, um leão terrível e aterrorizante, de patas potentes e mandíbulas salientes. Não podendo dominar-se, soltou um forte grito; espumando de cólera, o leão avançou contra ele, na intenção de abatê-lo: Sulaymán, porém, desviou-se, assestando-lhe um golpe que o talhou como se fora um lápis.

E nesse ponto a aurora alcançou Xahrazad, e ela parou de falar.

Trigésima primeira noite

Disse o filosófico Fihrás:
Ela disse: deu-se então, meu amo, que Sulaymán, tendo matado e deixado para trás o leão, subiu pelo vale e aí vislumbrou diante de si um palácio em cuja frente se havia montado um pavilhão de seda vermelha, e diante do pavilhão um bastão espetado e um espadagão dependurado. Dirigiu-se para ali, pois, e disse alto e bom som: "Que a paz esteja convosco, ó moradores deste pavilhão!", mas ninguém respondeu. Ficou ali parado e de repente ouviu uns gemidos; descavalgou, levou a mão ao punho da espada, ergueu as cortinas do pavilhão, entrou e eis que viu em seu centro uma donzela que parecia relâmpago arrebatador ou lua de esplendor ou gazela cheia de frescor. Observou-a: estava dependurada pelos cabelos. Disse-lhe: "Que a paz seja sobre ti, ó donzela. Por que te vejo assim dependu-

rada pelos cabelos?" Ela respondeu: "Pobre de ti! Acaso não foste advertido por ninguém quanto à entrada neste vale? Ninguém te impediu? Por Deus, eu como que vejo as carpideiras te lamentando, e por ti chorando os parentes e queridos entes. Salva-te a ti e à tua face antes que te sobrevenha a grande calamidade e a desgraça pior!" Ele perguntou: "Quem seria?" Respondeu: "Certo guerreiro em cujo fogo ninguém se aquece e em cuja vizinhança ninguém mora: chama-se Mudhill Alaqrán [Humilhador dos Contemporâneos] e possui um escravo negro chamado Dawwás [Valente]. Ele saiu para caçar." Perguntou: "E qual é o teu nome, donzela?" Respondeu: "Chamo-me Layla, filha de Básit Alliwá [Desdobrador das Bandeiras], senhor da Fortaleza das Estrelas e do Vale dos Cavaleiros. Saí com minhas servas, e esse guerreiro me seqüestrou e me trouxe até aqui para desvirginar-me, mas, como não consenti, ele me amarrou como estás vendo."

Disse o narrador: Sulaymán aproximou-se dela, soltou as amarras e disse: "Não se quebra o ferro senão com o ferro." Estavam assim quando se ouviu um brado estrondoso; Sulaymán olhou para aquela direção e viu um pilar de poeira subindo, debaixo do qual surgiu um escravo negro que parecia palmeira elevada ou ramo delgado, de beiços caídos e olhos brilhantes, conduzindo atrás de si um jumento atulhado de caça – digamos que ele carregava um coelho, um lobo, um burro selvagem e antílopes, entre outros; apressado, o escravo viu Sulaymán parado na entrada do pavilhão, com a donzela a seu lado; soltou as rédeas do jumento, levou a mão ao punho da espada e deu um grito que fez estremecer a terra, avançando com um bastão; Sulaymán desviou-se do golpe, e então eles duelaram por algum tempo.

Enquanto eles duelavam, eis que surgiu dentre o arvoredo um cavaleiro que parecia enorme montanha ou oceano encapelado. Ao vê-lo, Sulaymán perdeu o controle e acertou o escravo com um golpe que o talhou como se fora um lápis. Vendo que o escravo estava morto, o cavaleiro lançou contra o filho do rei um rugido de ódio e tentou acertar-lhe a lança. Sulaymán grudou-se ao cavalo e, dando gritos e brados, movimentou-se à direita e à esquerda; duelaram por longo período, até que o filho do rei, subindo nos arreios, acertou-lhe um golpe de lança que o talhou como se fora um lápis.

E nesse ponto a aurora alcançou Xahrazad, e ela parou de falar.

Trigésima segunda noite

Disse o filosófico Fihrás:
Ela disse: então, meu amo, o filho do rei descavalgou e recolheu tudo quanto havia no pavilhão, colocando-o no lombo do jumento; montou o cavalo, a donzela também montou e avançaram, atravessando terras de cima a baixo, até que chegaram, no alto duma montanha, a uma fortaleza que, irrompendo da terra, tocava as nuvens; fora construída pelos amalecitas e pelos nobres bizantinos em pedra sólida e colunas de cobre. A passagem das eras não lhe desfigurara a arquitetura, nem o tempo a modificara, a despeito de todas as desditas e bloqueios militares.

A donzela dirigiu-se, com o príncipe atrás de si, por um caminho que parecia cordão de sapato ou túnel de formigas. Quando se aproximaram da fortaleza, o pai da donzela, Desdobrador de Bandeiras, saiu para recebê-los vestido de luto. Sulaymán o cumprimentou e disse: "Por que te vejo de luto?" Respondeu o ancião: "Eu tinha uma filha que era tudo quanto eu queria na vida. Foi roubada de mim há algumas noites." Disse-lhe: "Acaso a reconhecerias se a visses?" Respondeu o ancião: "Sim, ó cavaleiro abençoado!" Então Sulaymán apontou para a donzela, que desvelou o rosto e abraçou o pai, informando-lhe de tudo quanto ocorrera e de como o príncipe a salvara. O ancião, aproximando-se de Sulaymán, disse: "Quem és, ó cavaleiro?" Disse Sulaymán: "Não me conheces?" Respondeu: "Não sei quem és, acredita-me!" Disse: "Sou Sulaymán, filho de Abdulmâlik, filho de Marwán." Disse o ancião: "Cala-te! não pronuncies de novo esse nome, ou poderás ser morto! A que vieste?" Então Sulaymán relatou como pedira Qâmar Alazrár em casamento, e todo o restante da história. O ancião disse: "Por Deus que deves buscá-la, ainda que ela suba ao sol ou desça às profundezas da terra. Mas tem paciência, que arquitetarei um plano a fim de que possas vê-la, se Deus quiser." Disse Sulaymán: "Como chegarei até ela? Seu pai já está informado de que marcho contra ele com quarenta mil cavaleiros!" Disse o ancião: "Virás comigo até ele. Quando te perguntar o nome, dirás: Âssad, filho de Ammár." Respondeu: "Sim."

Disse o narrador: e, naquela noite, o ancião o hospedou. Quando amanheceu, ambos montaram e cavalgaram até a terra de Atáriq, por decisão do destino e dos astros; Sulaymán viu então uma terra que nunca olho algum tinha visto igual: gentil terra branca cuja brisa vinha de todas as direções, com flores que a linguagem seria incapaz de descrever; no meio, uma cidade que ocupara o fácil e o difícil, e diante da cidade um palácio inexpugnável de requintada construção, cercado por um exército qual oceano encapelado: não se viam senão armaduras brilhando e couraças reluzindo. Era um exército que se entrelaçava de tal modo que se assemelhava às ondas do mar quando quebram umas contra as outras; mas não havia ali um único que dissesse: "Deus é único em seu reino."

E nesse ponto a aurora alcançou Xahrazad, e ela parou de falar.

Trigésima terceira noite

Disse o filosófico Fihrás:
Ela disse: deu-se então, meu amo, que, quando Sulaymán chegou com o ancião à porta da cidade, esta se abriu, dela saindo cerca de cinqüenta escravos que pareciam altas montanhas, com olhos apavorantes e mandíbulas salientes; as faces negras, coisa feia, com bocas qual poço e dentes qual lâmina; braços como pontes, dedos como chifres, ombros elevados e orelhas murchas; o recorte da boca mais parecia um beco; os narizes, cornetas. Quem os visse se assustaria, e quem os observasse se horrorizaria; as almas se deprimiam com sua aparência, e os corações se angustiavam com sua insolência. Eram chefiados por um escravo negro que parecia um demônio: na mão, um escudo de cobre, e no ombro um bastão com sinos e dentes; cabeça de capacete, cara de velhusco, voz qual trovão ribombante e olho qual raio chispante. Atrás dele, duzentas cavalgaduras, e em cada cavalgadura uma donzela, e no meio das cavalgaduras um enorme elefante em cujo dorso fora instalado, sobre colunas de cobre, um trono, e no trono a donzela Qâmar Alazrár. Por todo

lado, donzelas com tambores, alaúdes, flautas e adufes. Sulaymán ficou impressionado com aquilo: entre todas, parecia-se ela com a lua cheia. Quando se aproximou do palácio, a porta se abriu e todas as donzelas entraram atrás dela.

Depois disso, o rei Namáriq mandou convocar o ancião Desdobrador das Bandeiras, senhor da Fortaleza das Estrelas. Este pegou na mão de Sulaymán e colocaram-se ambos diante do rei, cumprimentando-o. Disse o rei ao ancião: "Quais as notícias que tens a respeito de Sulaymán, filho de Abdulmâlik?" Respondeu: "Que Deus te preserve, ó rei; este cavaleiro sabe mais do que eu." Perguntou: "E quem é esse cavaleiro?" Respondeu: "É meu parente, meu primo." Perguntou: "E qual o nome dele?" Respondeu: "Âssad, filho de Ammár." Disse o rei: "Dize-me, fulano, quais as notícias sobre Sulaymán, filho de Abdulmâlik?" Respondeu: "Deixei-o no Vale da Plantação preparando-se para marchar contra teu país."

Disse o narrador: então Namáriq ordenou que o ancião e o jovem fossem hospedados, e que se lhes desse comida e bebida. Quando ambos iam saindo, um soldado pegou em Sulaymán e disse: "Será que os reis aceitam a mentira? Não és Sulaymán, filho de Abdulmâlik, filho de Marwán?" Ouvindo aquilo, Sulaymán ficou atônito.

E nesse ponto a aurora alcançou Xahrazad, e ela parou de falar.

Trigésima quarta noite

Disse o filosófico Fihrás:
Ela disse: então o soldado, meu amo, desvelou-se, e eis que era Abdullah Albattál! Disse: "Que tal te pa-

recem as coisas? Seja como for, vai com o ancião e assim poderás descobrir o que esse rei está tramando." E Sulaymán encaminhou-se com o ancião a um pavilhão de seda; assim que entraram, chegou um enviado da donzela Qâmar Alazrár e disse ao ancião: "Onde está o teu primo?" Respondeu: "Está comigo." Disse o enviado: "A senhora o convoca a fim de que lhe preste algumas informações." Então, o ancião voltou-se para Sulaymán e disse: "Vai com esse enviado", e Sulaymán assim fez. Quando chegou até a donzela, cumprimentou-a – e ela, sem saber que ele próprio era Sulaymán, perguntou-lhe: "Qual é o teu nome, ó jovem?" Respondeu: "Meu nome é Âssad, filho de Ammár." Disse: "Dize-me, ó Âssad: acaso viste Sulaymán?" Respondeu: "Sim." Disse: "Descreve-o, ó Âssad, de modo tão preciso que seja como se eu mesma o visse." Respondeu: "Ele tem as características tais e tais. É parecido comigo."

Disse o narrador: a donzela ordenou então que se trouxesse comida e bebida e, depois que ele comeu, ela disse: "Vai recuperar-te do cansaço e volta até mim amanhã, se Deus quiser." Sulaymán então se encaminhou ao pavilhão e dormiu.

Quando Deus bem amanheceu a manhã, a donzela tornou a convocá-lo. Disse: "Dá-me informações a respeito de Sulaymán." Ele disse: "Suas características são tais e tais, e é ele o mais bravo cavaleiro deste tempo." Ela disse: "Acaso me ameaças, ó Âssad, com Sulaymán? Pois juro por tudo quanto é caro aos nobres que moverei contra ele uma guerra que encanecerá os recém-nascidos e impressionará até o mais implacável guerreiro." Depois, ordenou que lhe servissem comida e bebida; enquanto ele se alimentava, a donzela o observava por detrás do véu.

Disse o narrador: estavam assim as coisas quando se ouviram gritos que repercutiram por toda a terra. "O que está ocorrendo?", perguntou a donzela. Então apareceu uma serva gritando: "Socorro! socorro! ó minha senhora, os exércitos de Sulaymán nos cercaram por todo lado!"

Disse o narrador: a donzela voltou-se para Sulaymán e disse: "Tem paciência, ó Âssad, e verás do que são capazes os homens gerados por mulheres de fibra!" E Sulaymán retirou-se.

Quando Deus amanheceu a manhã, a donzela subiu a uma das torres do palácio e viu bandeiras tremulantes e estandartes ofuscantes, e turbantes e coroas de variegadas cores; as crinas dos cavalos assomavam em cada canto, qual de cinza chapeado, qual em negrume envolto: alazões de cujos paramentos como que irrompiam chamas, e malhados cuja noite se confundia com seu dia, e baios cuja água se esmaecia em seu fogo. De tão incontáveis, afiguravam a quem os via que a terra se movia por baixo deles.

Disse o narrador: quando se aproximaram da cidade, montaram tendas, pavilhões e barracas, e o que a donzela conseguiu avistar a deixou impressionada: um exército irresistível como o mar agitado. Naquela noite, ficaram todos de campana.

E nesse ponto a aurora alcançou Xahrazad, e ela parou de falar.

Trigésima quinta noite

Disse o filosófico Fihrás:
Ela disse: deu-se então, meu amo, que Sulaymán, às escondidas, saiu do pavilhão do ancião e se diri-

giu às tropas. Quando estava chegando, os vigias saltaram-lhe em cima; ele então lhes falou e, mal o reconheceram, beijaram o chão diante dele; logo, reuniu-se a seus irmãos e companheiros, entregando o comando do exército a Jábir Ibn Ámir e orientando-o a desafiar a donzela; depois retornou ao pavilhão do ancião Desdobrador das Bandeiras e ali pernoitou.

Quando Deus bem amanheceu a manhã, as tropas tomaram posição, e as muralhas da cidade foram cercadas por catapultas e manganelas; arcos tensionados, flechas distribuídas e guerreiros retesados, protegidos por fortes couraças; nas cabeças, os habituais capacetes; armados de pontiagudas lanças, durindanas indianas e bojudos escudos, e montados em cavalos árabes adestrados, fazendo tal movimentação que agitavam a terra sob os pés dos moradores. O rei Namáriq, que já organizara companheiros e exército, predispunha-se também ao combate.

Disse o narrador: estavam as coisas nesse estado quando as portas do palácio se abriram, delas saindo uma donzela bem armada, montada numa égua malhada, de pescoço alongado, destruindo o que surgisse em sua frente; se a soltasse, trotava com cadência; se a zurzisse, voava com violência: a tudo ultrapassava, e nunca se ultrapassava. Sobre a donzela, resistente armadura, e na cabeça vistoso elmo estrelado e de ouro enfeitado, e três turbantes, suas armas consistindo numa espada indiana e num comprido bastão. Postou-se no centro do campo de batalha e gritou: "Ó guerreiros! onde está o líder em pessoa? Onde está Sulaymán, filho de Abdulmâlik?", e, mal terminou tais palavras e encerrou o discurso, surgiu-lhe pela frente Jábir Ibn Ámir. Ela lhe moveu um combate de encanecer as mechas do mais negro cabelo, e ele fugiu derrotado. Ela então o perseguiu, aplicando-lhe pancadas de bastão na cabeça, até que ele se refugiou no meio de suas tropas; depois, retornou ao palácio completamente extenuada e mandou chamar o suposto Âssad Ibn Ámir. Assim que ele entrou, ela perguntou: "Que tal te pareceu, ó Âssad? Onde está a valentia de Sulaymán, que tanto descreveste? Movi-lhe um combate de encanecer as mechas do mais negro cabelo!" Disse Sulaymán: "Quem dera, quem dera! Por Deus que não era Sulaymán, mas sim um de seus homens. Se Sulaymán te enfrentar, verás então a grande calamidade e a mais terrível astúcia."

Disse o narrador: então ela se levantou, tornou a sentar-se e disse: "Acaso tu me ameaças com Sulaymán? Pois juro por tudo quanto é sagrado para os nobres que, não fosses hóspede de meu tio Desdobrador das Bandeiras, eu não começaria senão por ti!" Em seguida, dispensou-o e permaneceu no palácio, encolerizada – ela, que ignorava estar tratando com o próprio Sulaymán.

E nesse ponto a aurora alcançou Xahrazad, e ela parou de falar.

Trigésima sexta noite

Disse o filosófico Fihrás:
Ela disse: logo que chegou ao pavilhão do ancião, meu amo, Sulaymán disse-lhe: "Pretendo enfrentá-la amanhã, se Deus quiser." Respondeu o ancião: "Faze como achares melhor." Sulaymán então dirigiu-se a seu exército e passou a noite com os irmãos e, quando Deus amanheceu a manhã, botou o arnês, co-

briu o rosto, armou-se, montou seu cavalo e no campo de batalha assomou, disfarçado de Jábir. Entrou pelas duas fileiras e circulou entre os dois exércitos até que a porta do palácio se abriu, e por ela a donzela saiu, armada, e numa égua negra montada: égua feroz, e mais, bem mais veloz que os passarinhos, e mais rápida, decerto, que as avestruzes do deserto. Parando no centro do campo de batalha, gritou: "Ó cavaleiros! Onde está Sulaymán, filho de Abdulmâlik?" Mal terminou tais palavras e encerrou o discurso, Sulaymán surgiu-lhe pela frente e lhe moveu um combate que jamais olho algum tinha visto. Vendo que não poderia enfrentá-lo, a donzela fugiu derrotada, e ele a perseguiu aplicando-lhe pancadas de bastão na cabeça, até que o elmo despencou, e então ele o rompeu com tanta força que a poeira se levantou; todos gritaram, e o cavalo do rei Namáriq fez tenção de carregar contra Sulaymán, mas a donzela sinalizou-lhes dizendo: "Ficai onde estais."

Sulaymán retornou a seu exército, e a donzela a seu palácio. Disfarçou-se de Âssad e dirigiu-se ao pavilhão do ancião, onde foi alcançado por um mensageiro da donzela: "Onde está Âssad, filho de Ámir? A senhora o convoca", disse. Então Sulaymán caminhou com ele até o palácio e cumprimentou a donzela, que, após responder ao cumprimento, disse: "Já estou convencida, ó Âssad, de que sabes tudo a respeito de Sulaymán. Ele cometeu hoje comigo uma enormidade, e chegaria mesmo a me matar se eu não houvesse fugido!" Respondeu: "Acaso não te havia dito que ontem enfrentaste não Sulaymán, mas sim um de seus homens?"

Disse o narrador: nesse ponto, a donzela saiu de trás das cortinas e lhe disse: "Ó Sulaymán! Acaso trapaceias comigo e te fazes chamar de Âssad?", e, como ele fizesse menção de levantar-se, ela gritou, e cerca de quarenta homens armados de espada o cercaram, ameaçando decepar-lhe a cabeça. Mas a donzela tornou a gritar, e então eles deixaram cair as espadas e desvelaram o rosto, e eis que eram todas donzelas formosas como a lua.

Disse o narrador: a donzela aproximou-se de Sulaymán e disse: "Que tal te parece? Por Deus que eu soube que eras Sulaymán desde o primeiro dia em que te vi. Seja como for, a covardia não é típica dos reis. Prepara-te, amanhã cedo, para uma batalha que derreterá o ferro tal seu fragor e assombrará mesmo os cavaleiros de maior valor." Ato contínuo, a donzela determinou que se trouxesse comida e bebida, e prontamente tudo foi posto diante deles; comeram e beberam, e então a donzela se achegou a ele com palavras mais suaves que a manteiga, e mais doces que o mel ou o gozo após longa separação. Disse-lhe, com sua deliciosa argumentação: "Estica a mão direita, Sulaymán; sabes que não se pode abjurar depois da fé: declaro que não há divindade senão Deus, e que o profeta Muhammad é o enviado de Deus."

Disse o narrador: a donzela se converteu, pois, ao islã, e foi boa a sua conversão.

E nesse ponto a aurora alcançou Xahrazad, e ela parou de falar.

Trigésima sétima noite

Disse o filosófico Fihrás:
Ela disse: deu-se então, meu amo, que a donzela disse: "Eu te pedi, príncipe dos crentes, algo que vai diretamente ao coração do homem, mas tu não me

recitaste sequer uma poesia, nem disseste nada." Então ele disse: "Pois não, minha menina", e recitou:

Não prova o sono quem por ti de amor padece,
chorando, de saudades, sangue e lágrimas,
e mostrando, com gemidos e suspiros, que
se tornou dos amantes o mais humilhado;
tem pena de suas súplicas e lhe concede,
antes que morra, um furtivo encontro.

Então a donzela tomou do alaúde, afinou-o e passou a recitar, o coração condoído, o seguinte discurso florido:

Deus sabe e os astros testemunham que
por ti de amor não durmo nem descanso;
tua beleza supera a da lua cheia em névoa envolta,
e também a de todas as estrelas das duas Ursas.

Depois, ela lhe ordenou que se retirasse até a manhãzinha do dia seguinte. Sulaymán chegou ao pavilhão completamente embriagado, e, como o ancião lhe indagasse: "O que é isso?", Sulaymán relatou-lhe tudo o que se passara entre ele e a donzela, e logo dormiu pelo resto da noite.

E, quando Deus bem amanheceu a manhã, acordou, vestiu a armadura, pôs o elmo, montou o cavalo e dirigiu-se a seu exército, aparecendo no meio da praça de combate; pouco depois, o portão do palácio se abriu, através dele surgindo a donzela, montada num corcel puro-sangue, na cabeça três turbantes de variegadas cores, na cintura uma faixa de pele de serpente, e na mão um bastão de pau de faia. "Onde está o líder Sulaymán, filho de Abdulmâlik?", perguntou ela; nem bem acabou de pronunciar essas palavras, Sulaymán surgiu e deu seu grito de guerra; cada qual carregou contra o outro durante algum tempo, e eis que Sulaymán, encostando seu estribo no dela, esticou as mãos e a puxou por debaixo dos braços, arrancando-a da sela; exibiu-a aos dois exércitos e a devolveu à sela; o cavalo do pai da donzela chegou a agitar-se, pronto a intervir no combate.

Enquanto ambos assim estavam, repentinamente um brado ressoou por todo lado, a ponto de se pensar que a terra se fendia, as montanhas ruíam e as árvores se desprendiam do solo e se suspendiam, e eis que, quando lanças cujas pontas pareciam lampiões, ou então filhotes de crocodilo, predispunham-se já a ceifar vidas, um cavaleiro se lançou sobre a donzela e a arrebatou de sobre a sela, fugindo depois para o deserto.

Vendo aquilo, todas as gentes gritaram e se alvoroçaram, e Sulaymán seguiu no encalço do cavaleiro, que então retirou o véu de sobre o rosto, e eis que era seu pai Abdulmâlik, filho de Marwán; isso deixou Sulaymán no mais extremo regozijo e contentamento. Depois, reaproximaram-se das tropas, repuseram a donzela no cavalo e a enviaram ao palácio. E as tropas de Abdulmâlik surgiram e cobriram a terra em todas as direções.

Disse o narrador: a donzela, remetida de volta ao palácio de seu pai, disse-lhe: "Acaso é possível combater, meu pai, o mar transbordante?" Respondeu-lhe: "E qual é a tua posição a respeito?" Disse: "Façamos a paz. E case-me com Sulaymán, pois ele é um rei respeitado e um bravo cavaleiro; ademais, eu havia me comprometido a não me casar senão com quem me derrotasse em combate, e ele me derrotou." Disse-lhe o pai: "Se estás mesmo disposta, farei o que dizes." E, quando Deus amanheceu a manhã, surgiram, de todos os lados, presentes para os soldados de Abdulmâlik, filho de Marwán.

E nesse ponto a aurora alcançou Xahrazad, e ela parou de falar.

Trigésima oitava noite

Disse o filosófico Fihrás:
Ela disse: logo a seguir, meu amo, o rei Namáriq surgiu em esplêndidos trajes, tendo diante de si servos vestidos de túnicas bordadas a ouro, nas mãos lanças azuis e escudos bojudos. A donzela providenciou então para que Sulaymán e seu pai Abdulmâlik se encontrassem com o pai dela; ele os cumprimentou, converteu-se ao islamismo e promoveu um grandioso festival, no qual foram sacrificados bovinos e ovinos, circulou vinho abundante e se tocaram tambores, alaúdes, harpas e adufes; a diversão se assenhoreou do lugar. Sulaymán possuiu a donzela e desfrutou sua esplêndida beleza; ela parecia o mais fino algodão: o mimo brincava em seus olhos, e a lua cheia transluzia em seu rosto. Conta-se que, naquela noite, Qâmar Alazrár acendeu uma vela de âmbar cujo peso era de quatro arrobas e ofereceu setenta e dois tipos de alimentos.

E assim Sulaymán desfrutou a donzela durante trinta dias, e depois se mudaram para Damasco, não sem que antes ela recolhesse todas as suas jóias, vestimentas, escravos etc. Assim, viajaram e chegaram a Damasco, onde o festival foi retomado, e os reinos de ambos passaram a constituir um só.

Permaneceram juntos comendo e bebendo do melhor até que lhes adveio aquilo de que não há escapatória, e graças a Deus findou-se a história.

Disse Dinarzad: "Ó Xahrazad, minha irmã, conta ao rei nosso senhor mais uma de tuas belas histórias." E ela respondeu: "Sim."

História de Mâslama[1], filho de Abdulmâlik, filho de Marwán

---

1. Mâslama Ibn Abdulmâlik Ibn Marwán: outra referência a uma personagem histórica, membro da dinastia Omíada, filho do califa Abdulmâlik. Líder militar, dirigiu expedições militares contra os bizantinos durante o califado de seu irmão Sulaymán, personagem da história anterior. Morreu em 738 d.C.

Ela disse: conta-se, ó rei, que, certo dia, Mâslama saiu para caçar com um grupo de amigos. Chegando a certo ponto, fora da cidade de Damasco, toparam com um bando de corças. Mâslama pôs-se então a perseguir uma delas, só conseguindo abatê-la após grande esforço. Fez tenção de reencontrar seus companheiros, mas não os encontrou; como a noite já caía, dormiu numa duna.

Quando Deus amanheceu a manhã, montou seu cavalo e passou a vagar como uma avestruz no deserto, até que por fim chegou a uma colina, a partir da qual divisou um vale repleto de frutos e árvores; causticado pelo sol, para lá se dirigiu; aproximou-se, desmontou do cavalo e procurou sombra sob o arvoredo.

Enquanto descansava, virou-se e vislumbrou uma donzela que era das mais belas criaturas de Deus altíssimo; na cabeça, uma touca de brocado, e nas mãos um cesto de bambu, no qual depositava as flores colhidas dos galhos das árvores. Quando a viu, amarrou o cavalo e deslizou até ela com a leveza da sombra; colocando a espada em sua garganta, perguntou-lhe: "Fala, de onde és tu?" Ela, que era bizantina, respondeu: "Se me largares e deixares seguir meu caminho, eu te indicarei a mais bela donzela do país dos cristãos. Seu nome é Maria, filha de Abdulmasih, senhor da cidade de Bizâncio. O primo tentou aproveitar-se dela, e então o pai a enviou a um monge chamado Sanaán."

E nesse ponto a aurora alcançou Xahrazad, e ela parou de falar.

Trigésima nona noite

Disse o filosófico Fihrás:
Ela disse: assim que ouviu aquilo, meu amo, Mâslama montou o cavalo e abalou levando a jovem até encontrar seus companheiros, que o cumprimentaram efusivamente por estar bem. Ele lhes disse: "Não façais acampamento. Segui-me com esta donzela." Eles então avançaram atrás deles até se aproximarem do lugarejo em que se situava o mosteiro; atacaram-no e invadiram-no à força, nele encontrando vinte donzelas, entre as quais Maria, que, tal qual a lua, luzia. Mataram os monges, apoderaram-se da donzela, bem como de tudo quanto havia no mosteiro, e retiraram-se com o butim para suas casas.

Mâslama tomou a donzela e a levou até seu palácio, entregando-a à mãe dele, com quem ela ficou pelo período de três meses, findos os quais ele desejou possuí-la. Ela foi então preparada para as núpcias com os mais belos ornamentos. Depois, as moças do palácio, tocando violas, alaúdes, liras e adufes, levaram-na para um passeio, após o qual elas a conduziriam até Mâslama; porém, quando estavam no pátio do palácio, ouviram o grito de um homem de cota de malha; lançando-se sobre elas, apontou as armas, na mão a espada desembainhada, e pegou na mão da donzela. As moças do palácio debandaram, deixando-a nas mãos daquele cristão.

Ouvindo o barulho, Mâslama pôs a mão no punho da espada e dirigiu-se ao pátio, onde encontrou o jovem cristão e a donzela segurando-se as mãos mutuamente. Ao vê-lo, o jovem cristão soltou a espada da outra mão. Mâslama perguntou: "Quem és?" Respondeu: "Meu amo, esta donzela é minha prima e mulher – pois já havíamos casado. Quando a notícia de seu seqüestro chegou ao pai dela, ele me chamou e disse: 'Tua prima e mulher foi capturada pelos muçulmanos; ela está com Mâslama. Ou a trazes de volta ou eu morrerei sem ela.' Tive, então, de lançar mão desta estratégia para invadir o palácio. Querendo, poderás me matar, ou poderás então me perdoar: sou teu prisioneiro." Mâslama dirigiu-se à donzela: "Esse é de fato teu marido, donzela?" Ela respondeu: "Sim, meu amo."

Disse o narrador: então, Mâslama abriu mão dela em favor do jovem e lhe deu um cavalo puro-sangue; também à donzela ele deu um cavalo, devolvendo-lhe ainda as escravas e serviçais, não sem as ter antes bem vestido; deu-lhes, enfim, dinheiro, e enviou com eles quem os conduzisse à sua terra.

E assim o jovem cristão pôde possuir a donzela, a qual, por sua vez, determinou-se ao seguinte: gerasse menino ou menina, a criança seria dada a Mâslama.

Certo dia, sete anos depois, Mâslama saiu com seus companheiros, avançando com eles até que fizeram alto por alguns instantes; Mâslama foi satisfazer certa necessidade, e, nem bem terminara, seus companheiros já se haviam retirado: deles não encontrou notícia nem vislumbrou rastro. Passou então a vagar a esmo, topando por fim com uma elevada colina diante da qual havia um aprazível bosque, com frutos e fontes d'água. Não vendo ninguém por ali, apeou-se do cavalo, bebeu daquela água e dormiu, não acordando senão com pontas de lanças encostadas ao peito e cerca de mil cavaleiros bizantinos a seu redor. Disseram-lhe: "És de que terra?" Respondeu-lhes: "Da cidade de Damasco." Disseramlhe: "Acaso tens notícia de Mâslama, filho de Abdulmâlik?" Respondeu-lhes: "A última vez em que o vi, estava disposto a marchar, a partir da Síria, contra a terra dos cristãos." Eles então o recolheram, acorrentaram e levaram a Bizâncio, ali conduzindo-o à rainha, e eis que era Maria: seu pai morrera, e ela o sucedera no poder. Havia determinado a todos os seus homens e guerreiros que, caso aprisionassem Mâslama, conduzissem-no até ela.

E nesse ponto a aurora alcançou Xahrazad, e ela parou de falar.

Quadragésima noite

Disse o filosófico Fihrás:
Ela disse: assim que viu Mâslama, meu amo, Maria o reconheceu. Dispensou os soldados, desapareceu por uns instantes e retornou com uma anciã, à qual disse: "Este é Mâslama, que me fez aquilo que a ti eu relatei"; ato contínuo, libertou-o das correntes, pôs sobre ele uma vestimenta, beijou-o entre os olhos e o mandou ao palácio dos hóspedes. Como seu marido havia ido caçar, Mâslama permaneceu hospedado até que ele retornou, quando então Maria informou-o do ocorrido; o marido dirigiu-se a Mâslama e o beijou entre os olhos; ficaram

juntos, comendo e bebendo, durante o período de um mês inteiro. Certo dia, Maria trouxe até ele uma moça que era das mais formosas criaturas de Deus. Disse-lhe: "Esta é tua serva, ó rei: trata-se de minha filha; desde o dia em que me fizeste aquele bem tamanho, eu havia jurado a mim mesma: se eu gerasse um menino, ele pertenceria a ti, e se eu gerasse uma menina, também. Deus atendeu ao meu pedido fazendo-me dar à luz esta menina; leva-a, pois, como um presente meu para ti."

Disse o narrador: Mâslama aceitou o presente de Maria, que acrescentou duzentas donzelas de origem cristã, e dádivas, jóias e vestimentas finas, além de um corcel puro-sangue. Fê-lo acompanhar-se de seus guerreiros, que o escoltaram até Damasco. Mâslama possuiu a moça e permaneceu com ela, comida e bebida abundantes, até que lhes adveio aquilo de que não há escapatória, e graças a Deus findou-se a história.

*História de Maravilha de
Beleza com o jovem egípcio*

Conta-se, ó rei, que um jovem houve, de mercadores filho, belo de rosto e formosa figura, residente na cidade do Cairo, e muito aficionado à leitura.

Certo dia, estando ele sentado lendo um livro à porta de casa, passou uma donzela que parecia lua cheia brilhante, ou então gazela dançante; quando se aproximou dele, desvelou-se e disse-lhe: "Foste tu, meu jovem, que resolveste privar-te das mulheres?" Ele levantou a cabeça e, ao vê-la, caiu desmaiado; a donzela continuou seu caminho, enquanto ele, refazendo-se, saiu-lhe no encalço até que ela chegou a uma casa, na qual entrou e fechou a porta. Parado ficou o jovem, e abobalhado: ardia em seu coração um fogo que não seria apagado nem pelos sete mares. Depois, retirou-se para casa, recitando os seguintes versos:

Ela rebolou como balanço de lua cheia entre astros,
a cintura envolvida pelo próprio cabelo trançado;
sua mocidade regou-lhe as espáduas e ela cresceu
como firme haste em grande pureza assentada;
seu sorriso, que imita o crisântemo branco,
está em analogia com o amarelo e o vermelho;

brincando acendeu a paixão em meu coração
como pássaro na mão de menino peralta.

E nesse ponto a aurora alcançou Xahrazad, e ela parou de falar.

Quadragésima primeira noite

Disse o filosófico Fihrás:
Ela disse: ao terminar os versos, meu amo, o jovem caiu desmaiado; um criado saiu à rua e o conduziu para dentro de casa. Seu pai, que estava no mercado, ouviu a gritaria e perguntou: "O que é isso?"; disseram-lhe: "Teu filho enlouqueceu." Riquíssimo, o mercador – e não existia ninguém que nutrisse mais amor por um filho do que ele – saiu imediatamente e levou para o filho – que se chamava Abdullah Ibn Muhammad Almisri [O egípcio] – pomadas e xaropes. Perguntou-lhe: "Onde é que dói, meu filho? Que Deus una meu coração ao teu!" O jovem respondeu: "Não há escapatória, estou acabado!" Mas o pai não cessou de caminhar ao redor dele e de agradá-lo até conseguir que abrisse os olhos. Como o jovem, porém, tivesse passado vários dias sem comer nem beber, o pai trouxe-lhe um médico, sábio e conhecedor dos remédios e de toda sorte de enfermidades, o qual, após examiná-lo, aproximou-se do pai e disse: "Ó pai de Abdullah, teu filho está enamorado, submerso no mar das paixões! E o fígado está debilitado: é o que constatei por meio do exame de urina. Ampara-o antes que morra!"

Disse o narrador: assim que o médico se retirou, o mercador acercou-se do filho e disse: "Conta-me, meu filho, o que te ocorreu: juro pelo Senhor, das sementes germinador, que trarei tudo que desejares, custe-me o quanto custar." Respondeu-lhe: "Aconteceu comigo, papai, isso e aquilo..." – e lhe descreveu sua história com a donzela. Disse o pai: "Vamos, tu vais melhorar: agora é necessário que ela seja tua"; em seguida, indagou e investigou até localizá-la; dirigiu um pedido de casamento ao pai dela, que era homem de poucas posses. Além de lhe pagar o preço justo pela filha, o mercador foi também generoso com ele. Disse-lhe ainda: "Ó fulano, eu havia jurado que não daria nenhum banquete. Quando anoitecer, eu enviarei a ela uma montaria, uma criada, roupas e o que mais for necessário." Retirou-se a seguir e foi informar o fato ao filho, o qual saiu enfim do torpor em que se encontrava.

Na hora acordada, o mercador enviou uma montaria, uma criada e uma trouxa com roupas; tudo foi conduzido ao pai da donzela, cujo nome era Maravilha de Beleza. Tomadas as devidas providências, a donzela já ia saindo, na companhia da criada, quando uma súbita necessidade fez esta última entrar novamente dentro da casa; deixou então a donzela, já montada, às portas de casa – mas, nesse ínterim, o Senhor dos ocultos decretos dispunha como melhor lhe parecia, e foi o seguinte: naquele momento, o governador do Egito e de Alexandria estava enviando a Bagdá, como presente ao califa Almutácim, cem donzelas sobre cem montarias, as quais passaram pela donzela enquanto ela aguardava a criada. Assim, ela acabou sendo introduzida no grupo, engolfada com as demais naquela marcha, sem saber aonde aquilo ia parar.

Assim que retornou ao lugar no qual deixara a donzela, a criada, não encontrando ninguém, fugiu sem deixar rastro. Quando se ressentiu da demora da criada, o jovem saiu à sua procura, mas, não tendo conseguido encontrar nada, desfaleceu, e sua alma ficou a ponto de abandonar o corpo.

Quanto às donzelas, assim que chegaram a Bagdá foram conduzidas ao califa Almutácim, que as contou e notou que havia uma a mais; questionou-a e ela relatou-lhe a história. Condoído, o califa determinou que fosse levada ao palácio de sua irmã e lhe disse: "Guarda contigo esta donzela; quando vierem requisitá-la, irei devolvê-la, se Deus altíssimo quiser."

E nesse ponto a aurora alcançou Xahrazad, e ela parou de falar.

Quadragésima segunda noite

Disse o filosófico Fihrás:
Ela disse: deu-se então, meu amo, que a irmã de Almutácim hospedou a donzela num de seus aposentos. Quanto ao jovem marido, ele permaneceu alguns dias sem comer nem beber, até que chegaram alguns mercadores: indagando-os a respeito, eles lhe deram notícia do paradeiro da donzela. Ele foi então até seu pai, deu-lhe a notícia e disse: "A tristeza já se prolonga por demais em mim, meu pai. Eu gostaria de viajar até Bagdá, onde, quem sabe, me esquecerei disto que me aflige."

Disse o narrador: então o pai muniu-o de todo o necessário, e o jovem partiu em viagem, atravessando longes terras, altas e baixas, até chegar a Bagdá; entrou na cidade e instalou-se na melhor hospedaria a fim de recuperar-se do cansaço. Depois, saiu à cata de notícias de um ponto a outro, chegando enfim ao mercado dos droguistas, onde indagou algumas pessoas; disseram-lhe que era dali que os jovens do palácio califal compravam cânfora e perfumes. Então, abriu uma loja na qual colocou muito perfume, que ele vendia e comprava. Todos passaram a procurá-lo e freqüentá-lo graças à sua agradável convivência e generosidade. Os jovens do palácio ouviram a seu respeito e também passaram a freqüentá-lo diariamente: ele lhes barateava os preços e ainda, de graça, lhes concedia o que desejassem. Acabou por travar conhecimento com o maioral desses jovens, ao qual presenteava com todo tipo de mercadoria e vendia fiado. E esse maioral lhe dizia: "Meu jovem, se acaso tiveres qualquer necessidade aqui comigo, eu a satisfarei nem que seja no palácio do rei!" Certo dia, enfim, disse ao jovem: "Preciso de algo; para mim, é muita coisa, mas, para ti, é pouco." Respondeu-lhe: "E de que necessitas, ó Abdullah?" Então, o marido descreveu-lhe a situação toda. O companheiro lhe disse: "Eu te reunirei à tua esposa." O marido aguardou durante alguns dias; certa noite, pôs-se a refletir, e, quando foi de manhã, seu companheiro chegou e disse: "Vamos, serás agora conduzido à donzela. Coragem!", e lhe entregou uma roupa feminina que ele vestiu. Entregou-lhe também um cesto de bambu, no qual se depositaram mercadorias, frutas e perfumes; ergueu-o na cabeça e dirigiu-se à porta do palácio, no qual foi introduzido como se fosse uma donzela. Já no pátio do palácio, o companheiro lhe disse: "Dirige-te, ó Abdullah, até o pavilhão do meio, pois é lá que se encontra a tua donzela." Respondeu-lhe: "Sejas tu recompensado pelo bem que me fizeste", e, saindo, deixou-o; esqueceu, porém, qual era o pavilhão, e acabou sem saber para onde se encaminhar. Enquanto estava nesse dilema, ouviu uma voz recitando os seguintes versos:

As lágrimas são prova do que me vai no coração,
qual torrentes de furiosa tempestade;
quem ontem era companheiro, hoje é causa de
..[insônia:
a paixão e o destino se aliaram contra mim.

Disse o narrador da história: então o jovem seguiu a direção da voz e entrou num pavilhão que não era o apontado pelo seu companheiro. Lá dentro, viu donzelas que pareciam gazelas; entre elas, estava a irmã do califa Almutácim.

E nesse ponto a aurora alcançou Xahrazad, e ela parou de falar.

Quadragésima terceira noite

Disse o filosófico Fihrás:
Ela disse: logo que o jovem entrou no pavilhão, meu amo, a irmã do califa Almutácim viu-o e disse às donzelas: "Quem é esse que está observando as mulheres do soberano?" Assustado, o jovem não soube o que fazer, mas a irmã do califa, notando-lhe a graça e formosura, deixou-o aninhar-se em seu coração como se fora água fresca em garganta sedenta, e determinou às criadas que o conduzissem até ela. Quando se aproximou, ela disse: "Quem és, jovem, e qual é a tua história?" Ele disse: "Minha história é assim e assado..." Então, a donzela Gazela Branca dos Palácios, irmã do califa Almutácim, ordenou que fosse trazida a donzela Maravilha de Beleza, a qual, assim que adentrou o pavilhão e avistou Abdullah Ibn Muhammad Almisri, atirou-se sobre ele e beijou-o entre os olhos.

Depois, a irmã do califa determinou que se trouxesse comida e bebida, e circularam entre eles as taças até que os espíritos ficaram satisfeitos, as bochechas, avermelhadas, e os sobressaltos, dissipados. A donzela então tomou ímpeto e recitou:

> *Esta é a primavera, e estas, suas luzes:*
> *doce é o tempo, e as árvores, folhadas;*
> *bebe pela lembrança do amado e canta;*
> *sumiu o vigia: eis aqui os seus rastros.*

Quando a donzela concluiu a poesia, o jovem egípcio tomou o alaúde, afinou-o e recitou:

> *Delicioso é olhar para o rosto do amado,*
> *pois a separação de quem amo é terrível:*
> *não poderia expressar minha desventura;*
> *desgracei-me e nem sequer gozo de piedade.*

Quando concluiu a poesia, passou a beber com a donzela até que a noite escureceu e a embriaguez os envolveu; o jovem subiu à cama com Maravilha de Beleza e Gazela Branca dos Palácios, irmã do califa Almutácim, todos tresandando a álcool. Mas estava decretado que, justamente naquele dia, ocorresse ao califa Almutácim o desejo de visitar a irmã, a quem fazia algum tempo que não via. Assim que a noite escureceu, ele pôs a mão no punho da espada, na outra mão carregou uma vela e, sem avisar a ninguém do palácio, avançou até o aposento da irmã, cuja porta, contrariamente aos hábitos, estava aberta. Pensou: "Supunho que ela esteja dormindo"; entrou no aposento e encontrou as donzelas dormindo e as velas espetadas. Como estivesse um pouco tocado pela bebida, Almutácim avançou até a cama e retirou-lhe o véu, nela encontrando três pessoas dormindo, cobertas por uma só peça; o suor escorria de seus rostos como pérola em flor de romãzeira. Vendo aquilo, o califa presumiu que fossem apenas donzelas, mas, retirando a coberta, encontrou o jovem egípcio entre as duas; levou a mão ao punho da espada e fez menção de matá-los, mas, em seguida, abandonou a precipitação e dirigiu-se ao aposento de sua mãe; acordou-a e, colocando-lhe as mãos em torno do pescoço, disse: "Se Deus não tivesse determinado a piedade filial, eu não teria começado senão te matando!" Ela disse: "O que ocorreu, meu filho?" Ele respondeu: "Levanta e vai ver a que ponto chegamos!" E contou-lhe a história; ela então dirigiu-se com ele ao aposento; entrou e viu o jovem entre as duas donzelas. Acordou-os e disse ao jovem: "O que te levou a fazer isto?" O jovem respondeu: "Minha história é espantosa, e meu caso, assombroso." Disse-lhe Almutácim: "Deixa-te de mentiras! Por Deus que já não viverás depois de hoje! Mas relata-me tua história e teu caso..." E o rapaz relatou-lhe a história. Ouvindo aquilo, a mãe de Almutácim compadeceu-se dele e disse ao filho: "Não te precipites, meu filho; nem sequer Deus se precipita." Ele disse: "E o que consideras correto fazer?" Ela disse: "Deves dar a cada um deles uma quantia com a qual possam viver e fazê-los sair de teu território. Assim, tudo ficará em paz."

E nesse ponto a aurora alcançou Xahrazad, e ela parou de falar.

Quadragésima quarta noite

Disse o filosófico Fihrás:
Ela disse: deu-se então, meu amo, que o califa Almutácim ordenou que lhes fosse dada certa quan-

tia em dinheiro e montarias, enviando pessoas que os conduziram até os limites de seus domínios.

Disse o narrador: assim, eles avançaram até chegar ao Egito. Quando entraram na cidade, o jovem cumprimentou o pai e casou-se também com a irmã de Almutácim, realizando um grande banquete. Viveu com as duas uma vida deliciosa e opulenta, até que lhes adveio aquilo de que não há escapatória, e graças a Deus findou-se a história.

*História do jovem egípcio
e sua esposa*

Ela disse: conta-se, ó rei, que havia um jovem mercador, filho de gente importante, que reunira o máximo de riquezas, graça e formosura. Era muito ligado aos letrados e dava abrigo aos pobres e oprimidos, e a cujos saraus não faltava generosidade: seu pai lhe havia deixado vultosos cabedais. Casado com uma prima, era ele da cidade do Cairo, onde havia construído, às margens do Nilo, uma alta mansão, a mais alta do local, de onde podia divisar todas as suas terras. Ele amava a esposa, mediante a qual Deus o agraciou com um filho, que cresceu e atingiu a idade de quatro anos.

O jovem tinha um amigo nobre, que, certa ocasião, foi visitá-lo em sua loja e lhe ofereceu uma maçã iraquiana. O jovem recusou-a dizendo: "Não aceitam essa espécie de maçã senão os amantes", e continuou concentrado na venda e na compra de mercadorias. Seu filho, porém, que fora levado ao estabelecimento por um criado, pegou a maçã e a pôs no bolso, e logo depois o criado o levou de volta para casa. O menino divertiu-se por algum tempo com a maçã e depois a entregou para a mãe, que por seu turno a recolheu e depositou na cama, sob o travesseiro.

À noite, o jovem mercador deitou-se na cama para dormir, mas, sentindo uma protuberância sob a cabeça, ergueu o travesseiro e encontrou a maçã; tomando-a nas mãos, pensou: "Esta é a maçã que aquele rapaz me ofereceu hoje e não aceitei... ai... ai... ele tem um caso com a minha mulher!" Tomado de grande cólera, disse: "Por Deus que depois disso já não poderei viver!"

E nesse ponto a aurora alcançou Xahrazad, e ela parou de falar.

Quadragésima quinta noite

Disse o filosófico Fihrás:

Ela disse: então o mercador, meu amo, pegou a maçã, escondeu-a, chamou a esposa e disse: "Estou sentindo uma angústia na alma... gostaria que estendesses o colchão lá em cima na varanda, para que eu possa apreciar o Nilo e, quem sabe, espairecer." Então a esposa estendeu o colchão, sem ter conhecimento do que ocorrera por decisão do Senhor dos secretos desígnios, que tudo dispõe a seu belprazer. Ambos subiram à varanda e o jovem, abrindo a janela, disse à esposa: "Põe a cabeça aqui para fora e vê como é bonito o Nilo", e, mal ela esticou a cabeça na janela, ele a ergueu pelas pernas e a jogou no rio. Mas foi também por decreto de Deus que um pescador estava pescando sob a varanda da casa: quando ela caiu no rio, na escuridão da noite, o pescador notou algo se debatendo na água; tomou a jovem esposa, içou-a ao barco e levou-a para a casa dele, às margens do Nilo, a doze milhas da cidade. Ele freqüentava aquele ponto do rio por causa da grande quantidade de peixes que ali havia.

Disse o narrador: quando amanheceu, o jovem mercador desceu ao andar térreo da casa e encontrou o filho chorando; disse-lhe: "Por que estás chorando?" O menino respondeu: "Entreguei para a mamãe a maçã dada para mim pelo tio fulano, que estava ontem com o senhor na loja. Mas agora eu não sei onde a mamãe guardou a maçã!" Então o jovem arrependeu-se muito, mas, como o arrependimento de nada adiantasse, ocultou o fato ao menino e aos parentes dela.

Certo dia, estando ele em sua loja a cismar no que lhe ocorrera, viu a túnica de sua esposa nas mãos de um pregoeiro. Comprou-a e disse-lhe: "Traze-me o dono desta túnica", e então ele lhe trouxe o pescador. Perguntou-lhe: "Onde conseguiste esta túnica?" Ele respondeu: "É minha..." Disse-lhe: "Conta-me a verdade, o que de fato ocorreu, e eu te darei esta túnica e o preço dela também." Então, o pescador relatou-lhe a história do começo ao fim. Logo o mercador, tomando as vestimentas e a montaria, encaminhou-se com o pescador até a aldeia deste; lá, o pescador fê-lo entrar em casa e ele viu então sua esposa: abraçou-a e explicou-lhe o que ocorrera. Disse-lhe: "Só fiz aquilo por ciúmes", e se desculpou. Ela disse: "Deus perdoa o que já passou, meu primo." O jovem ficou naquela noite hospedado na casa do pescador e, quando a aurora se aproximava, dirigiu-se a ele e disse: "Desejo ir embora"; o pescador respondeu: "Se estiveres mesmo disposto a partir, este é o melhor horário, pois os beduínos costumam assaltar durante o dia." Disse-lhe o jovem: "Que Deus te recompense pelo bem que me fizeste!"

E nesse ponto a aurora alcançou Xahrazad, e ela parou de falar.

Quadragésima sexta noite

Disse o filosófico Fihrás:

Ela disse: o jovem montou o cavalo, meu amo, pôs a esposa na garupa e galopou, afastando-se cerca de duas milhas da aldeia. Foi aí que alguns bandoleiros atacaram-no, tomando-lhe a mulher e a montaria; um dos bandoleiros tomou-lhe também um lenço iraquiano que levava na cabeça; deitaram-no ao solo para matá-lo, mas o maioral deles os impediu; assim, ele ficou prostrado ao solo, desmaiado. Quando acordou, foi para casa, mas não avisou a ninguém do que sucedera. Retomou os negócios na loja: comprava, vendia – e pensava na sua esposa.

Certa feita, na loja, viu o lenço que lhe pertencera na mão do pregoeiro. Disse-lhe: "De onde conseguiste este lenço? Quem o deu a ti?" Respondeu-lhe: "Foi-me dado por um beduíno." Disse: "Quero vê-lo agora!" Quando o beduíno chegou, o jovem cumprimentou-o, acercou-se dele e disse-lhe: "Acaso me conheces, ó irmão dos árabes?" Respondeu: "Não, mas tampouco me és estranho..." Disse: "Sou fulano de tal..." Redargüiu: "E quem é fulano de tal?" Disse: "Foi comigo que depositaste três mil dinares" (era uma artimanha do jovem). Respondeu-lhe o beduíno, por ambição: "É verdade!" Perguntou-lhe: "De onde conseguiste, ó irmão dos árabes, este lenço?" Respondeu-lhe: "Por Deus que foi só o que me coube!" Perguntou-lhe: "E como foi isso?" Respondeu-lhe: "Certo dia, saí numa algara com meus companheiros, e então topamos com um citadino que estava com a mulher; matamo-lo e capturamo-la. Sorteamos a mulher e as roupas, e fui contemplado com o lenço." O jovem então se aproximou do beduíno e disse: "Vem comigo até minha casa para que eu possa restituir o teu dinheiro?" Disse o beduíno: "Que Deus te recompense por mim!" Assim, dirigiram-se ambos até a casa; levando o beduíno a um recinto no fundo do pátio, o jovem lhe disse: "Entra!" O beduíno entrou, o jovem trancou a porta e se lançou sobre ele com uma lança, dizendo: "Juro por Deus, dispersador do amanhecer, que, se não escreveres a teus irmãos para que entreguem minha mulher e minha montaria, já não viverás depois deste dia!", e fez menção de matá-lo. Disse-lhe então o beduíno: "Tem calma, meu jovem! traze-me papel e tinta"; ele lhe trouxe e o beduíno escreveu uma carta aos irmãos, informando-lhes estar aprisionado por causa da jovem e que: "Quando esta carta vos chegar, enviai a jovem ao Cairo, para a casa de fulano de tal. E ficai em paz."

E nesse ponto a aurora alcançou Xahrazad, e ela parou de falar.

Quadragésima sétima noite

Disse o filosófico Fihrás:
Ela disse: tendo terminado a carta, meu amo, ele a entregou ao jovem e disse-lhe, depois de descrever o bairro em que seus irmãos moravam: "Remete-a com quem quiseres." O jovem pegou da carta e a remeteu com um de seus criados, o qual, ao chegar ao bairro, perguntou pelos irmãos do beduíno e, chegando até eles, entregou-lhes a carta. Ao tomarem conhecimento da história, colocaram a jovem na montaria e conduziram-na, junto com o criado, até o Cairo. Quando ela chegou à sua casa, encontrou o marido, conversaram, e ele a inquiriu quan-

to aos beduínos e ao que tinham feito com ela. Ela disse: "Eles não me fizeram senão o bem." Ouvindo isso, ele soltou o beduíno, deu-lhe o lenço e um bom par de dinares, e dispensou-o para que voltasse à sua terra. E ficou com a mulher na melhor e mais doce vida até que lhes adveio aquilo de que não há escapatória, e graças a Deus findou-se a história.

O rei disse: "Pelos direitos que tenho sobre ti, conta-me mais uma história espantosa!" Disse Xahrazad: "Sim."

*História do rei e seus
três filhos*

Ela disse: conta-se, ó rei, que havia certo rei, soberano de vastos territórios, que tinha exércitos e tribos, e também três filhos. Quando envelheceu, e seus ossos se enfraqueceram e suas costas se curvaram, convocou os vizires e principais do reino e lhes disse: "Meus filhos já estão crescidos. Indicai-me um rei que tenha três filhas a fim de que eu as case com eles." Levantou-se então um ancião e disse: "Existe na Pérsia, ó majestade, um rei cujas três filhas são as mais formosas donzelas do mundo!"

Disse o narrador: ouvindo as palavras do ancião, o rei convocou os filhos, nomeou um deles responsável pelo reino e saiu em viagem, com o objetivo de pedir as moças em casamento para seus filhos. Após atravessar longes terras, chegou a um bosque elevado em cujo centro havia uma gruta; como já fosse noite alta, entrou na gruta a fim de dormir; aproximou-se, apeou-se, instalou o assento de vime e dormiu... Acordou com um leão sobre ele; a fera devorou-o e também à sua montaria.

Seus filhos o aguardaram até a data em que ele se havia comprometido a voltar, e nada. Já desesperados com a demora, reuniram-se para discutir a questão. O mais velho disse: "Perdemos, meus irmãos, toda notícia sobre nosso pai. Creio que devemos nomear algum responsável pelo reino e sair à procura dele, que é o nosso orgulho." Responderam: "Isso é de fato o melhor a fazer", e sem demora nomearam um encarregado da defesa do reino e saíram à procura do pai, para isso atravessando vastas extensões de terra. Quando a noite se tornou mais densa, aproximaram-se da gruta na qual o leão havia-lhes atacado o pai. Apearam-se e disseram: "Quem será o vigia nesta noite?" Realizaram um sorteio, e o contemplado foi o mais velho, o qual, assim que os dois irmãos adormeceram, pôs a mão no punho da espada e pôs-se a ir e vir pela gruta, vigiando; foi quando um leão surgiu qual enorme montanha; vendo que o animal vinha em sua direção e se preparava para atacá-lo, o filho do rei desviou-se e desferiu um golpe que lhe cortou a cabeça como se apontasse um lápis. Isso feito, pegou uma trouxa e nela depositou a cabeça, dando sumiço no resto do corpo. E continuou vigiando os irmãos até que amanheceu.

E nesse ponto a aurora alcançou Xahrazad, e ela parou de falar.

Quadragésima oitava noite

Disse o filosófico Fihrás:
Ela disse: e quando Deus bem amanheceu a manhã, meu amo, eles, sem saber que o irmão mais velho havia matado o leão, montaram em seus cavalos e atravessaram imensas terras até que a noite se abateu sobre eles; assim, enquanto o irmão do meio montava guarda, os outros dois foram dormir.

Durante a vigília, descortinou-se-lhe ao longe uma luz, em cuja direção ele se encaminhou, topando então com uma gruta em cujo centro uma vela dependurada ardia; diante da vela, havia uma jovem que parecia luminosa lua, e um negro dormindo que parecia gigantesca palmeira; sua cabeça repousava na coxa da jovem, cujos olhos estavam chorosos. O jovem aproximou-se deles com a leveza de uma sombra e aplicou no negro uma espadeirada que o cortou como se apontasse um lápis. Perguntou-lhe a jovem: "Quem és tu, por cujo intermédio Deus me salvou deste tirano inimigo? Serias porventura gênio ou humano?" Respondeu o jovem: "Sou humano. E tu, quem és?" Disse-lhe ela: "Meu nome é Gazela dos Palácios, filha do rei Bahir, soberano da terra de Nawáwir." Disse o jovem: "E onde ele mora?" Disse-lhe a jovem: "Atrás desta colina que vês à tua frente. Aconteceu o seguinte: saí a passeio com algumas outras moças do palácio e fomos seqüestradas por este guerreiro, que me carregou para cá." Então o jovem, tomando-a pela mão, caminhou com ela até chegarem ao palácio do rei Bahir, em cuja porta o jovem bateu; os porteiros saíram e disseram: "Quem és tu, que bates à porta do rei no escuro da noite?" Respondeu-lhes: "Trago um conselho ao rei", e eles então autorizaram-no a entrar; ele se dirigiu ao rei, cumprimentou-o e relatou-lhe sua história com a jovem. O rei agradeceu-lhe o bom proceder e disse: "Eu gostaria, meu jovem, de casar-te com ela." Respondeu-lhe: "Sim." O rei deu-lhe seu anel e o jovem retornou para junto dos irmãos, permanecendo em vigília durante o resto da noite, sem lhes informar o que lhe sucedera.

Quando Deus bem amanheceu a manhã, eles montaram seus cavalos e atravessaram imensas terras até que a noite se abateu sobre eles. Dormiram o mais velho e o do meio, e o caçula ficou de vigília. Quando o escuro da noite se fez mais intenso, puxou da espada, tomou com a outra sua ração e pôs-se a ir e vir. Enquanto fazia isso, descortinou-se-lhe ao longe uma luz, em cuja direção ele se encaminhou, chegando então a uma gruta na qual estava acesa uma fogueira, e, ao redor da fogueira, noventa e nove homens.

E nesse ponto a aurora alcançou Xahrazad, e ela parou de falar.

Quadragésima nona noite

Disse o filosófico Fihrás:

Ela disse: o caçula, meu amo, entrou no meio deles, e eis que eram ladrões. Trouxeram comida, dividiram-na em noventa e nove partes e cada um passou a recolher sua parte; como o caçula também recolhesse uma parte, o chefe deles ficou sem comida e disse: "Há um a mais entre vós, meus amigos." Eles então contaram as partes e verificaram que havia noventa e nove. Disse-lhes o chefe: "Erguei a comida", e eles a ergueram, mas o chefe, que continuou sem sua parte, disse-lhes: "Não estou dizendo que há um homem a mais entre vós?" Eles levaram as mãos aos punhos das espadas e se puseram a procurar pelo elemento a mais; foi então que o caçula os chamou e disse: "Ficai em vosso lugar. Vim procurar-vos porque sou o maioral dos ladrões!" Ouvindo isso, os ladrões ficaram contentes e fizeram-no sentar-se a fim de comer com eles. Disseram-lhe: "Nesta noite, jovem, estamos querendo assaltar o palácio do rei fulano de tal" – e mencionaram o nome do rei com cujas filhas o pai dos jovens pretendia casá-los. Disse-lhes o caçula: "Sei melhor do que ninguém como entrar no palácio dele." Assim, eles se dispuseram a marchar atrás dele, que se postou à frente dos ladrões; chegando ao palácio do rei, fê-los entrar num túnel, e passou a cortar a cabeça de um por um, até dar cabo do último; isso feito, saiu do túnel, tapou-o e voltou para junto de seus irmãos, permanecendo em vigília pelo resto da noite.

Quando Deus bem amanheceu a manhã, eles montaram em seus cavalos e cavalgaram até a cidade, que encontraram fechada, com a população em pânico; indagando a respeito, foi-lhes respondido que à noite ocorrera um estranho incidente no palácio do rei. O arauto real então bradou: "Ó gente, quem explicar ao rei o que ocorreu ontem, receberá dele metade do reino e casará com sua filha!"

Disse o narrador: nesse ponto, eles pediram autorização para se apresentar ao rei, receberam-na, foram até ele e o cumprimentaram. Disse-lhes: "Quem sois?" Responderam: "Somos filhos do rei fulano de tal." O mais velho adiantou-se e disse: "Sucedeu-me isso e aquilo" e, retirando do alforje a cabeça do leão, lançou-a diante do rei. Depois adiantou-se o do meio e disse: "Sucedeu-me isso e aquilo... e devolvi a jovem ao pai dela", e exibiu o anel. Depois adiantou-se o caçula e disse: "Sucedeu-me ontem à noite em teu palácio, meu amo, isso e aquilo, e procedi conforme já viste, matando os ladrões." E há quem diga que, ao matar os ladrões, ele cortara suas orelhas, e as depositou diante do rei, que ficou espantado e disse: "Foste veraz, meu jovem... foi isso o que de fato ocorreu."

E nesse ponto a aurora alcançou Xahrazad, e ela parou de falar.

Qüinquagésima noite

Disse o filosófico Fihrás:

Ela disse: o rei então determinou, meu amo, que eles fossem hospedados e bem tratados. Os irmãos procuraram pelo pai e inquiriram a seu respeito, mas dele não ouviram notícia nem vislumbraram rastro.

Disse o narrador: eles permaneceram como hóspedes do rei durante alguns dias, ao cabo dos quais o rei deu a filha em casamento ao caçula, promovendo um grandioso banquete e gastando muito dinheiro. O irmão do meio dirigiu-se ao reino de Bahir e se casou com a filha dele. Quanto ao mais velho, ele permaneceu junto ao rei, enquanto o irmão caçula retornou ao reino do pai. Os três reinos se fundiram, e eles viveram na melhor vida e gozaram tempos deliciosos, até que lhes adveio aquilo de que não há escapatória, e graças a Deus findou-se a história.

*História do jovem
das pulseiras*

Prosseguiu a contadora de histórias: conta-se, ó rei – mas Deus é quem sabe mais –, que havia em Bagdá um jovem descendente de mercadores cujo pai, ao falecer, legara-lhe grande fortuna. Ele começou então a comer, beber, folgar e levar uma vida de prazeres e festanças, até que, afinal, nada lhe restou, nem dinar nem dirham. Vendo-se de mãos vazias, procurou pelos amigos que outrora freqüentara, mas eles o destrataram ou fingiram não o conhecer. E o jovem, dirigindo-se à mãe, relatou-lhe o que estava acontecendo. Ela disse: "Por Deus, meu filho, que eu já temia que isto te ocorresse. Eu também não tenho um só dinar ou dirham. Só me resta este tapete sobre o qual dormimos. Leva-o e vende-o" e, ato contínuo, entregou-lhe o tapete. O jovem levou-o ao mercado, vendeu-o por um dinar, recebeu o dinheiro e já se dispunha a tomar o rumo de casa quando topou com um pregoeiro que gritava o seguinte: "Quem vai querer comprar algo que o deixará rico nesta noite?" Ouvindo aquilo, o jovem aproximou-se perguntando: "O que estás vendendo?", e o pregoeiro lhe mostrou uma grande adaga. O jovem, que se chamava Ali Ibn Abdurrahmán Albazzáz, disse: "Qual o preço dessa adaga?" Respondeu-lhe: "Um dinar." Estendendo-lhe o dinheiro, o jovem comprou a adaga e retornou para casa. Sua mãe perguntou: "O que fizeste com o dinheiro do tapete?", e o rapaz informou que comprara a adaga. A mãe perguntou: "E o que faremos com isso?" Respondeu: "Ouvi o pregoeiro dizendo: 'Quem vai comprar algo que o deixará rico nesta noite?', e por isso eu a comprei." E o jovem permaneceu em casa até que anoiteceu; então, tomando a adaga, saiu na escuridão. Perambulou pelas ruelas da cidade até chegar ao palácio do califa Almamun. Dirigiu-se à porta, que encontrou aberta – os vigias estavam dormindo. Pensou: "Ou fico rico nesta noite ou então morro e descanso!" e, entrando pela porta do palácio, passou a caminhar de recinto em recinto até que uma luz fê-lo divisar uns pontos mais elevados, entre os quais havia um belo pomar com toda espécie de fruta, e no centro do pomar uma fonte circular feita de madeira perfumada, laminada com ouro reluzente: a água era lançada até seu ponto mais alto e vinha depositar-se aos pés da fonte. O pomar estava cercado de cúpulas de sândalo, e em sua parte mais elevada viam-se janelas de ferro; entre frutas e flores, aves gorjeavam por todo canto.

E nesse ponto a aurora alcançou Xahrazad, e ela parou de falar.

Qüinquagésima primeira noite

Disse o filosófico Fihrás:
Ela disse: o jovem, meu amo, ocultou-se entre as árvores e aguardou que todos no palácio dormis-

sem, pondo-se depois a perambular pelas antecâmaras dos recintos, até que, enfim, passou por um no qual sentiu cheiro de comida. Como estivesse com fome, entrou, ali encontrando comida e pão de farinha fina. Enquanto comia, ouviu atrás de si uma voz em cuja direção ele se voltou: viu então um negro que, com uma das mãos, brandia uma espada desembainhada e, com a outra, puxava pelos cabelos uma jovem que parecia lua cheia ou então opulenta gazela. Após arrastá-la atrás de si, o negro arrojou-a ao aposento, bateu-lhe seguidamente o corpo no chão, sentou-se em seu tórax e disse: "Se não te entregares a mim, vais morrer nesta noite!" Ela disse: "Juro por Deus que de jeito nenhum, nem que tu me retalhes com uma tesoura! Escravo maldito, que atrevimento é esse de te aproximares do palácio do príncipe dos crentes?" O escravo fez menção de matá-la, mas antes o jovem lançou-se contra ele e golpeou-o com a adaga bem no meio das costas, e com tal força que a ponta da lâmina lhe saiu pelo peito, fazendo-o desabar morto. Vendo aquilo, a donzela jogou-se sobre o jovem e perguntou: "Quem és tu, por meio de quem Deus me concede tamanha graça? Humano és ou gênio?" Ele respondeu: "Sou humano. E, embora não seja ladrão, entrei neste palácio como se fora um. Mas Deus me enviou a ti como salvação. E minha história é assim e assado..." Ela perguntou: "Como te chamas?" Ele respondeu: "Meu nome é Ali Ibn Abdurrahmán Albazzáz." Ela perguntou: "E onde moras?" Ele respondeu: "No lugar tal e tal..." Ela disse: "Aguarda aqui meu retorno", e desapareceu por alguns instantes. Quando voltou – parecendo o sol quando desponta por sob a névoa –, ela lhe deu mil dinares e disse: "Esta, ó jovem, é apenas uma pequena parte de tua recompensa. Vou-te dar, diariamente, tudo quanto puder: presentes, jóias ou dinheiro." Depois, ela fê-lo sair por meio de uma porta secreta e escondeu o corpo do escravo num canto isolado.

O jovem voltou para sua mãe, a quem encontrou chorando. Quando o viu, abraçou-o, e ele lhe estendeu um saco com o dinheiro. Ela perguntou: "De onde conseguiste isso tudo, meu filho?" Ele disse: "Veio de Deus. O Alcorão diz: 'Deus recompensa a quem lhe aprouver, sem prestar contas.'"

E nesse ponto a aurora alcançou Xahrazad, e ela parou de falar.

Qüinquagésima segunda noite

Disse o filosófico Fihrás:

Ela disse: o jovem dormiu aquela noite, meu amo, e, mal Deus bem amanheceu a manhã, já alguém batia à porta. O jovem levantou-se e foi abrir: era uma donzela negra, que lhe disse: "Acaso serias, meu senhor, Ali Ibn Abdurrahmán Albazzáz?" Ele respondeu: "Sim", e ela lhe entregou mil dinares.

Disse o narrador: era uma criada da donzela do palácio, que passou a lhe enviar dádivas diariamente. Certo dia, ela mandou assar um carneiro e pães de farinha fina; depois, depositou no interior do carneiro quatro pulseiras de ouro, cada uma valendo por uma casa cheia de dinheiro; cobriu o carneiro com os pães, acondicionou tudo numa travessa de bambu, colocou-lhe em cima um lenço de seda e remeteu-a ao jovem por meio da criada, para quem disse: "Vai até a casa de Ali Ibn Abdurrahmán Albazzáz."

Disse o narrador: a criada dirigiu-se então à casa do jovem; no meio do caminho, foi vista por alguns de seus ex-companheiros e comensais, que sentiram o cheiro do assado e seguiram-na; foi assim que puderam vê-la chegar à casa do jovem Ali e bater à porta; quando ele atendeu, a criada disse: "Aceita, meu senhor, este presente"; o jovem recolheu a travessa, e a criada volveu ao palácio. Seus companheiros acorreram a ele dizendo: "Ó filho de Abdurrahmán Albazzáz, isso que aquela criada trouxe é uma deliciosa refeição, que gostaríamos de saborear." Disse-lhes: "Juro por Deus que na minha casa nenhum de vós vai entrar." Responderam: "A gente come aqui na varanda mesmo", e então ele os introduziu na varanda, colocou a travessa diante deles e, sem saber o que havia no bojo do carneiro assado, entrou novamente em casa a fim de trazer-lhes água. Assim que ele entrou, seus companheiros ergueram o lenço e, notando que o carneiro estava recheado, abriram-no e encontraram as pulseiras em seu interior. Quando viram aquilo, murmuraram entre si: "Esse safado anda de caso com alguma das donzelas do palácio califal: por Deus que estas jóias só podem ter vindo de lá! Vamos já contar tudo ao príncipe dos crentes." E, dirigindo-se ao palácio do califa, foram à sua presença e colocaram as pulseiras diante dele, que lhes perguntou: "De onde obtivestes estas pulseiras?" Responderam: "Ó príncipe dos crentes, fomos comer em casa de Ali Ibn Abdurrahmán Albazzáz e encontramos estas pulseiras no interior de um carneiro assado que lhe foi enviado como presente daqui do teu palácio."

Nesse meio tempo – sem saber de nada do que estava ocorrendo –, o jovem Ali voltou com a água para seus antigos companheiros, mas, como deles não encontrasse notícia nem vislumbrasse rastro, tomou a travessa, entrou de novo em casa, depositou-a diante de sua mãe, passando a comer e a dar de comer a ela.

Quanto ao califa, a visão das pulseiras fê-lo mudar de cor, pois adivinhou que aquilo se devia a algum envolvimento com a donzela, sua concubina. Mandou que trouxessem o jovem Ali à sua presença, e então um grupo de escravos dirigiu-se até lá.

Disse o narrador: assim, enquanto o jovem comia com sua mãe, eis que os escravos do palácio cercaram-no, amarraram-no, retiraram-no de sua casa e o levaram até o califa, diante do qual o depuseram. O califa inquiriu-o: "Quem te enviou este presente e estas pulseiras?" Respondeu o jovem: "Que Deus ampare o califa! Relata-se, na tradição oral legítima deixada pelo Profeta, que é de bom-tom aceitar as dádivas. E, como me foi dado de presente, aceitei." Perguntou: "E quem te ofereceu esse presente?" Respondeu: "Eu estava em minha casa quando bateram à porta; atendi e eis que era uma criada trazendo à cabeça essa travessa, na qual havia um carneiro assado e pães de farinha fina. Vieram então esses indivíduos e me pediram que lhes desse algo de comer. Introduzi-os à varanda de minha casa e entrei para trazer-lhes água; quando voltei com a água, já não encontrei nenhum deles. No passado, aliás, eu fiz muito por esses homens: recebia-os em minha casa, dava-lhes de minha comida, gastava com eles meu dinheiro. Vê, pois, qual é a recompensa que deles estou recebendo." Ao ouvir tais palavras, o califa levantou-se e célere dirigiu-se à jovem que dera as pulseiras; perguntou-lhe: "Acaso conheces estas pulseiras?" Ela respondeu: "Sim!"

E nesse ponto a aurora alcançou Xahrazad, e ela parou de falar.

Qüinquagésima terceira noite

Disse o filosófico Fihrás:

Ela disse: então o califa, meu amo, perguntou a ela: "Quem as pôs no interior do carneiro assado e as deu a este jovem filho de mercadores?" Ela respondeu: "Eu!" E ele perguntou: "E por que isso?" Ela respondeu: "Que Deus ampare o califa! Sucedeu-me isso e aquilo" – e lhe relatou a história em detalhes, e como o jovem matara o negro – "Não me restando, portanto, senão recompensá-lo pelo que me fez." Em seguida, levou-o ao local em que escondera o corpo do negro, e o califa certificou-se de que ele estava efetivamente morto. A donzela, então, desnudou as costas, que estavam escuras por causa das pancadas que o negro lhe infligira com o punho da espada.

Disse o narrador: saindo dali, o califa foi até onde estava o jovem, a quem inquiriu acerca do sucedido, e o relato do jovem Ali foi semelhante ao da jovem – e, nesse ponto, o califa lhe concedeu a jovem e as pulseiras, além de determinar que ele próprio estabelecesse uma punição para seus ex-companheiros. Ele decidiu então que eles deviam ser desterrados do país, tomando-lhes ainda todos os bens – dinheiro, terras, casas e tudo o mais –, que eles haviam amealhado à sua custa. O jovem Ali também passou a ser freqüentador assíduo da corte do califa, até que lhe adveio aquilo de que não há escapatória, e graças a Deus findou-se a história.

História dos quatro amigos

Depois ela disse: conta-se, ó rei venturoso, que no tempo do califa Harun Arraxid havia quatro amigos – ladrão o primeiro, rastreador o segundo, marceneiro o terceiro e arqueiro o quarto – que certo dia viajaram à cidade de Bagdá, onde se hospedaram numa só casa. Sabe-se que as casas de Bagdá são dotadas de janelas de ferro. Assim, quando escureceu, e eles, tendo diante de si comida e bebida, já se dispunham a cear, a janela bateu com estrondo. Acorreram imediatamente a fim de saber o que sucedera: viram então uma jovem que parecia a lua cheia resplandecente. Perguntaram-lhe: "Quem és, jovem?", mas ela não respondeu. Avançaram então para ela, cada qual dizendo: "Essa vai ser minha."

E nesse ponto a aurora alcançou Xahrazad, e ela parou de falar.

Qüinquagésima quarta noite

Disse o filosófico Fihrás:
Ela disse: como cada um dissesse, meu amo, "Essa vai ser minha", o maioral deles, que era o ladrão,

disse: "Escutai a minha sugestão." Os outros responderam: "Sim." Ele disse: "Deixai essa jovem num quarto vazio, trancai a porta e esperai até amanhã de manhã, quando então, se Deus o permitir, ela pertencerá àquele que, entre nós, for o mais hábil e destro em seu ofício." Responderam-lhe: "Excelente proposta!", e, tomando a jovem, atiraram-na num quarto, trancaram-no com cadeados e foram dormir. Quando Deus bem amanheceu a manhã, abriram a porta à procura da jovem, mas dela não vislumbraram vestígio algum. Disse-lhes então o rastreador: "Vou investigar por onde ela fugiu", e, após alguns instantes, voltou: "Essa jovem só pode ter sido seqüestrada por um gênio, pois, se fosse homem, eu encontraria algum rastro. Seja como for, segui-me, que eu vos mostrarei como sou hábil. Por Deus! Mesmo que ela tenha se elevado às alturas do sol, ou sumido feito flecha ao longe lançada, eu a quero", afirmou. E saiu seguindo o rastro até dar com eles numa praia. Disse-lhes: "Ela foi levada para lá deste mar."

Disse o narrador: nesse ponto, eles cercaram o marceneiro e perguntaram: "Onde está a tua alegada habilidade?"; ele respondeu "Pois não", e lhes construiu um barco; assim que terminou, embarcaram e avançaram pelo mar, avizinhando-se de uma imponente montanha, que parecia talhada com uma serra ou então esculpida com um bico feito pelo Todo-Poderoso. Aproximando-se da montanha, deitaram âncoras e atracaram. O rastreador desembarcou e, seguindo o rastro, chegou a uma caverna, na qual viu a jovem sentada: um gênio dormia, e sua cabeça repousava sobre as coxas dela; depois, retornou a seus companheiros e inteirou-os do que vira. Disseram ao ladrão: "Onde está a tua alegada habilidade?"; ele respondeu "Pois não", e foi até a caverna, onde a jovem continuava do mesmo modo. Com muita sutileza, deu um jeito de tirar a cabeça do gênio adormecido de cima das coxas da moça e a conduziu até o barco; embarcaram todos e zarparam.

Não encontrando a moça quando acordou, o gênio deu um grito medonho que repercutiu por toda a montanha; voou até avistar o barco, sobre o qual se lançou a fim de afogá-los a todos. Disseram então ao arqueiro: "Onde está a tua alegada habilidade?"; ele respondeu "Sim"; disseram-lhe: "Mata esse gênio!"; ele botou uma flecha no arco e disparou contra o gênio, atingindo-o no coração e fazendo-o despencar morto no meio do mar. Então, cada um disse: "Ela é minha", e discutiram a respeito de suas respectivas habilidades. O ladrão disse: "Vós aceitaríeis o julgamento do príncipe dos crentes Harun Arraxid?" Responderam: "E quem poderia nos levar a ele nesta noite?" Ele disse: "Eu vos introduzirei no palácio dele. E a jovem ficará com quem ele decidir." Responderam: "Sim."

E nesse ponto a aurora alcançou Xahrazad, e ela parou de falar.

Qüinquagésima quinta noite

Disse o filosófico Fihrás:
Ela disse: quando escureceu, meu amo, eles levaram a jovem para casa, colocaram-na num quarto e trancaram-no com cadeados. O ladrão disse: "Segui-me", e eles avançaram até o palácio do califa, ali chegando quando a noite já desprendera os véus.

Disse o narrador: o ladrão elaborou então um estratagema e os introduziu no palácio, levando-os ao conselho de Harun Arraxid, que, aboletado no trono, conversava com o conselheiro Sahl Ibn Harun[1]. Quando ambos adormeceram, cuidadosamente o ladrão pegou o conselheiro Sahl e o arrastou para trás da porta, instalando-se no lugar dele. O califa despertou e disse, na suposição de estar dirigindo-se ao conselheiro: "Conta-me uma história, ó Sahl." Disse o ladrão: "Pois não, meu senhor. A história é assim: estavam quatro amigos hospedados; o primeiro era ladrão, o segundo, marceneiro, o terceiro, arqueiro, e o quarto, rastreador. Aconteceu-lhes o seguinte..." – e lhe relatou os fatos – "Depois, o ladrão veio com eles até este teu conselho, deixando-os à porta, entrou e seqüestrou-me de meu lugar, nele se instalando a fim de te relatar o caso. Teu veredicto concederia a jovem a qual deles, ó príncipe dos crentes?" "Eu julgaria a favor do ladrão", disse o califa, pondo-se em seguida novamente a dormir. O ladrão devolveu Sahl a seu lugar e dirigiu-se a seus companheiros, que lhe disseram: "Só ficarás com a jovem se ele julgar o caso mais uma vez."

Entrementes, o califa despertou e disse: "Conta-me, ó Sahl, a história do ladrão e seus amigos com a jovem." Respondeu Sahl: "Qual ladrão, meu senhor?" Disse o califa: "O ladrão de que me falaste há pouco." Disse Sahl: "Por Deus, meu senhor, que não te falei de ladrão algum. Presumo que o tenhas visto em sonho." Disse o califa: "É possível", e Sahl lhe contou algumas histórias, até que o califa adormeceu, o mesmo sucedendo a Sahl. O ladrão

---

[1]. Letrado de origem persa, morto em 830 d.C., autor de diversas obras cuja maioria se perdeu. Note-se, contudo, que Sahl Ibn Harun teve maior proeminência durante o califado do filho de Harun Arraxid, Almamún, que o incumbiu de dirigir a "Casa da Sabedoria", uma das mais prestigiosas instituições culturais do tempo.

tornou a entrar, arrastar Sahl e instalar-se no lugar dele. O califa despertou e disse: "Conta-me histórias, ó Sahl." Respondeu: "Pois não, ó príncipe dos crentes; eu te contarei a história que há pouco me pediste, do ladrão e seus amigos com a jovem, e que tanto te interessou: estavam hospedados quatro amigos, e sucedeu-lhes o seguinte" – e lhe relatou a história de cabo a rabo – "Depois o ladrão introduziu-se neste teu conselho, seqüestrou-me de meu lugar, roubou-me o solidéu, pondo em minha cabeça um outro de folha de palmeira, tomou o anel de teu dedo, substituindo-o por um anel de bambu, e instalou-se neste meu lugar a fim de te relatar o caso. Teu veredicto concederia a jovem a qual deles?" Respondeu o califa: "Eu julgaria a favor do ladrão que te seqüestrou do lugar." E o ladrão continuou contando histórias até que o califa adormeceu; então, devolveu Sahl a seu lugar, tomou-lhe o solidéu, substituindo-o por um de folha de palmeira, retirou o anel do dedo do califa, substituindo-o por um de bambu, e foi a seus amigos, aos quais disse: "Satisfeitos?" Responderam: "Sim, com muito afeto e honra: mesmo que qualquer outro de nós ficasse com a jovem, tu com certeza a roubarias."

E nesse ponto a aurora alcançou Xahrazad, e ela parou de falar.

Qüinquagésima sexta noite

Disse o filosófico Fihrás:
Ela disse: meu amo, quando o ladrão e seus amigos se retiraram, o califa despertou e disse: "Conta-me, ó Sahl, a história do ladrão." Respondeu Sahl: "Qual ladrão, meu senhor?" Disse o califa: "Aquele

que te seqüestrou de teu lugar, e que te subtraiu da cabeça o solidéu, substituindo-o por outro de folha de palmeira, e que me roubou do dedo o anel, substituindo-o por outro de bambu." Disse Sahl: "Por Deus, meu senhor, que não te contei tal história."

Disse o narrador: então o califa examinou a mão, e eis que em seu dedo havia de fato um anel de bambu; atirou-o longe, desembainhou a espada e deu um estrondoso grito que repercutiu por todo o palácio; os escravos reuniram-se a seu redor, armados de punhais e espadas. Revistaram o palácio de cima a baixo, mas não encontraram ninguém. O califa ficou intrigadíssimo e, assim que Deus bem amanheceu a manhã, determinou que um arauto divulgasse pelas ruas de Bagdá: "Ó gente! quem relatar ao califa o que ocorreu no palácio ontem à noite receberá, além do perdão antecipado, quinhentos dinares!" O arauto gritou aquelas coisas pelas ruas até chegar ao local em que estavam o ladrão e seus companheiros. Ao ouvir aquilo, o ladrão dirigiu-se ao arauto e disse: "Eu contarei ao califa o que ocorreu ontem no palácio dele"; levado à presença do califa, disse: "Meu senhor, o que ocorreu ontem em teu palácio foi o seguinte...", e contou a história de cabo a rabo, devolvendo o anel ao califa e o solidéu a Sahl, o conselheiro; impressionado com sua história, ardis e habilidade, Harun Arraxid perdoou-o, concedeu-lhe sua graça, entregou-lhe o dinheiro, registrou-o entre seus principais contadores de histórias e promoveu seu casamento com a jovem. O ladrão viveu assim com mesa farta e abundante, na melhor vida, até que lhe adveio aquilo de que não há escapatória, e graças a Deus findou-se a história.

História dos sete vizires

Depois ela disse: conta-se, meu amo, que certo rei houve, chamado Sayf Alalám [Espada dos Estandartes], bravo cavaleiro muito acatado, a quem os grandes reis temiam e os pequenos reis se submetiam. Mas a prole masculina do rei Sayf Alalám não sobrevivia de jeito nenhum. Tal fato o mantinha muito infeliz, e ele reuniu médicos, astrólogos e sábios, que lhe calcularam a sorte, praticaram geomancia, observaram os astros e lhe disseram: "Logo terás, ó rei, um filho varão com o qual ficarás muito feliz, se Deus assim o permitir."

Disse o narrador: o rei passou então a só alimentar-se com os melhores alimentos, até que foi agraciado com um filho varão cuja beleza superou a de todos de seu tempo. O rei realizou então um portentoso festival, no qual os homens todos puderam alimentar-se, citadinos fossem ou beduínos. Depois, convocou os astrólogos e disse-lhes: "Examinai o zodíaco de meu filho, e os períodos que lhe correspondem", e cada um deles examinou sua especialidade. Depois, disseram-lhe: "Ó rei, teu filho terá longa vida. Quando completar vinte anos, porém, será atingido por algo terrível, que o exporá ao assassinato." O rei ficou espantado com as palavras dos astrólogos[1].

E nesse ponto a aurora alcançou Xahrazad, e ela parou de falar.

Qüinquagésima sétima noite

Disse o filosófico Fihrás:

Ela disse: o rei tratou, meu amo, de familiarizar o menino com a biblioteca e, quando este atingiu a idade de doze anos, entregou-o aos cuidados de um estudioso chamado Sindabád, com o qual ele ficou pelo período que Deus quis, sem no entanto aprender coisa alguma. Considerando então muito grave o caso do filho, o rei convocou sábios de todos os recantos do império; compareceram todos, e ele lhes disse: "Examinai a situação de meu filho. Se acaso houver entre vós quem possa ensiná-lo, eu o recompensarei com o dinheiro e os tesouros que desejar." Levantaram-se quatro, cada qual dizendo "Eu o ensinarei, ó majestade." Levantou-se então seu primeiro preceptor, Sindabád, e disse: "Eu ensinarei a ele, ó majestade, coisas que estes outros não poderão ensinar-lhe." Depois, voltando-se para os outros sábios, perguntou-lhes: "Como pretendeis ministrar-lhe ensinamentos?", e cada um deles informou-o sobre o que pretendia ensinar ao menino. Ele redargüiu: "E mais o que lhe ensinareis? Eu intentei ensinar-lhe tudo isto que referistes, mas ele nada aprendeu, muito embora eu supusesse que não existia ninguém mais sábio que eu."

---

1. "Ficou espantado com as palavras dos astrólogos" é o que consta do manuscrito de base. M. Tarchouna sugere que se leia: "desdenhou as palavras dos astrólogos".

O adestramento do elefante

Continuou Sindabád: "O governador das garras, mãos, pés, língua, audição e visão é o coração; caso ele nada aprenda, o restante do corpo também nada aprenderá[2]. Eu soube, ó majestade, que certo rei, grande apreciador de elefantes, ganhou de presente um filhote de elefante, que por alguém fora apresado. Entregou-o ao treinador de elefantes recomendando: "Esmera-te no seu adestramento"; respondeu o treinador: "Sim." Quando o elefante cresceu, o rei perguntou a seu respeito ao treinador, que respondeu: "Ele está da forma que desejas, majestade." O rei perguntou: "Acaso me seria possível montá-lo?" Respondeu o treinador: "Quando quiseres." Disse o rei: "Traze-mo", e o treinador o trouxe. Mal o rei montou e se aprumou em seu dorso, o elefante rebelou-se de tal modo que não foi possível controlá-lo; e tanto se agitou que, esgotado pelo cansaço, o rei desmaiou. Passados alguns instantes, o elefante recordou-se da estrebaria e para lá retornou. Quando o rei recobrou os sentidos, ordenou que fosse morto o treinador, mas este lhe disse: "Devagar, ó majestade; não te apresses" e, tomando uma barra de ferro, aqueceu-a ao fogo até que ela se embranqueceu; depois, estendeu-a ao elefante e disse: "Pega", e o elefante pegou-a. Depois ele ordenou: "Solta", e o elefante soltou-a. O treinador disse ao rei: "Eu o ensinei o que fazer com os membros; quanto ao coração, porém, não houve maneira."

---

2. O manuscrito de 1268 H./1852 d.C. acrescenta: "E o paradigma do coração é semelhante ao do almíscar e do âmbar, os quais, quando atingidos pela água, perfumam-na; também o saber, caso chegue ao coração, espalha-se por todo o corpo."

Disse o narrador: e o rei perdoou-o, deixou-o em paz e manteve-o entre seus servidores.

E nesse ponto a aurora alcançou Xahrazad, e ela parou de falar.

Qüinquagésima oitava noite

Disse o filosófico Fihrás:

Ela disse: quando Sindabád terminou de aplicar esse paradigma, meu amo, um dos outros sábios ergueu-se e disse: "Em um ano eu posso ensinar a este menino o que ele não aprendeu em doze." Ouvindo aquilo, o rei chamou Sindabád e perguntou: "Em quanto tempo poderás educá-lo?" Respondeu: "Em seis meses não haverá nesta nossa época ninguém que se lhe possa igualar em saber. Caso isso não se realize, meu sangue e meus bens te serão lícitos." Prosseguiu Sindabád: "Terra que não possua rei nem sábio nem mercador nem médico por ninguém deverá ser habitada. Graças a Deus, porém, tudo o que mencionei existe neste teu país. Fui informado, ó majestade, que os reis são como o fogo: caso deles te distancies, estarás a salvo; caso te aproximes, queimar-te-ás. Todo homem que se aproxima de um rei permanece temeroso quanto à própria integridade; caso se distancie, viverá uma vida feliz. Seja como for, eu gostaria de estabelecer uma condição." Disse o rei: "E qual seria essa condição?" Respondeu: "Não faças a outrem o que não gostarias que te fizessem." Disse o rei: "E quem pode cumprir tal condição?" Respondeu: "Tu, ó majestade." Em seguida, o rei redigiu o contrato, convocou testemunhas e lhe entregou o menino, não sem antes estipular em que mês, dia e hora ele deveria ser devolvido.

Sindabád conduziu então o menino à sua casa, em cujo subterrâneo ordenou que se construísse um palácio de mármore branco salpicado de preto, do Iêmen, e que se passasse gesso, e mandou colocar estátuas relativas a todos os ramos do saber: gramática, decoro, poesia, direito e outros. Disse ao menino: "Neste lugar, em que te instalarás a fim de estudar, providenciei-te todo o necessário." Depois, sentou-se com ele, ensinando e adestrando. Toda a comida e bebida de que necessitavam lhes era trazida. Assim, quando o prazo se esgotou, o rapaz tinha assimilado tudo quanto lhe ensinara o sábio Sindabád. Informado do fato, o rei ficou imensamente feliz e determinou que o sábio viesse à sua presença, o que se fez sem delongas. Postado diante do rei, Sindabád disse: "Já tenho o que decerto te agradará e alegrará, se assim o quiser Deus altíssimo. Teu filho já aprendeu e virá a ti amanhã, decorridas duas horas do dia." Ao ouvir aquilo, a felicidade do rei aumentou mais ainda e Sindabád retornou ao rapaz e lhe disse: "Quero apresentar-te a teu pai amanhã, se Deus quiser. Esta noite, contudo, é premente que eu analise teu zodíaco." Quando escureceu, ele observou os astros e percebeu algo estranho. Disse ao rapaz: "O zodíaco determina que não fales durante sete dias. Caso não obedeças, temo que poderás ser morto."

E nesse ponto a aurora alcançou Xahrazad, e ela parou de falar.

Qüinquagésima nona noite

Disse o filosófico Fihrás:

Ela disse: ouvindo as palavras do mestre, meu amo, o filho do rei deixou cair um objeto que carregava nas mãos e disse: "O que achares que devo fazer, dize-o." Respondeu o mestre: "Eu me comprometi com teu pai a te levar até ele amanhã, e não devo faltar à palavra." E, quando eram passadas duas horas do dia seguinte, disse Sindabád: "Vai sozinho ao teu pai, e não fales durante sete dias; espera que eu me vá até ti." O rapaz respondeu: "Sim", e sozinho foi até o pai, que o fez sentar-se a seu lado e dirigiu-lhe a palavra: o rapaz não respondeu. O pai pediu-lhe que demonstrasse seu saber: o rapaz nada respondeu. Perguntou-lhe sobre Sindabád: nenhuma resposta. Então o rei disse aos circunstantes: "O que pensais a respeito deste moleque? Falai-lhe; quiçá tenha sido proibido de dirigir-me a palavra." Eles o interrogaram, e, como ele tampouco lhes respondesse, disseram ao rei: "Cremos, ó majestade, que Sindabád nada conseguiu ensinar-lhe. Assim, quando o prazo se encerrou, temeroso do escândalo, ele deve ter emudecido o rapaz." Isso se afigurou gravíssimo e chocante para o rei.

Vendo aquilo, uma das concubinas do rei, por ele muito amada, bela e garbosa, disse-lhe: "Deixa-me, ó majestade, ficar a sós com ele: quem sabe ele não me informa do que lhe sucedeu, pois sempre nos demos bem." Disse o rei: "Faze-o." A mulher então levou o rapaz aos aposentos dela e dirigiu-lhe a palavra, mas ele não respondeu. Ela disse: "És um ignorante. Vou, contudo, fazer-te uma proposta que não poderás recusar: teu pai já está muito velho, e frouxos seus ossos. O que achas, pois, de matá-lo mediante um estratagema por mim urdido? Serás, daí, o rei, e serei eu a tua esposa!" Ao ouvir aquilo, o filho do rei foi tomado de tal cólera que se esqueceu da recomendação do mestre; respondeu: "Por Deus! Mesmo que fosse um ignorante, não poderia eu obedecer-te aceitando semelhante oferta! O que dizer, então, agora que fui por Deus agraciado com saberes que antes eu não dominava? Não devo pronunciar-me, contudo, senão depois de sete dias. Quando eles se passarem, vou te mostrar minha resposta ordenando que sejas queimada como punição pela tua traição ao rei, e pela inimizade que, no coração, nutres contra ele."

Ouvindo tais palavras, e percebendo que estava perdida, a mulher resolveu lançar mão de suas astúcias, perfídias e manhas: pôs-se imediatamente a gritar, enquanto arranhava o rosto e rasgava as próprias vestes. Os gritos fizeram o rei levantar-se e ir ligeiro até ela. Perguntou: "O que te sucedeu, mulher?" Ela respondeu: "Esse aí, que tu supuseste não falar, quis seduzir-me e, como eu não me rendesse, arranhou-me o rosto, rasgou-me as roupas e tentou matar-me." Ouvindo aquilo, o rei foi tomado por uma terrível cólera, que o fez esquecer o amor que nutria pelo filho, tanto mais que era ele muito ciumento de suas concubinas; assim sendo, ordenou que o rapaz fosse morto.

E nesse ponto a aurora alcançou Xahrazad, e ela parou de falar.

Sexagésima noite

Disse o filosófico Fihrás:
Ela disse: então o rei, meu amo, ordenou que o filho fosse morto. Ocorre que o rei tinha sete vizires, todos muito experimentados: gente de saber, decoro, bom parecer e habilidade política; reuniram-se e disseram: "Caso deixemos o rei matar o fi-

lho, ele decerto vai se arrepender depois e nos censurar dizendo: 'Deixastes-me matar meu filho!' Cairemos pois em seu conceito e, conseqüentemente, nossa posição também decairá." Disse um dos vizires: "Hoje eu me dirigirei ao rei para impedir que o rapaz seja morto, desde que o retenhais convosco até que eu retorne"; saiu e ordenou aos escravos encarregados de matá-lo que esperassem.

Disse o narrador: rapidamente, o vizir dirigiu-se ao rei e, beijando o solo diante dele, disse: "Ó majestade, impõe-se aos reis que nada façam antes de se aconselharem; o rei deve ser generoso, e não precipitado." E recitou os seguintes versos:

> *Sê generoso, e não açodado,*
> *e observa o perdão dia e noite;*
> *não te apresses em matar o rapaz*
> *sem que para tal haja motivo e prova.*

E, terminados os versos, ele contou a seguinte história:

O rastro do leão

Eu soube, ó majestade, que certo rei desejava tudo quanto lhe caía sob as vistas. Certo dia, estando ele num de seus locais de repouso, passou uma jovem de garbo e formosura, e ele a desejou. Determinou que o marido dela fosse enviado a uma missão qualquer e, depois, foi até ela e manifestou o desejo de possuí-la. Ela disse: "Sou tua serva, meu senhor, e tudo que desejares será feito. Peço-te, porém, alguns instantes a fim de que eu possa resolver algumas questões", e, ato contínuo, entregou ao rei um livro que pertencia ao marido, livro esse que continha a condenação dos pecados e da prática de iniqüidades, além de toda mais sabedoria: "Lê este livro enquanto me aguardas", disse-lhe.

Disse o narrador: o rei abriu o livro e, vendo o que ali se continha de pecados e violações do que é vedado aos homens, arrependeu-se de seu intento, deixou a mulher em paz e volveu ao palácio – mas esqueceu as sandálias na casa.

Quando o marido retornou, entrou na casa e viu as sandálias do rei: percebeu o que era e soube que somente poderiam ter ali chegado por causa de algum envolvimento entre sua mulher e o rei. Saiu pois de casa sem referir o assunto a ninguém, por medo do rei, e não se aproximou mais da esposa, abandonando-a por vários dias. Ela então mandou dizer a seus familiares: "Meu marido me abandonou", e eles foram se queixar ao rei dizendo: "Tínhamos, que Deus dê prosperidade ao rei, uma terra que demos a esse homem a fim de que a habitasse e fizesse prosperar, e ele de fato habitou-a durante longo tempo, mas agora abandonou-a: faz dias que não se aproxima dela. Assim, ou ele torna a habitá-la como dantes ou no-la devolve." Disse o rei ao marido: "O que alegas quanto a isso?" Ele respondeu: "Eles disseram a verdade, ó majestade: deram-me uma terra que habitei e fiz prosperar até que, certo dia, nela encontrei vestígios da presença de um leão, e foi por medo dele que não mais retornei." Disse o rei: "Por minha vida que disseste a verdade: o leão de fato esteve em tua terra, mas nada fez que te desgostasse, pois ali topou com um fosso que o conduziria ao aniquilamento caso ele a habitasse; por isso, deixou-a; retoma, portanto, a posse de tua terra, sem nada temer."

O papagaio

Disse o vizir: "Eu também ouvi a respeito das astúcias e manhas das mulheres o que agora te relato":

Conta-se que havia um homem muito ciumento, cuja esposa tinha intensa graça e beleza. Era tanto o ciúme que ele evitava viajar. Mas, como aquela paralisação já se tornasse insustentável, ele comprou uma ave chamada papagaio, ensinou-a a falar, colocou-a numa gaiola de ferro e recomendou-lhe que o avisasse de tudo quanto ocorresse na casa quando ele retornasse.

E nesse ponto a aurora alcançou Xahrazad, e ela parou de falar.

Sexagésima primeira noite

Disse o filosófico Fihrás:

Ela disse: depois, meu amo, o tal homem partiu em viagem e a mulher arranjou um amante. A ave observava tudo o que eles faziam. Quando voltou da viagem, o homem chamou a ave e pediu-lhe as notícias, e ela lhe informou o que vira; ele passou então a evitar a mulher, a qual, presumindo que a informante fora a empregada, espancou-a e disse: "Por que meu marido está me evitando? Não foste senão tu que lhe deste informações a meu respeito!" E a empregada jurou: "Por Deus que eu nada disse! Acredito que não tenha sido senão a ave que o informou!"

Disse o narrador: então, à noite, a mulher foi até o papagaio e passou a molhá-lo com água através de uma peneira, e a produzir brilho com um espelho da Índia, enquanto a empregada fazia barulho com um moinho de pedra, e isso até que Deus bem amanheceu a manhã. Depois, o homem chegou, foi até a ave e disse: "Informa-me sobre o que viste ontem." A ave respondeu: "E ontem por acaso eu pude abrir os olhos, com aqueles fortes relâmpagos, trovões e chuva?" Ouvindo aquilo, o homem pensou: "Essa ave só pode ter mentido no que disse antes a respeito de minha mulher! Pois que chuva caiu ontem? Tudo o que me contou é falso!" Então, soltou a ave, quebrou a gaiola, fez as pazes com a mulher e passou a viver satisfeito com ela.

Disse o sábio: "Só te contei esta história a fim de que saibas que as astúcias das mulheres são inumeráveis."

Disse o narrador: ao ouvir tal história, o rei determinou que o filho não fosse morto.

A punição do descuido

Disse o narrador: no dia seguinte, a mulher, chorando, foi ao rei e disse: "O rei não deve perdoar o filho quando se impõe matá-lo. Eu ouvi que certo lavandeiro, quando se dirigia ao rio, levava consigo o filho, que se punha a brincar na água sem que o pai o impedisse; mas um dia, como o menino estivesse prestes a afogar-se, o pai se arrojou para salvá-lo; ambos se engancharam e morreram. E tu, majestade, caso não me faças justiça contra teu filho, suceder-te-á o mesmo que sucedeu ao lavandeiro: ficarás próximo do aniquilamento."

Ao ouvir tal história, o rei determinou que o filho fosse morto.

Veio então o segundo vizir, determinou que o rapaz fosse mantido sob guarda e se dirigiu ao rei dizendo: "Ó majestade, mesmo que possuísses cem filhos, não terias o direito de matar nenhum deles, quanto mais tendo um único filho. Quem faz algo por ignorância arrepender-se-á, mas o arrependimento de nada adiantará."

Os dois pães

Conta-se, igualmente, que certo mercador de priscas eras, muito criterioso no comer e no beber, viajou um dia para exercer seu comércio e, entrando numa cidade, enviou o criado ao mercado a fim de comprar comida para o almoço.

Enquanto circulava pelo mercado, o criado topou com uma jovem que carregava dois pães brancos sem mácula; comprou-os e levou-os a seu patrão, que os apreciou, comeu e recomendou ao criado: "Compra para mim todo dia dois pães dessa moça."

E nesse ponto a aurora alcançou Xahrazad, e ela parou de falar.

Sexagésima segunda noite

Disse o filosófico Fihrás:
Ela disse: o criado, meu amo, passou a comparecer ao mercado a fim de comprar da jovem dois pães para o patrão; certo dia, porém, ele não a encontrou, nem nos dias seguintes. Depois, finalmente, ele a encontrou e disse: "O que te impediu de continuar produzindo os pães?" Ela respondeu: "Meu senhor, desapareceram os motivos que nos levavam a produzir os pães." O criado voltou e transmitiu a notícia ao patrão, que disse: "Traze-a aqui", e então ela lhe foi trazida. Ele perguntou: "Como fazias os dois pães?" Ela respondeu: "Brotou nas costas de meu

patrão um abscesso, e o médico nos recomendou: 'Tomai farinha fina e essências, amassai-as com banha e mel e colocai a massa sobre o abscesso; assim, ele vai sarar', e foi isso que fizemos. Quando retirávamos a massa de cima do abscesso, fabricávamos com ela, conforme viste, dois pães, que teu criado comprava de mim. Agora que a ferida de meu patrão está curada e ele já se restabeleceu, não fazemos mais isso." Ouvindo aquilo, o mercador prorrompeu em gritos e lamúrias, chamou um médico e perguntou: "Pode-se lavar a boca e o corpo! Mas como se poderá lavar o estômago?" Respondeu o médico: "Não há como fazer isso."

Disse o vizir: "Só te contei esta história para que não te precipites em matar o rapaz, pois, se o fizeres, aquela jovem ter-te-á degradado a vida, da mesma maneira que o comerciante degradou a dele." E recitou os seguintes versos:

Reflete e não te apresses em tuas ações:
se dás a piedade, te sobeja a piedade.
Quem planta a bondade, colhe seus frutos,
mas quem destrata os dias nunca escapa:
sobre todas as mãos impera a mão de Deus,
e por ela quem oprime é oprimido.

"Eu sei que são inumeráveis as terríveis artimanhas e astúcias das mulheres. E conta-se a respeito o seguinte":

O criado do amante

Certa mulher tinha marido e amante. Esse último, que era íntimo do rei, enviou o criado a fim de verificar se o marido dela já saíra; assim que o criado surgiu diante da mulher, ela se agradou dele e o seduziu, e ele correspondeu.

Em casa, o patrão estranhou a demora e saiu atrás do criado. Ao perceber que o amante chegara, a mulher, antes de recebê-lo, escondeu o criado num dos aposentos da casa. O amante perguntou sobre o criado, e ela respondeu: "Ele veio, perguntou se meu marido estava presente e saiu ligeiro." O amante ficou então com ela e a possuiu; ambos estavam ainda nesse estado quando o marido chegou; a fim de evitar que ele os surpreendesse, e temendo que o amante encontrasse o criado, disse-lhe: "Sai, desembainha a espada e pára na entrada da casa; xinga-me, ameaça-me e vai embora sem falar com meu marido." E, de espada na mão, o amante fez o que ela dissera; quando o marido inquiriu-o a respeito, ele não respondeu e foi-se embora. O marido perguntou à mulher: "O que ocorreu com aquele homem?" Ela respondeu: "O criado dele fugiu, pediu-me ajuda e se refugiou aqui. E ele veio atrás do criado para bater-lhe com a espada, mas eu o proibi de entrar aqui em casa." O marido perguntou: "E onde está o criado?" Ela respondeu: "Naquele quarto." O marido então foi ver se o patrão já se havia retirado, e, não encontrando ninguém, voltou, foi ao quarto e disse ao criado: "Podes ir embora, teu patrão já foi."

"Só te contei esta história a fim de que não te deixes enganar pelos ditérios das mulheres nem dês atenção ao palavreado delas." Ao ouvir tais palavras, o rei determinou que o filho não fosse morto.

No terceiro dia, a mulher apareceu carregando uma faca e disse ao rei: "Teus perversos vizires te levaram a retardar a decisão, com isso pretendendo me infamar e destruir. Eu me matarei com esta faca, e tal infâmia recairá sobre os teus ombros: para mim, a morte é preferível à convivência com a atitude do teu filho; para ti, é preferível seguir os conselhos dos vizires."

E nesse ponto a aurora alcançou Xahrazad, e ela parou de falar.

Sexagésima terceira noite

Disse o filosófico Fihrás:
Ela disse: e então, meu amo, a mulher disse: "O que te conto, ó majestade, é o seguinte:"

O filho do rei e a ogra

Certo rei tinha um vizir e um filho, e este último gostava de caça e pesca, mas o pai o impedia de praticá-las; aborrecido com o fato, o jovem disse ao vizir: "Solicita a meu pai que me deixe ir caçar contigo, e responsabiliza-te por mim."

Disse o narrador: assim, o vizir pediu a autorização do rei, e ele lha concedeu; o jovem saiu então com o vizir, e passou diante deles um burro selvagem. O vizir disse-lhe: "Vai-lhe no encalço até caçá-lo!", e o jovem foi, mas o vizir ficou onde estava. E como, cada vez que se aproximava, o burro mais se afastava, o jovem passou a persegui-lo com afinco até que se distanciou do vizir e perdeu o senso de direção; dominou-o a certeza de que estava perdido, e foi então que ele avistou uma donzela chorando no meio do caminho. Disse-lhe o jovem: "Quem és, donzela? o que te faz chorar? e o que te trouxe até aqui?" Ela respondeu: "Sou filha do rei da terra tal. Estava com meus pais, montada numa mula; estávamos nos dirigindo para o lugar tal, mas eu caí da montaria e ninguém percebeu. Quando acordei, dei-me conta de que todo mundo havia sumido, e fiquei sem saber para onde me dirigir. Caminhei até que meus pés se estourassem, e não sei em que parte das terras de Deus estou." Disse o filho do rei: "Eu também sou filho de rei, do rei fulano, da terra tal. Se quiseres, poderei levar-te comigo e casar-me contigo." Ela respondeu: "Sim." Ele a tomou pela mão e colocou na garupa, voltando-se às vezes para observá-la. Em dado instante ela lhe disse: "Ó tu, tenho necessidade de descer; apeia-me pois"; ele então ajudou-a a apear-se, e ela entrou num casebre arruinado que havia por ali. O jovem resolveu espiá-la através de um buraco e descobriu que era uma ogra; estava a conversar com um ogro: "Já te trouxe um ser humano", disse ela; "Leva-o para o outro casebre e espera até eu chegar", disse ele. Depois, ela saiu, foi até o jovem e montou na garupa; o jovem tremia todo de medo. Enternecida, porém, pela beleza do jovem, e percebendo que ele já sabia do ogro, ela disse: "Dá-lhe dinheiro." O jovem respondeu: "Não se dá dinheiro ao inimigo." Ela perguntou: "E por que inimigo?" O jovem respondeu: "É inimigo aquele que me provoca temor no coração." Ela perguntou: "Como podes sentir temor, sendo tu filho de rei?" Ele respondeu: "Não posso com ele."[3] Ela disse: "Roga, pois, o auxílio de Deus." O jovem então levantou as mãos ao céus e disse: "Auxilia-me, ó Deus, contra esta ogra e contra o mal que ela traz", e ela desabou no chão. O jovem conseguiu fugir até seus pais, com os nervos em pandarecos por causa daquela terrível ex-

---

3. "Não posso com ele": trata-se de correção de Tarchouna, pois, segundo ele próprio observa, tanto o manuscrito de base como os outros manuscritos trazem "não posso contigo".

periência. Mas, se o vizir o tivesse de fato protegido, nada lhe teria acontecido.

"Só te contei esta história para que soubesses que teus vizires são gente perversa; não segue, pois, os conselhos deles. E, se não me apoiares, matar-me-ei." Então o rei determinou que o filho fosse morto.

E nesse ponto a aurora alcançou Xahrazad, e ela parou de falar.

Sexagésima quarta noite

Disse o filosófico Fihrás:
Ela disse: quando o rei ordenou que o filho fosse executado, meu amo, veio o terceiro vizir, ordenou que o rapaz fosse retido, foi até o rei e lhe disse: "Acaso matarás teu filho por causa de uma mulher que não sabes se está mentindo ou falando a verdade? Eu soube que os moradores de duas aldeias entraram em guerra por causa de uma gota de mel."

A gota de mel

Certo homem tomou um odre, colocou nele um pouco de mel e, acompanhado de seu cão, foi até o mercado para vender o mel, oferecendo-o primeiramente a um merceeiro, que resolveu tomar um pequeno gole a fim de provar o mel. Ocorre, porém, que caiu uma gota no chão, e sobre ela pousou um besouro. O dono da mercearia tinha um gato que, ao ver o besouro sobre a gota de mel, se lançou sobre ele; o cão, por seu turno, lançou-se sobre o gato, mordendo-o e matando-o. O merceeiro pegou então dum bastão e golpeou o cão, matando-o. E o dono do cão começou a lutar com o dono do gato. Enquanto lutavam, apareceram os membros de suas respectivas aldeias e também começaram a lutar, até que morreram todos.

"Só te contei esta história a fim de que não mates teu filho por causa de uma mulher que não sabes se está mentindo ou falando a verdade. É comum que uma ordem fácil de dar produza muitas calamidades."

O arroz e o açúcar

Eu soube, quanto às artimanhas e ardis das mulheres, que certo homem enviou a mulher ao mercado e lhe deu um dirham para comprar arroz. Ela foi então ao vendedor, deu-lhe o dirham e ele, após pesar o arroz, disse a ela: "O arroz não vai bem senão com açúcar. Acaso não tens açúcar em casa?" Ela respondeu: "Não, por Deus que não tenho açúcar!" Ele disse: "Então, que tal dar uma chegada comigo lá dentro? Satisfarás meu desejo e eu te darei um dirham de açúcar." Ela disse: "Sim", e ele lhe pesou um dirham de açúcar, que ela amarrou, juntamente com o arroz, numa trouxa. Depois, entrou com o homem, deixando a trouxa na mercearia. Chegou então o criado do mercador, pegou a trouxa, substituiu o arroz e o açúcar por areia e amarrou tudo de novo do jeito que estava. Quando saiu, a mulher recolheu a trouxa, presumindo que nela estavam amarrados os pacotes de arroz e açúcar, e foi ao marido, diante do qual depôs a trouxa e foi à cozinha pegar a panela para cozinhar o arroz. O marido abriu a trouxa, encontrou a terra e gritou: "Ai de ti! Que areia é esta?" Compreendendo imediatamente que o merceeiro lhe havia pregado uma burla, a mulher em vez de pegar a panela pegou uma peneira e disse: "Meu senhor, enquanto eu caminhava pelo mercado, fui atropelada por um burro e caí, e o dirham escapou da minha mão. Procurei, não encontrei, e então juntei a areia que estava em meu redor a fim de peneirá-la, quem sabe Deus me faz recuperar o dinheiro."

Disse o narrador: o marido acreditou no que ela disse e começou a peneirar a areia.

"Só te contei esta história para que saibas que os ardis das mulheres são terríveis, e que suas artimanhas por ninguém podem ser atingidas, e para que não sigas o conselho dessa mulher."

Ao ouvir aquilo, o rei ordenou que o rapaz não fosse executado.

E nesse ponto a aurora alcançou Xahrazad, e ela parou de falar.

Sexagésima quinta noite

Disse o filosófico Fihrás:
Ela disse: no quarto dia, meu amo, a mulher apareceu carregando uma faca e disse: "Ó majestade, se não me fizeres justiça contra teu filho, matar-me-ei. Peço a Deus que me auxilie contra teus perversos vizires, da mesma maneira que auxiliou o filho do rei contra o vizir." Perguntou o rei: "E como foi isso?" Ela disse:

A fonte metamorfoseadora

Conta-se, ó majestade, que certo rei tinha um filho, e que ele resolveu casar esse filho com a filha do rei de outro país. O pai da princesa pediu então que o príncipe lhe fosse enviado, a fim de passar alguns dias com ele. Assim, o rei ordenou ao filho que fosse até lá, e, para acompanhá-lo, enviou um vizir. Ambos avançaram até que, sedentos, aproximaram-se de uma fonte d'água. Quando algum homem bebia dessa fonte, contudo, transformava-se em mulher; se mulher, transformava-se em homem. E, muito embora já soubesse disso, o vizir não avisou ao filho do rei. Disse o vizir: "Espera-me aqui até que eu retorne", e saiu, deixando o filho do rei, o qual, cada vez mais sedento, bebeu daquela fonte e se transformou numa jovem, ficando por isso muito preocupado e triste. E, enquanto ele estava assim perplexo, veio-lhe um gênio em forma de homem e perguntou: "Quem és? De onde vieste? Para onde vais?" Respondeu o filho do rei: "Aconteceu-me isso e aquilo..." – e contou-lhe o que lhe sucedera a caminho da terra do sogro – "Cheguei, acompanhado do vizir, a esta fonte, tive sede, bebi e me transformei em mulher." Compreensivo, o gênio disse: "Eu me transformarei em mulher em teu lugar e te devolverei a masculinidade, para que possas partir e possuir tua esposa. Depois, volta para te transformares novamente em mulher." Respondeu o jovem: "Sim"; firmaram um compromisso, o gênio estipulou-lhe um prazo e depois mostrou-lhe o caminho. O jovem avançou, chegou à cidade do sogro e possuiu a mulher. Quando o prazo estipulado chegou, regressou ao local da fonte e encontrou o gênio prenhe. Disse o filho do rei: "Como poderei assumir teu lugar agora que estás prenhe? Acaso não te deixei virgem imaculado?" Então ambos se travaram de razões e o filho do rei prevaleceu, e por isso pôde voltar para casa e para a esposa; depois, dirigiu-se à terra do pai, informou-o do que ocorrera e o rei mandou executar o vizir.

"Também eu suplico a Deus", disse a mulher, "que me auxilie contra teus perversos vizires. E, caso eu me mate por causa de quem me oprimiu, tal pecado recairá sobre as tuas costas." E o rei determinou que o filho fosse executado.

Veio então o quarto vizir e, ordenando que o rapaz fosse retido, foi até o rei e disse: "Não deves, ó majestade, fazer algo precipitadamente antes de te aconselhares, a fim de que não te arrependas como o dono do banho público." Perguntou o rei: "E como foi isso?" Respondeu o vizir:

No banho público

Havia, ó majestade, certo rei que tinha um filho. Certo dia, esse filho foi ao banho público lavar-se; era um jovem muito obeso cujo pênis quase não se enxergava por causa da banha excessiva. Quando tirou a roupa, o dono do banho viu-o e, penalizado, começou a chorar. O jovem perguntou-lhe: "Por que choras?" Respondeu: "Eu te observei e não vi teu pênis. Presumo que não poderias possuir uma mulher." Disse o jovem: "Por Deus! Meu pai pretende casar-me, mas de fato não sei se poderei ou não. Seja como for, toma este dinar e traze-me uma mulher formosa para que eu possa fazer um teste."

Disse o narrador: o dono do banho recolheu o dinar. Ele tinha uma mulher graciosa e de bela figura. Pensou: "Ficarei com este dinar para mim e lhe levarei minha mulher. Certamente ele nada poderá fazer com ela." Levou-lhe pois a mulher, entregou-a ao jovem no banho e ficou espiando por um buraco. Viu-o então derrubando-a, possuindo-a e nela satisfazendo os desejos; prorrompeu em gritos e lamentos e foi para casa, onde tomou uma corda e, gemendo, apertou-a até morrer.

E nesse ponto a aurora alcançou Xahrazad, e ela parou de falar.

Sexagésima sexta noite

Disse o filosófico Fihrás:
Ela disse: e depois, meu amo, o vizir continuou: "Eu tenho a contar-te, a respeito dos ardis e artimanhas das mulheres, o seguinte":

Lágrimas de cadela

Certa mulher era casada, e o seu marido partiu em viagem após terem feito juras recíprocas de que não trairiam um ao outro. E ele estipulou um prazo para retornar da viagem. Findo o prazo, e como o marido não tivesse retornado, ela foi até a porta para observar o caminho, sendo vista por um homem que tentou seduzi-la, mas ela bateu-lhe a porta na cara e não lhe deu atenção. O homem dirigiu-se então a uma velha que era vizinha da mulher e disse-lhe: "Apaixonei-me por tua vizinha fulana. Acaso poderias reunir-me a ela? Eu te daria um dinar por isso." A velha respondeu: "Com muito gosto!", e imediatamente tomou uma massa, acrescentou-lhe muita pimenta e gordura, assando com tal mistura uma torta, e dirigiu-se à casa da mulher pela qual o homem estava apaixonado. A velha tinha uma cadela que caminhou com ela e a seguiu até a frente da casa da mulher; ali, a velha passou a dar-lhe pedaços daquela torta, e a cadela comia, deliciada com o sabor da gordura, enquanto seus olhos lacrimejavam por causa do ardor da pimenta. A velha dirigiu-se à mulher, levando consigo a cadela, que chorava e balançava o rabo; vendo-a chorando, a mulher perguntou: "Por que chora esta cadela, mãezinha?" A velha respondeu: "Esta cadela, minha filha, era nossa vizinha, de formosa figura. Um homem apaixonou-se por ela e tentou seduzi-la, mas foi rechaçado. Então, ele rogou contra ela uma praga que a transformou, como podes notar, nesta cadela. Ao me ver, começou a chorar e a balançar o rabo." Disse a mulher: "Também um homem se apaixonou por mim e eu o rechacei. Agora, não estou segura de que ele não rogará contra mim uma praga que me transforme em cadela. Se acaso puderes trazer-mo, eu te daria um dinar." A velha, fingindo não saber de nada, perguntou: "E quem é ele?" Respondeu: "Fulano." A velha disse: "Eu o trarei a ti", e saiu pensando: "Era isso mesmo o que eu queria." A mulher começou a preparar-se para o homem, arrumando os enfeites e a casa, perfumando-se e providenciando comida e bebida, enquanto a velha rodava à procura do homem; porém, como não o encontrasse, pensou: "Vou levar a ela um outro jovem que seja mais belo do que ele." E, em meio à procura, viu, de volta da viagem, o marido da mulher, a quem a velha não conhecia. Pensou: "Por Deus que este é melhor e mais belo que o outro!", e lhe disse: "Gostarias de ter, meu jovem, comida, bebida e um rosto formoso?" Ele respondeu: "Sim"; ela lhe disse: "Segue-me", e ele foi atrás dela. Mas, ao vê-la dirigindo-se à sua casa, imaginou que era aquilo que a esposa fazia em sua ausência. E, quando a velha entrou na casa, ele entrou atrás dela, que lhe disse: "Senta-te na cama", e ele sentou-se. Vendo-o, a mulher imediatamente o reconheceu; foi correndo até ele, puxou-lhe as barbas e disse: "Ó depravado! esta é a jura que me fizeste? andas atrás de alcoviteiras?" Ele replicou: "Ai de ti! por que te vejo em tais trajes?" Ela disse: "Quando soube que estavas voltando, arrumei-me para ti e ajeitei a casa, e depois enviei a ti esta velha para te oferecer depravação e verificar se a seguirias ou não. E vejo quão rápido a seguiste! Juro por Deus que nunca mais me unirei a ti!"

E nesse ponto a aurora alcançou Xahrazad, e ela parou de falar.

Sexagésima sétima noite

Disse o filosófico Fihrás:
Ela disse: quando a esposa encerrou o discurso, meu amo, o marido disse: "Juro por Deus que, se ela me tivesse levado a outro local que não a minha casa, eu não a teria seguido. O que eu temia é que tivesses feito isso durante toda minha viagem." Quando ele proferiu tais palavras, a esposa, batendo no próprio rosto e rasgando as roupas, disse-lhe: "Acaso pensas mal de mim?" E não o deixou em paz até que ele lhe deu presentes e fez agrados.

"Só te contei esta história para que saibas que as artimanhas das mulheres são terríveis!" Ouvindo aquilo, o rei determinou que o filho não fosse executado.

Quando foi o quinto dia, a mulher encaminhou-se até o rei e disse: "Se não me fizeres justiça contra quem me oprimiu nem resgatares meus direitos, matar-me-ei neste fogo – havia diante do rei uma fogueira crepitante –; tal infâmia te recairá sobre os ombros, e então de nada valerão teus perversos vizires."

O porco e o macaco

Tal é o caso, que se conta, do porco que costumava dirigir-se a uma figueira para apanhar os frutos que caíam ao chão. Certo dia, encontrou no alto da figueira um macaco, que lhe atirou um figo; o porco comeu-o, achou-o saboroso e ergueu novamente a cabeça, e o macaco lhe atirou outro figo, e logo mais outro, e assim o porco ficou praticando tal exercício até que as veias que lhe ligavam o pescoço à cabeça estouraram, e a partir daquele dia ele passou a não mais poder se virar sem para isso ter de virar todo o corpo[4].

Ao ouvir aquilo, o rei ordenou que seu filho fosse morto[5].

Foi então a vez do quinto vizir, que, após ordenar que o rapaz fosse mantido sob guarda, encaminhou-se até o rei e disse: "Graças a Deus, ó majes-

---

4. Informa Tarchouna que um dos manuscritos não-datados que utilizou traz o seguinte final para esta história:
E [o porco] continuou a erguê-la [a cabeça] até que as veias da cabeça e do pescoço se romperam e ele morreu.
De modo semelhante, também tu preferes os dizeres de teus vizires que te querem enganar, até seres colhido e te arrependeres quando de nada servirá o arrependimento.
5. Essa frase é a que consta no manuscrito utilizado como base. Já o manuscrito de 1268 H./1858 d.C. traz:
Vendo a mulher naquele estado, e temeroso de que ela se atirasse à fogueira, o rei determinou que o filho fosse executado.

tade, és justo com teu rebanho, inteligente e sabes que nada se deve fazer com precipitação, sem que a verdade seja buscada junto a outrem."

A cobra e o cão

Eu ouvi, ó majestade, que certo homem, de posição muito distinta junto ao rei de seu país, tinha um cão de caça, o qual havia adestrado de tal maneira que lhe cumpria todas as ordens; nada tinha de mais caro do que aquele cão. Um dia, a esposa desse homem foi visitar os pais. Eles tinham um filho, e ela disse ao homem: "Fica junto a teu filho até que eu volte. Não irei demorar-me." E, enquanto o homem cuidava do filho, chegou um emissário do rei dizendo: "O rei te chama imediatamente." O homem disse ao cão: "Guarda meu filho até que eu volte, e vigia a porta: que não entre ninguém!", e saiu. Mas, enquanto o cão vigiava ao lado do menino, entrou na casa uma cobra negra, que foi em direção à criança a fim de picá-la. O cão atirou-se sobre ela, despedaçando-lhe a cabeça. Quando o homem retornou para casa, viu, à porta, o cão com a boca suja de sangue e, imaginando que o animal devorara a criança, espancou-o até matá-lo. Ao entrar em casa, porém, viu o filho muito bem, e a seu lado a cobra com a cabeça despedaçada; começou então a esbofetear o próprio rosto e se arrependeu, mas isso já de nada adiantava.

"E eu temo que também tu te arrependas caso mates teu filho."

E nesse ponto a aurora alcançou Xahrazad, e ela parou de falar.

Sexagésima oitava noite

Disse o filosófico Fihrás:
Ela disse: em seguida, meu amo, o quinto vizir disse ao rei: "Eu te contarei, ó majestade, sobre os ardis e astúcias das mulheres, o seguinte":

A astúcia da velha

Houve um homem que não podia ouvir falar de mulher bonita sem que tentasse seduzi-la: tal era seu comportamento habitual. Certo dia, tendo visto passar uma jovem cuja esplêndida beleza resplandecia, ele se dirigiu a uma velha que lhe intermediava todas as necessidades e lhe informou o endereço da jovem, a quem ele seguira. A velha lhe disse: "Ela é mulher do mercador fulano, e ninguém consegue nada com ela. Não te canses, pois, à toa." Ele respondeu: "Eu a quero de qualquer jeito. Elabora-me um ardil e receberás de mim o que desejares." A velha respondeu: "Se é assim, vai até o mercado e compra uma roupa do marido dela", e descreveu-lhe a roupa que deveria ser comprada.

Disse o narrador: o homem foi então ao marido e lhe fez uma oferta pela própria roupa que este usava; comprou-a e voltou à velha, que tomou a roupa, queimou-a em três locais e disse ao homem: "Espera aqui em casa, e que ninguém te veja, até eu voltar", e, recolhendo e dobrando a roupa, dirigiu-se até a casa da esposa do mercador; entrou, cumprimentou-a e disse: "Já é a hora da reza, minha filha, e eu gostaria de fazer minhas abluções aqui em tua casa. Dá-me água", e, enquanto a esposa ia buscar-lhe água para as abluções, a velha pegou a roupa e colocou-a no colchão do mercador, sob o travesseiro da esposa, que de nada sabia. Depois, fez as abluções e retirou-se.

Disse o narrador: quando o marido chegou do mercado, foi para a cama e sentiu algo sob o travesseiro; erguendo-o, encontrou a roupa comprada pelo homem e presumiu que este fosse amante de sua esposa, e que tivesse ali esquecido a roupa. Surrou-a então com força, sem que ela soubesse os motivos de tal surra. Depois, voltou para sua loja, enquanto a esposa, furiosa, foi aos pais e lhes contou que o marido a espancara por motivos desconhecidos. A esposa ali permaneceu até o anoitecer, quando então voltou para casa.

Entrementes a velha, tendo sido informada acerca do que ocorrera, foi no dia seguinte, mais uma vez, à casa da esposa, fez ali suas abluções e lhe disse: "O que te ocorreu, minha filha? Por que te vejo assim alterada?", e a esposa lhe relatou o que ocorrera e comentou: "Por Deus que não sei que pecado ou crime eu possa ter cometido." Disse a velha: "Isso não é senão mandinga que fizeram para prejudicar-te a ti e a teu marido. Se eu te desse um conselho, aceitarias?" A esposa redargüiu: "E qual seria teu conselho, minha senhora?" A velha respondeu: "Há em minha casa um homem tão sábio como nunca vi igual. Que pensas de ir comigo até ele para o inquirirmos? Quem sabe ele, com seu saber, não te ajuda em algo ou te escreve algo que faça a reconciliação entre ti e teu marido?" A esposa respondeu: "Sim", e, vestindo sua roupa mais rica, saiu com a velha e foi por esta colocada diante do homem que comprara a roupa de seu marido.

E nesse ponto a aurora alcançou Xahrazad, e ela parou de falar.

Sexagésima nona noite

Disse o filosófico Fihrás:

Ela disse: assim que a viu diante de si, meu amo, o homem abraçou-a e se jogou em cima dela, que, envergonhada de gritar, calou-se e deixou-o satisfazer-se. Depois, ele disse: "Vou corrigir a situação entre ti e teu marido por meio de um patuá de amor" e, escrevendo o patuá, entregou-o a ela, que agradeceu e voltou para casa.

O homem disse à velha: "O que fizeste foi muito bem-feito, mas corrompeste a relação entre a esposa e o marido." A velha respondeu: "Isso não importa. Da mesma maneira que corrompi, posso também consertar. Vai ao mercado e fala com o marido dela; quando ele te perguntar sobre a roupa que dele compraste, dize-lhe: 'Sentei-me perto de uma fogueira e ela se queimou em três locais; por isso, entreguei-a a uma velha vizinha conhecida para que a levasse ao alfaiate, mas até agora não sei se ela já levou.' Nesse momento, eu estarei passando por perto de vós; quando me vires, puxa-me até ti e diz: 'Esta é a velha a quem entreguei a roupa', e me pergunta sobre o que fiz com ela. Isso será o bastante." Então, o homem foi até o mercador, e este, vendo-o, indagou-o a respeito da roupa, e o homem respondeu conforme fora instruído pela velha. Enquanto conversavam, a velha apareceu, e o homem chamou-a aos gritos e disse: "Eis a velha!" O mercador perguntou-lhe a respeito da roupa, e ela respondeu: "Este homem entregou-me uma roupa para que eu levasse ao alfaiate; antes, entrei numa casa que eu não conhecia a fim de fazer minhas abluções e coloquei a roupa sob um travesseiro. Depois que fiz as abluções, porém, esqueci a roupa e saí. Quando me lembrei da roupa, não consegui mais localizar a casa." Disse o mercador: "Essa tua roupa causou-nos problemas e transtornos, velha. A casa em que a esqueceste é minha", e entregou-lhe a roupa. Depois, foi para casa e fez as pazes com a esposa, relatando-lhe o que ocorrera. Ela disse: "Assim foi."

Disse o vizir: "Só te contei esta história para que saibas que os ardis das mulheres são terríveis!" Ao ouvir aquilo, o rei ordenou que o filho não fosse executado.

No sexto dia, veio a mulher. Nas mãos, carregava veneno. Disse: "Teus perversos vizires, ó majestade, conduziram-te à aniquilação. Peço a Deus que me auxilie contra eles da mesma forma que auxiliou o ladrão." Disse o rei: "E como foi isso?" Ela disse:

O leão e o ladrão

Conta-se, ó majestade, que, por efeito de tempestades e ventanias, uma enorme caravana resolveu buscar abrigo em uma aldeia na qual havia ladrões. Os moradores da aldeia disseram aos membros da caravana: "Guardai bem vossos objetos e animais de carga, e ficai alerta a fim de não serdes assaltados." Quando anoiteceu, um leão foi refugiar-se, em virtude do frio e da chuva, entre os animais de carga. Depois, um ladrão foi até as montarias tencionando apoderar-se de uma delas, e, tateando em virtude da forte escuridão, nenhuma encontrou mais volumosa nem melhor do que o leão, que ele tomou e no qual saiu montado.

E nesse ponto a aurora alcançou Xahrazad, e ela parou de falar.

Septuagésima noite

Disse o filosófico Fihrás:

Ela disse: ao ver-se montado pelo ladrão, meu amo, o leão, pensou: "É este o vigia que os moradores da aldeia tanto mencionam", e saiu correndo, com o ladrão às costas – cada qual deles muito temeroso do outro – até que Deus bem amanheceu a manhã. O leão passou por uma grande árvore, em cujos galhos o ladrão se pendurou, escapando do leão, que por sua vez topou com um macaco, o qual lhe perguntou: "Por que te vejo tão aterrorizado, ó campeão?" Respondeu o leão: "Esta noite, um vigia da aldeia me pegou e arrastou até que Deus fez amanhecer a manhã." Disse o macaco: "E onde está esse tal vigia, ó campeão?" Respondeu o leão: "Naquela árvore", e ficou observando o macaco, que se encaminhou até a árvore, em cujo topo avistou o ladrão; subindo até lá, trepou-lhe na cabeça e começou a fazer sinais para o leão, o qual também se encaminhou para baixo da árvore. Os testículos do macaco, muito compridos, balançavam diante dos olhos do ladrão, que então os tomou e espremeu com força; o macaco gritou, desfaleceu e morreu, e o ladrão atirou seu corpo ao leão, o qual, vendo o macaco morto, imediatamente fugiu, pensando: "Por Deus! consegui escapar desse vigia que matou o macaco." E assim o ladrão pôde escapar incólume do leão.

Disse a mulher: "E eu rogo a Deus que me auxilie contra teus perversos vizires da mesma maneira que auxiliou o ladrão contra o macaco que pretendia exterminá-lo." Depois ela exibiu o veneno e disse: "Tomarei este veneno e tal infâmia recairá sobre teus ombros caso não me faças justiça contra o teu filho, que me oprimiu." Temeroso de que ela tomasse o veneno, o rei determinou que o filho fosse executado.

Veio então o sexto vizir e, ordenando que o rapaz fosse mantido sob guarda, dirigiu-se até o rei e disse: "Caso não tivesses um filho, ó majestade, rogarias a Deus que te concedesse um. Como podes, pois, ordenar sua execução, se não tens senão a ele? Por causa da fala de uma mulher? Já sabes que os dizeres das mulheres não passam de calúnias! Não sabes se ela diz ou não a verdade."

O pescador e o rei

Conta-se que um pescador levou a certo rei um peixe que muito o agradou, e pelo qual recompensou o pescador com quatro mil dirhams. A mulher disse-lhe: "Não agiste corretamente. Ordenaste que se dessem a um pescador quatro mil dirhams por um único peixe? Quanto darias então para alguém que te trouxesse uma pérola?" O rei disse: "O que fazer agora? Já determinei que tal valor fosse pago. Um homem como eu não pode voltar atrás em suas decisões." Disse a mulher: "Pergunta-lhe amanhã: 'O peixe que me trouxeste é macho ou fêmea?' Se ele responder: 'Fêmea', dize-lhe: 'Que minhas vistas não recaiam sobre ti enquanto não me trouxeres o macho', e se ele responder: 'Macho', dize-lhe: 'Traze-me a fêmea.'" No dia seguinte, o pescador foi até o rei, que lhe falou da maneira como fora instruído pela mulher. Respondeu o pescador: "Que Deus guie o rei! Trata-se de um hermafrodita, nem macho, nem fêmea."

Disse o narrador: o rei então riu e ordenou que lhe fossem dados mais quatro mil dirhams. Quando o pescador estava saindo com o dinheiro, uma das moedas caiu no chão, e ele, não querendo deixá-la para trás, abaixou-se para recolhê-la. A mulher do rei viu-o pegando a moeda e disse: "Nunca vi maior falta de vergonha do que a desse pescador. Um único dirham, entre tantos, caiu-lhe no chão e ele se recusou a deixá-lo para um dos criados", e foi informar ao rei o que vira, tentando incitá-lo a tomar de volta os dirhams que dera ao pescador. O rei mandou chamá-lo e disse-lhe: "Dentre os muitos dirhams que tinhas, um único caiu em nosso palácio, e, recusando-te a deixá-lo para trás, te curvaste para recolhê-lo!" Respondeu o pescador: "Que Deus fortaleça o rei! É que eu vi, gravado no dirham, o teu venerável nome, e recolhi-o do chão em respeito a ti, para evitar que fosse pisado por alguém." Então o rei ordenou que lhe fossem concedidos mais quatro mil dirhams, e escreveu às portas da cidade: "Desobedecer às mulheres é a atitude mais correta."

E nesse ponto a aurora alcançou Xahrazad, e ela parou de falar.

Septuagésima primeira noite

Disse o filosófico Fihrás:
Ela disse: o vizir, meu amo, disse: "Que Deus fortaleça o rei. Eu soube, quanto às artimanhas e astúcias das mulheres, o seguinte":

A efígie do elefante

Conta-se, ó majestade, que, enquanto certo homem trabalhava sua lavoura, a mulher lhe preparou uma refeição de galinha com grão-de-bico, colocou-a numa cesta e foi levá-la para ele. A certa altura do caminho, porém, a mulher foi agarrada por alguns ladrões, que a levaram a seu esconderijo e a possuíram um após o outro. Enquanto se revezavam, um deles abriu a cesta e, tomando os grãos-de-bico, fez com eles uma efígie de elefante, que colocou dentro da cesta. Depois, os ladrões soltaram-na, e ela tomou a cesta, sem saber o que havia sido feito, e se encaminhou até o marido. Ele perguntou-lhe: "O que te traz aqui?", e ela colocou a cesta diante dele. Quando a descobriu e encontrou a efígie do elefante, ele disse: "Ai de ti! O que é isto?" A mulher, compreendendo imediatamente que aquilo fora obra dos ladrões, disse-lhe com manha e astúcia: "Eu sonhei que estavas sendo pisado por um elefante e consultei um decifrador de sonhos, que me recomendou fazer uma efígie de elefante com grão-de-bico para que a comesses." E o marido, supondo que ela falava a verdade, agradeceu-lhe e comeu a refeição.

Disse o vizir: "Só te contei esta história, ó majestade, para que saibas que as artimanhas das mulheres são terríveis!" Ao ouvir aquilo, o rei determinou que o filho não fosse executado.

No sétimo dia, a mulher pensou: "Se o rapaz não for executado hoje, amanhã ele falará e a ordem de execução passará para mim! Pois eu vou me suicidar antes que ele fale", e, ajuntando seu dinheiro, distribuiu-o como esmola aos pobres e ordenou que lhe trouxessem muita lenha, o que foi providenciado. Sentou-se então sobre a lenha, à qual ordenou que se atiçasse fogo. Ao saber daquilo, o rei disse: "Alcançai-a antes que seja tarde!", e ordenou que o filho fosse executado.

Veio então o sétimo vizir e, ordenando que o rapaz fosse mantido sob guarda, foi até o rei e disse: "Matarás teu filho, ó majestade, por causa dos dizeres de uma mulher que não sabes se mente ou fala a verdade? O homem inteligente não deve agir conforme os dizeres das mulheres."

Os desejos desperdiçados

Conta-se, ó majestade, que certo homem tinha um servo gênio que lhe cumpria as ordens. Um dia, o servo disse-lhe: "Eu irei abandonar-te. Antes, porém, irei ensinar-te três evocações, mediante cada uma das quais te será concedido um desejo." E ensinou-lhe as evocações. O homem foi então até sua mulher, triste e preocupado, e lhe relatou o que sucedera. Ela disse: "Essas três evocações são uma bênção." Ele perguntou-lhe: "O que queres que eu peça a Deus altíssimo?" Ela disse: "Os homens não têm outro cuidado que não as mulheres. Pede a Deus que te conceda muitos pintos."

Disse o narrador: então o homem pediu, e foi atendido, mas, quando viu aquilo, ficou arrependido. A mulher lhe disse: "Não te entristeças, pois ainda te restam dois pedidos. Faz a Deus um segundo pedido, que te retire todos os pintos."

E nesse ponto a aurora alcançou Xahrazad, e ela parou de falar.

Septuagésima segunda noite

Disse o filosófico Fihrás:
Ela disse: a mulher, meu amo, disse então ao marido: "Faz a Deus o segundo pedido, que te retire

todos os pintos", e o homem fez o pedido a Deus e ficou sem nenhum pinto. Arrependeu-se, e a mulher lhe disse: "Resta-te um pedido; pede então a Deus que te restitua o teu, ainda que torto."

Disse o narrador: ele fez então o pedido, e Deus lho restituiu, torto e curvado para baixo, desperdiçando assim os pedidos, e isso tudo por ter obedecido à mulher.

Disse o vizir: "Eu também soube, ó majestade, quanto aos ardis e tramóias das mulheres, o que passo agora a te contar":

O estudioso das tramóias femininas

Certo homem, estudioso das tramóias e artimanhas das mulheres, saiu em viagem para pesquisar o assunto, chegando então a uma aldeia onde se lhe disse: "Somente chegarás a tal conhecimento se te sentares sobre cinzas durante quarenta manhãs e comeres pão de cevada sem sal", e ele assim fez.

E, registrando por escrito todas as suas perquirições a respeito das tramóias femininas, coligiu um livro sobre o assunto. No caminho de volta a seu país, passou por determinada aldeia na qual um homem, habitante do local, preparara comida para um banquete ao qual todos os demais moradores haviam sido convidados. O estudioso introduziu-se entre os convivas, e, quando o viu, o dono da casa perguntou-lhe: "Quem és tu?" Ele respondeu: "Sou um viajante, vim da terra tal, estudei o assunto tal; sentei-me sobre cinzas durante quarenta manhãs e comi pão de cevada sem sal." Ao ouvir aquilo, o dono da casa se compadeceu dele e, tomando-o pela mão, conduziu-o até sua mulher, a quem, após relatar o caso, ordenou que lhe servisse um bom caldo e algo que lhe recompusesse o cérebro e umedecesse os membros e veias, e que também lhe desse uma bebida curativa.

Depois, a mulher perguntou ao estudioso qual saber ele detinha, e ele revelou que detinha o conhecimento das tramóias e artimanhas das mulheres, e que havia compilado um livro sobre o assunto. Percebendo então que ele não passava de um idiota, a mulher acomodou-o e lhe serviu comida e bebida, dizendo em seguida: "Nenhuma mulher deve esconder de ti segredo algum, uma vez que deténs o conhecimento de suas tramóias e artimanhas: assim, eu te informo que meu marido não me possui carnalmente já faz alguns anos; se quiseres, pois, satisfazer-te em mim, e que eu me satisfaça em ti, faze-o." Ele respondeu: "Sim", e avançou em direção a ela. Quando já lhe estava sobre o peito, pronto, a mulher soltou um grito estrondoso e lhe assestou um chute, fazendo-o cair sentado, e quase morto, com os nervos em frangalhos, a mente turvada e as costas trêmulas.

E nesse ponto a aurora alcançou Xahrazad, e ela parou de falar.

Septuagésima terceira noite

Disse o filosófico Fihrás:

Ela disse: mal a mulher terminou de gritar, meu amo, todos os homens da aldeia acorreram e cercaram o estudioso. Perguntaram à mulher: "O que houve?" Ela respondeu: "Eu estava servindo comida a este homem quando ele se engasgou com um naco de pão, e, como seus olhos saltaram, fiquei temerosa de que morresse na minha frente e vos chamei." Os homens então fitaram-no e, ao verem-no bestificado, disseram: "Socorre-o com água" e se retiraram, deixando-o aos cuidados dela, que lhe disse: "Que tal? Acaso registraste isto em teu livro?" Ele respondeu: "Por Deus que não!" Ela disse: "Despendeste tanto esforço à toa." O estudioso então foi embora e, pegando o livro, queimou-o: compreendera que as tramóias das mulheres por ninguém podem ser alcançadas.

Disse o vizir: "Só te contei esta história, ó majestade, a fim de que não leves em consideração os dizeres dessa mulher, nem mates teu filho." Ao ouvir aquilo, o rei determinou que o filho não fosse executado.

No oitavo dia, ao raiar do sol, o rapaz pensou: "Este é o dia em que meu mestre se comprometeu a aparecer. No decorrer de todos esses dias, os vizires falaram, e eu lhes devo agradecer o que fizeram antes que aquela inimiga vá até meu pai e o faça ordenar minha execução."

Disse o narrador: então, chamou a criada que o servira durante aqueles sete dias e lhe disse: "Vai até o vizir-mor e chama-o." Ouvindo as palavras do filho do rei, a criada ficou exultante e imediatamente foi atrás do vizir-mor: entrou em seu palácio, apresentou-se a ele e informou-o que o filho do rei falara e que o chamava. O vizir saiu descalço, foi até o filho do rei e cumprimentou-o. O rapaz informou-o dos motivos que até então o haviam impedido de falar e disse: "Graças a Deus, que me salvou da morte por vosso intermédio. Eu vos sou muito grato e não esqueço os benefícios concedidos por meu Senhor. E, caso ele atenda a minhas esperanças, vereis o bem que vos farei. Agora, gostaria que tu te dirigisses a meu pai, informando-o de que eu falei, antes que a inimiga de Deus vá até ele e o faça ordenar minha execução."

E nesse ponto a aurora alcançou Xahrazad, e ela parou de falar.

Septuagésima quarta noite

Disse o filosófico Fihrás:

Ela disse: então o vizir-mor, meu amo, dirigiu-se até o rei e fê-lo saber que o filho falara. O rei disse: "Traze-o a mim agora." O vizir e o criado do rei saíram e voltaram com o rapaz. Assim que o viu diante de si, o pai abraçou-o, estreitando-o contra o peito, e o beijou entre os olhos. Todos choraram. Depois disse: "O que te impediu, meu filho, de te pronunciares ao longo destes sete dias em que eu quis te executar?" Respondeu o rapaz: "Que Deus dê prosperidade ao rei! O fato é que meu mestre recomendou-me que eu não falasse durante sete dias, mas essa mulher me dirigiu palavras que me encolerizaram a tal ponto que esqueci as instruções de meu mestre. Então eu disse a ela: 'Estou proibido de me pronunciar durante estes sete dias.' Quando ela ficou a par disso, sua única preocupação passou a ser minha morte antes que eu pudesse falar e denunciá-la. Caso o rei queira, porém, poderá convocar os jurisconsultos e, assim, nossas palavras serão proferidas diante das testemunhas adequadas." Ouvindo tais palavras, o rei ficou extremamente feliz e disse: "Graças a Deus, que por teu intermédio foi benevolente comigo, não te matei"; em seguida, ordenou que os sábios se reunissem, e então o mestre Sindabád apresentou-se diante do rei e o cumprimentou. Disse-lhe o rei: "Onde estavas durante estes dias em que eu quis matar meu filho por causa da tua recomendação?" Respondeu o mestre: "És, graças a Deus, um homem inteligente, e homens inteligentes não devem agir com precipitação." Disse o rei: "Graças a Deus, que se apiedou de mim e impediu que matasse injustamente meu filho. Respondei-me vós todos, porém: sobre quem recairia a culpa se eu o tivesse matado? Sobre o mestre? Sobre a mulher? Ou sobre mim? Ou então sobre o astrólogo a quem os astros revelaram que ele não deveria pronunciar-se durante sete dias, mas nada me avisou?" Respondeu um dos sábios: "O mestre, ó majestade, não tem culpa alguma, pois o único compromisso que o rei estabelecera era que ele não passasse o prazo. A culpa recairia, isto sim, sobre o rei, que todo dia determinava que o filho fosse morto por causa de uma mulher cujas palavras ele não sabia se eram falsas ou verdadeiras." Disse a seguir outro sábio: "O rei não teria culpa alguma; esta recairia, isto sim, sobre o mestre que, além de não ter avisado o rei do que havia sido revelado pelos astros, não veio com o rapaz, deixando-o sozinho até que se findassem os sete dias." Um terceiro sábio então levantou-se e disse: "O mestre não teria culpa; esta recairia, isto sim, sobre a mulher, que assacou infâmias contra o rapaz e pretendeu sua morte sem motivo justificável." Disse outro sábio: "O rei não teria culpa alguma. Eu tenho conhecimento de que não há sobre a face da terra uma única intriga que não seja provocada pelas mulheres: na terra nada existe de mais frio do que o sândalo e a cânfora; quando friccionados um contra o outro, porém, expelem fogo."

E nesse ponto a aurora alcançou Xahrazad, e ela parou de falar.

Septuagésima quinta noite

Disse o filosófico Fihrás:

Ela disse: quando o último sábio terminou de falar, meu amo, Sindabád disse: "Na verdade, ó majestade, nenhum ramo do saber eu escondi do teu filho, e agora não conheço ninguém mais sábio do que ele sobre a face da terra. E a Deus dou louvores por isso, majestade." O rei disse ao filho: "E tu, o que dizes?" Respondeu o filho: "Os piores homens são os menos agradecidos. Quanto a mim, a Deus louvo e a meu mestre agradeço: dele só posso falar bem; Deus me livre de dizer que meu mestre não se esforçou para instruir-me." Ao ouvir aquilo, o rei agradeceu e louvou a Deus, e ordenou que a mulher mentirosa fosse levada à sua presença, e ela então foi colocada diante dele. Disse: "O que te levou a fazeres o que fizeste?" Ela respondeu: "Que Deus dê prosperidade ao rei! Sabe-se que para o ser humano nada há de mais caro do que a si mesmo. Eu somente disse aquilo a teu filho para que sua língua proferisse alguma coisa. Quando o vi tão encolerizado, temi perder a vida, e o demônio se apossou de meu coração. Confesso minha culpa."

O rei determinou que ela fosse libertada e perdoou-a. Depois determinou que fosse dado muito dinheiro ao sábio Sindabád, e, ainda, que fossem dadas jóias aos vizires. E ficaram todos na melhor vida até que lhes adveio aquilo de que não há escapatória, e graças a Deus findou-se a história.

História do rei e da serpente

Depois ela disse: conta-se, ó rei, que houve em priscas eras um rei, detentor de camelos, ovelhas e vacas. Possuía também uma égua, cuja beleza e rapidez não tinham equivalente naqueles tempos, e um bonito potro, que lhe vigiava os rebanhos, e que o rei muito apreciava: quando saía a passeio, montava a égua e ficava contemplando a beleza do potro, por medo do qual ninguém ousava aproximar-se dos rebanhos do rei: ele matava todo e qualquer ser humano que o fizesse.

Certa feita, porém, o potro rebelou-se e fugiu para o deserto, no que foi seguido pelas vacas, ovelhas e camelos. Ao saber do fato, o rei, acompanhado de sua parentela e de seu exército, composto por cerca de quarenta mil ginetes, cavalgou em busca dos animais, mas do potro não se alcançou senão a poeira.

Desolado, o rei voltou para a cidade e mandou dizer às tribos árabes: "Darei mil onças de ouro vermelho e mil camelas a quem me trouxer qualquer informação sobre o potro", mas, mesmo assim, continuou durante um bom tempo sem notícia alguma a respeito.

E nesse ponto a aurora alcançou Xahrazad, e ela parou de falar.

Septuagésima sexta noite

Disse o filosófico Fihrás:

Ela disse: certo dia, meu amo, dois homens foram até o rei, cumprimentaram-no calorosamente e disseram: "Trouxemos notícias acerca de teu potro e de teu rebanho." Perguntou-lhes o rei: "E onde estão eles?" Responderam: "Na montanha da serpente, que contém muitas árvores e frutos. Todos os teus animais estão com o potro, que os apascenta e vigia. Estão devastando a fauna e a flora do lugar." Ele disse: "Se o que estais dizendo for verdade, recebereis aquilo que eu havia prometido." Responderam: "Iremos contigo, mas sob uma condição." Ele perguntou: "E qual é a condição?" Responderam: "Quando nos aproximarmos da montanha, mostrar-te-emos o potro e fugiremos em seguida." Ele disse: "Sim", e, pagando-lhes o que prometera, montou a égua, tomou a espada e avançou com eles até a mencionada montanha. Os dois homens então lhe disseram: "Teu potro está atrás dessa montanha", e se retiraram.

O rei aproximou-se do local e, ao avistar o potro com o rebanho a seu redor, soltou um grito, e a égua relinchou; ouvindo aqueles gritos, o potro começou a avançar, a boca fremente, a baba escorrendo, os olhos soltando chispas. Assim que se aproximou do rei, atacou-o com o intento de matá-lo. O rei fugiu, e o animal seguiu em seu encalço até o meio-dia. Quando o rei já se considerava perdido, a égua despencou numa vala profunda; ele caiu junto e desmaiou; ao acordar, viu-se naquela vala; diante da égua estava uma enorme serpente; o potro estava nos rebordos da vala, gritando, e a baba escorrendo de sua boca. A serpente ergueu a cabeça, olhou para o potro, olhou para o rei, e, condoída deste último, picou bem no meio dos olhos o potro, que tombou morto. Em seguida, voltando a seu lugar, a serpente atirou a égua para a boca da vala, e, esticando a cauda até o rei, também lançou-o fora da vala, e ele caiu desmaiado.

E nesse ponto a aurora alcançou Xahrazad, e ela parou de falar.

Septuagésima sétima noite

Disse o filosófico Fihrás:

Ela disse: quando o rei se restabeleceu, meu amo, agradeceu e louvou a Deus altíssimo, montou na égua, juntou o rebanho e tomou o caminho de volta à sua terra e sua gente. Quando já havia cavalgado cerca de três milhas, avistou uma poeira ascendente e uma fumaceira brilhante, a qual, quanto mais dela se aproximava, mais visível ficava, até que enfim os ventos fizeram-na dispersar-se, e surgiram dez cavaleiros que pareciam leões austeros, mas de rédeas em repouso e lanças depostas; atrás deles, havia dez dromedários com jaulas de ferro ao dorso. Os cavaleiros cercaram o rei, cumprimentaram-no e disseram: "De onde vieste, ó irmão dos árabes, e aonde vais?" Ele respondeu: "Vim deste deserto. Meu rebanho havia fugido e saí-lhe no encalço." Disseram-lhe: "Certamente conheces esta terra melhor do que nós. Quem dera nos mostrasses o melhor ponto para caça." Perguntou-lhes: "E o que caçais? Gazelas ou leões?" Responderam: "Caçamos serpentes e grandes víboras." Disse o rei: "Quanto me daríeis se vos conduzisse à maior serpente que jamais vi?" Responderam: "Dar-te-íamos mil dinares." Disse: "Tal quantia não é suficiente para mim." Então eles começaram a oferecer mais e mais, até chegarem a cinco mil dinares. O rei recebeu tal quantia e os conduziu à vala onde vivia a serpente que o salvara da morte. Disse-lhes: "Agora é convosco." Disseram-lhe: "Permanece conosco, pois nosso método de caça te divertirá." E um deles, após observar a serpente, disse: "É isso mesmo que procuramos."

Disse o narrador: os homens fizeram então os dromedários se ajoelharem, retiraram as jaulas, prenderam os ganchos e tomaram um odre cheio de uma espécie de óleo com o qual untaram os corpos. Em seguida, um deles desceu até a serpente, mas esta o picou num ponto do corpo no qual não havia óleo, e o homem morreu. Foi então a vez de outro homem, que, também untado, foi baixado à vala. A serpente observou-o e lambeu-o com a língua, mas, não encontrando brilho algum do corpo que indicasse falha na untura, não o pôde picar, sendo pois amarrada com correntes e presa com ganchos, enquanto dava botes em vão. Quando estavam firmes as amarras, foi içada pelos demais companheiros, os quais, conjugando esforços, a enfiaram na jaula e ali a trancaram: ao ver o rei que ela havia salvado da morte, lançou-lhe um olhar tão prolongado que ele se arrependeu do que fizera.

E nesse ponto a aurora alcançou Xahrazad, e ela parou de falar.

Septuagésima oitava noite

Disse o filosófico Fihrás:
Ela disse: naquela noite, meu amo, todos foram dormir. E, quando Deus bem amanheceu a manhã, o grupo, juntamente com o rei, saiu em viagem. Ca-

minharam todos até o meio-dia, quando, por causa do calor e do sol intenso – e também porque estava na hora da sesta –, abrigaram-se à sombra de uma árvore, não sem antes terem deposto ao chão a jaula com a serpente, a qual mantinha o olhar fixo no rei. Assim que se acomodaram, o forte cansaço levou-os ao sono; só o rei, por causa do arrependimento, não conseguiu dormir. Refletiu e ponderou se não seria seu dever libertar a serpente; chegando à conclusão de que aquilo era o melhor a fazer, foi até a jaula e soltou a fechadura. E a serpente, como se fosse uma flecha, deu então uma violenta arremetida na direção dos cavaleiros e os matou a todos. Depois, voltando-se para o rei como se fosse uma labareda, olhou-o bem nos olhos e moveu-lhe um terrível ataque, lançando-lhe no rosto um violento assopro que o fez desfalecer. E fugiu a seguir para o deserto.

O rei – com o rosto enegrecido – acordou do desmaio, recolheu os apetrechos dos cavaleiros, colocou-os sobre os camelos, reuniu todo o rebanho, montou sua égua e tomou o caminho de casa. Assim que se aproximou de sua cidade, com aquelas ovelhas, vacas, camelos e dromedários, avançaram contra ele cerca de seis mil cavaleiros equipados: supuseram tratar-se de algum inimigo. Quando se aproximaram, disseram: "De onde trouxeste tantos animais, ó escravo? E onde está o dono dessa égua? Presumimos que o tenhas assassinado!" Respondeu-lhes: "Por Deus que não sou escravo! Sou o rei fulano, filho de fulano." Eles, que não o reconheceram pelo fato de seu rosto estar enegrecido, disseram-lhe: "Acaso estás tentando enganar-nos com tal mentira? O homem que referes era belíssimo!" Respondeu-lhes: "Por Deus que sou o rei fulano! Meus filhos são fulano e sicrano..." Ao ouvirem aquilo, os homens acreditaram, e reuniram-se ao seu redor cerca de quarenta mil cavaleiros, parte com couraça, parte com cota de malha. Armou-se grande alarido por causa de sua chegada, com os árabes cercando-o por todo lado e lugar. Seus dois filhos aproximaram-se, cumprimentaram-no e indagaram-no sobre o que se sucedera, e ele tudo lhes relatou do começo ao fim: o potro, a serpente que ele libertara e que matara os dez cavaleiros. E eles ficaram espantados com a história.

Depois, ele perguntou: "O que pensais disto que me sucedeu?" Levantou-se então um ancião árabe e disse: "Acaso tens filhos?" Respondeu: "Sim." Disse o ancião: "Envia um deles para vingar-te, matando a serpente, e outro para trazer-te o remédio." Respondeu o rei: "Sim", e, convocando seus dois filhos, informou-os do que recomendara o ancião. Responderam: "Aceitamos." O rei deu-lhes dois corcéis e as provisões necessárias e se despediu deles. Os irmãos cavalgaram por terras distantes, baixas e elevadas, à procura do remédio, chegando enfim a uma cidade árabe densamente povoada, na qual não se ouvia senão o estrépito das montarias e a conversa dos escravos, o relinchar dos cavalos, o cacarejar dos galináceos e o latido dos cachorros. Os cavalos galopavam, os jumentos pastavam, as durindanas se exibiam, os arcos se espalhavam e os escudos se engalanavam, e em tal profusão que contá-los era impossível, e recenseá-los, inviável.

Mal os dois se aproximaram da cidade, os habitantes foram recepcioná-los perguntando-lhes como estavam. Responderam: "Somos filhos do rei fulano."

E nesse ponto a aurora alcançou Xahrazad, e ela parou de falar.

Septuagésima nona noite

Disse o filosófico Fihrás:

Ela disse: os habitantes da cidade, meu amo, foram então avisar o rei da chegada dos dois jovens, e ele ordenou que fossem hospedados e tratados com toda honra. Depois, mandou que fossem trazidos até ele e lhes perguntou: "O que vos fez abandonardes vosso torrão natal e vosso pai?", e eles relataram-lhe os fatos. Ele disse: "Vosso pai está envelhecendo, os ossos se lhe enfraquecem e o juízo se lhe debilita. Seja como for, ficai comigo até que eu peça a ele que vos venha buscar." Disse o irmão mais velho: "Eis uma opinião sensata." Disse o irmão caçula: "Por Deus que só retornarei a meu pai quando puder levar-lhe o que me pediu. Caso contrário, prefiro a morte."

Disse o narrador: e, deixando o irmão com o rei na cidade, o caçula montou no cavalo e avançou sozinho pelo deserto, até que por fim chegou a uma bela terra repleta de plantas e árvores, em cujo centro havia um eremitério com torre de cobre, e no alto da torre um pavão de asas coloridas, construído pelos filósofos antigos. Mal se aproximou, o pavão soltou um grande grito, e abriu-se a porta da torre, dela saindo um ancião de costas vergadas pelo peso dos anos. O filho do rei cumprimentou-o e o ancião lhe perguntou: "Quem és tu, que adentraste um local que ninguém jamais adentrou?" Respondeu: "O fato que aqui me traz, meu senhor, é espantoso, e seu relato, assombroso: estou à procura de um remédio para meu pai." Disse-lhe o ancião: "E qual é a doença dele?" O jovem contou-lhe a história, e o ancião disse: "Não encontrarás tal remédio, meu filho, senão no Palácio dos Brilhantes, habitado por uma jovem cuja metade é gênia, e a outra metade, humana, pois gênio lhe é o pai, e humana a mãe. Não há na face da terra beleza maior que a dela, cujo nome é Sol das Serpentes, filha de Sarifán, filho de Xaxaán, filho do Grande Lúcifer. Ela dorme sete dias por mês e nunca sai do palácio; ninguém nunca lhe pousa os olhos, e seu sono é pesadíssimo. O palácio tem um pavilhão de brocado colorido fixado sobre pilastras de ouro; esse pavilhão fica entre duas árvores: colhe as folhas da árvore à direita e mói-as com leite; esfregadas no rosto, deixam-no mais belo do que jamais foi e fazem desaparecer o negrume. Quanto à outra árvore, suas folhas, tratadas da mesma maneira que as da árvore da direita, funcionam contra a lepra e os abscessos. Porém, meu filho, como chegar a ela ou ao seu pavilhão? Isso foi impossível para os filósofos e sábios: ninguém pôde fazê-lo. Os céus estão mais próximos de ti do que ela, ou da mera possibilidade de te aproximares dela." Disse o filho do rei: "Juro por quem ergueu os céus sem pilares e estendeu a terra sobre água congelada, que ninguém me impedirá de chegar a ela. Deus altíssimo fará de mim o que melhor lhe aprouver." Disse o ancião: "Sou apenas um monge, e moro neste lugar tão longe. Porém, meu filho, se estiveres verdadeiramente disposto a fazê-lo, confia em Deus."

E nesse ponto a aurora alcançou Xahrazad, e ela parou de falar.

Octogésima noite

Disse o filosófico Fihrás:
Ela disse: ao dizer aquelas palavras, meu amo, o ancião forneceu-lhe as provisões necessárias, indicou o caminho e despediu-se. O jovem retirou-se e

avançou pelas terras de cima a baixo durante sete dias. No oitavo dia, chegou a uma bela terra branca, de brisas batida por todos os lados, e dividida por um esplêndido rio verdejante, cujas margens como que exalavam almíscar, plena de frutos e árvores, e de águas e aves abundante; suas plantas eram rosa e açafrão; estavam repletas de belas flores de brilho esplêndido: rosas, violetas, lírios, anêmonas, jasmins e girassóis; árvores frondosas e aves canoras: rouxinóis e alcaravões; nos galhos, andorinhas cantavam; à beira do rio, um palácio de construção resistente e estrutura imponente, que da terra brotava e aos céus se elevava, de ameias salientes e portões resistentes.

Vendo aquilo, o filho do rei atravessou o rio e caminhou até as proximidades do palácio, em cujo portão havia um túmulo imenso: seu talhe se desvanecera, suas pedras se alteraram, e de tudo só restavam algumas gravuras, e, no alto, os seguintes versos numa placa de mármore:

Vê estas ruínas quanto mudaram
desde que os donos partiram: não se reconhecem.
O desgaste imprimiu marcas no traçado,
e suas pedras despencaram e se quebraram.
Os parentes? Cada qual foi da vida cuidar,
e seus laços se esgarçaram e romperam.
Quando vi abandonadas suas casas,
minhas lágrimas escorreram e caíram.
Ah, se soubesses o pranto que sofri!
De tudo isso, porém, basta-me o que já vi!

Disse o narrador: após ler esses versos, o filho do rei dirigiu-se ao portão, que encontrou aberto. Levou a mão ao punho da espada e, amarrando o cavalo, desembainhou-a. Entrou no palácio, atravessando vários recintos, até que vislumbrou uma luz no mais belo átrio que olho algum jamais houvera visto. Examinou-o: no centro, um pavilhão de brocado cravejado de olho brilhante; em seu alto, um crescente de ouro com rubis que seqüestravam a vista; à direita uma árvore, à esquerda também, conforme o monge ancião descrevera.

Disse o narrador: entrou no pavilhão, mas nada encontrou que se movesse, e sim um túmulo de esmeralda verde, em cuja lápide, gravados numa placa de ouro vermelho, liam-se os seguintes versos:

> *Não é rei quem à morte não governa:*
> *o rei, isto sim, é aquele que não morre.*

Saindo do pavilhão, caminhou até o palácio, onde também não encontrou ninguém. Espantado, notou então um imenso aposento de altas paredes e sólidos alicerces, com cortinas de seda. Entrou e viu que seu teto era pintado, e seu assoalho, mobiliado; no centro, uma cama com um pavilhão de anêmonas brancas e uma rede de seda pura.

E nesse ponto a aurora alcançou Xahrazad, e ela parou de falar.

Octogésima primeira noite

Disse o filosófico Fihrás:
Ela disse: o jovem, meu amo, entrou no pavilhão, aí encontrando uma cama de pés de ouro cravejado de rubis, na qual uma pessoa dormia, e sobre essa pessoa havia uma coberta entretecida de fios de ouro. Ele então ergueu a coberta e viu uma jovem que parecia resplandecente lua cheia, de traços perfeitos, cujas faces eram como disse o poeta:

Passeia os olhos por seu rosto:
verás a obra de Deus que bem-feita.
O mimo de suas faces é como
asa de corvo sobre lírio branco.

Disse o narrador: contemplando a jovem, o filho do rei encantou-se com sua beleza e formosura; tirou as roupas e tentou subir à cama; ouviu porém um som atrás do véu da cama e, aguçando o olhar, viu uma enorme serpente, semelhando alta palmeira, sair de baixo da cama, a boca aberta para devorá-lo. O filho do rei tirou a perna da cama e retrocedeu, e a serpente retornou para baixo da cama; tal fato fê-lo compreender que tal serpente consistia num engenho talismânico: elaborou então uma estratégia que o neutralizou, e em seguida subiu à cama, achegou-se à moça e abraçou-a, mas ela nada sentiu por causa do sono pesado. Descobriu então que ela era virgem, potra não-montada, pérola não-perfurada, e a deflorou, colhendo seu desejo e satisfazendo seu apetite, tudo isso enquanto ela dormia.

Depois, desceu da cama, vestiu as roupas e escreveu na parede: "Isto foi feito por fulano, filho de fulano, rei da terra tal", e saiu do aposento, deixando-a entregue ao sono. Dirigiu-se até a árvore descrita pelo monge ancião, colheu as folhas de que necessitava e partiu, avançando até chegar ao eremitério do monge, onde descavalgou e lhe contou o que fizera com a moça; dormiu ali e no dia seguinte despediu-se e partiu para sua terra, contente por ter cumprido a missão. Chegando à cidade em que deixara o irmão, procurou-o e foi recebido por ele e pelos demais habitantes, que o felicitaram e hospedaram durante três dias. No quarto dia, ele e o irmão mais velho montaram cada qual seu cavalo, partindo em retorno à cidade natal. Quando já estavam próximos, apearam-se a fim de descansar; como fosse final de dia, colocaram alimentos diante de si, e comeram e beberam.

O irmão mais novo contou ao mais velho o que lhe ocorrera, mostrando as folhas que levava ao pai e relatando o que fizera com a jovem e com a árvore. Ao ouvir a história, o irmão mais velho pensou: "Se porventura eu chegar sem nada, não terei prestígio algum nem estima perante meu pai; toda a estima será para meu irmão", e pôs-se a urdir um estratagema contra o irmão caçula.

Disse o narrador: quando terminaram a refeição, o caçula foi dormir num leito de folhas preparado pelo mais velho; este então amarrou-o a uma árvore próxima, tomou-lhe as folhas e pensou: "Vou deixá-lo assim amarrado." Depois, seguiu para a terra de seu pai, ao qual mandou, antes de chegar, um mensageiro, e o pai saiu para recebê-lo junto com os habitantes da cidade, os amigos e os parentes. Apeando-se, ficou a sós com o pai e lhe entregou as folhas. Questionado a respeito do caçula, respondeu: "Deixei-o na cidade tal."

O rei preparou o remédio da maneira recomendada pelo filho e esfregou a pasta no rosto: o negrume desapareceu e ele retomou a cor anterior; promoveu então uma festança magnífica, na qual sacrificou camelos e vacas.

E nesse ponto a aurora alcançou Xahrazad, e ela parou de falar.

Octogésima segunda noite

Disse o filosófico Fihrás:
Ela disse: deu-se então, meu amo, que, ao ouvir as mentiras que o irmão mais velho contou a respei-

to do procedimento do irmão caçula, o rei tomou uma resolução: jurou que, quando o caçula chegasse, mandaria crucificá-lo – sem saber que o Senhor dos ocultos desígnios, em seu ocultamento, dispunha da maneira que bem lhe aprazia.

Voltemos agora ao irmão caçula, amarrado à árvore.

Quando a noite chegou e o ar se refrescou, ele despertou e se viu amarrado, e não teve a menor dúvida de que fora seu irmão mais velho quem fizera aquilo. Nesse momento, algumas aves se aproximaram, e ele tentou espantá-las aos gritos, mas elas não se abalaram e seu número começou a aumentar; abateram-se sobre ele, dando-lhe certeza de que seu fim chegara e que iria acabar virando pasto de aves; ficou nessa situação até o meio do dia, quando então passou uma caravana que se dirigia à cidade de seu pai. Vendo as aves, os membros da caravana disseram: "As aves não pousam senão onde exista água", e foram naquela direção, encontrando o filho do rei amarrado à árvore. Perguntaram-lhe: "Quem és? E quem te fez isto?" Ele respondeu: "Sou estrangeiro, e fui atacado por ladrões: roubaram meu dinheiro e me amarraram, como estais vendo." Eles então soltaram-no e conduziram-no à terra do pai. Porém, mal o caçula entrou na cidade, o rei, sem lhe dar tempo algum de falar, determinou que fosse crucificado e que um de seus serviçais divulgasse o fato pelas cidades, convidando os árabes a que fossem assistir à crucificação do filho do rei, e por dez dias o serviçal fez tal divulgação. No décimo primeiro dia, uma copiosíssima quantidade de árabes se reuniu, e naquele momento o rei determinou que seu filho fosse crucificado num tronco.

Disse o narrador: o próprio rei amarrou-o e, chamando o filho mais velho, disse-lhe: "Encarrega-te da execução"; este avançou para o caçula e tomou uma lança para matá-lo injusta e perversamente. Quando estava a ponto de fazê-lo, porém, eis que um brado ressoou pela terra e abalou as montanhas e seus moradores. As pessoas voltaram-se na direção do grito e, de supetão, viram um cavaleiro rápido como o vento ou como o destino cruento, por ferros protegido, e com cota de malhas vestido; na mão duas lanças levava, e na cabeça um elmo, lindamente adornado, carregava; na outra mão, brandia um longo bastão, e acompanhava-o um imenso batalhão. Ao ver o filho do rei preso ao tronco, e as pessoas a seu redor, soltou contra os árabes um único e violento brado que os assustou, dispersou e afinal os fez fugir. A seguir, fez carga contra o filho mais velho do rei, desferindo-lhe um golpe que o prostrou morto ao chão, e também contra seus soldados, que fugiram em debandada. Tirou o véu do rosto e ergueu o olhar em direção ao filho caçula do rei, que continuava amarrado, e disse: "Nada temas, ó adorno dos contemporâneos e único deste tempo!", e eis que era a jovem Sol das Serpentes, dona do Palácio dos Brilhantes. Ela imediatamente derrubou o tronco, soltou as amarras de seu amante e o abraçou, estreitando-o ao peito.

Em seguida, cobriu-o com um manto, entregou-o a seu grupo e fez carga contra os homens do rei, dos quais os poucos que se salvaram procuraram refúgio nos cumes das montanhas e nas depressões dos vales. O rei foi feito prisioneiro. O caçula perguntou a ela: "O que te trouxe aqui, ó Sol das Serpentes?" Ela respondeu: "Assim que despertei de meu sono, senti que o céu se fechava sobre a terra, perplexa com o que me ocorrera. Olhei então para a parede do quarto e vi que ali algo fora desenhado; lendo aquilo, descobri o teu nome, o de teu pai e reino, e compreendi que somente conseguiste fazer o que fizeste comigo por seres um intrépido cavaleiro. Estou grávida de ti; como poderia suportar não ver a tua face? Assim, parti ontem de minha terra e vim até aqui, e Deus acabou te salvando por intermédio de minhas mãos."

E, dando-lhe plenos poderes, ela reuniu os restos dispersos do exército de seu pai e os colocou diante dele, dizendo: "Faze deles o que bem entenderes", mas ele os perdoou a todos e também libertou o pai acorrentado, pois este não tinha conhecimento das trapaças e traições do irmão mais velho, a quem o amor pelo mundo e por suas ilusões inculcara tanta inveja. O caçula contou ao pai sua história com a jovem, e este disse: "Teu irmão, meu filho, enganou-me a teu respeito. Dou graças a Deus, que o puniu por semelhante atitude."

A jovem instalou-se na cidade e reconquistou o país e os súditos para o pai e o filho, e a terra voltou a prosperar. Depois, deixou o rei em sua cidade, conforme ele escolhera, e mudou-se com o caçula para o Palácio dos Brilhantes. Ali, casou-se com ele e entregou-lhe o domínio daquela região. Assim, o caçula ficou com ela na melhor, mais agradável e aprazível vida, até que lhes adveio aquilo de que não há escapatória – que a paz esteja com o senhor dos enviados –, e graças a Deus findou-se a história.

História do cavalo de ébano

Disse a jovem: conta-se, ó rei venturoso, que certo monarca, soberano de vastas regiões, tinha excelente conduta em seu reino: era justo com o rebanho e generosíssimo com os soldados; árabes e estrangeiros respeitavam-no, temiam-no e presenteavam-no. O país estava sob seu completo controle, e os súditos, à sua disposição. Conhecedor do decoro e da eloqüência e amante dos sábios, era tão chegado à gente de entendimento como nunca se dera antes com outro rei. Em seu reino havia dois feriados anuais: o feriado do regozijo e o feriado do festival, ao cabo dos quais ele franqueava as portas de seu palácio à população, vindo à sua presença tanto os membros da nobreza como os do vulgo, e petições lhe eram apresentadas. Quando compareciam diante dele, cumprimentavam-no com o cumprimento dos reis, e cada um lhe trazia um presente correspondente às suas possibilidades; ele aceitava todos os presentes, que enviava aos depósitos reais, e recompensava o presenteador da melhor maneira. Mas os presentes que ele mais apreciava eram os que consistissem nalgum artefato engenhoso.

E nesse ponto a aurora alcançou Xahrazad, e ela parou de falar.

Octogésima terceira noite

Disse o filosófico Fihrás:

Ela disse: ora se deu que num dos feriados, meu amo, três sábios foram à presença do rei: indiano era o primeiro, grego o segundo, e persa o terceiro, cada qual proprietário de tão imensa fortuna que tinha de ser transportada sobre os dorsos de vários camelos.

Disse o narrador: cada um deles compareceu munido de um estupendo presente, engenhosos artefatos por eles produzidos. O rei adotava o seguinte proceder: quando um presente o agradava, satisfazia qualquer desejo do presenteador, fosse qual fosse o pedido.

Disse o narrador: o rei ordenou que os sábios fossem conduzidos à sua presença. O primeiro a se apresentar foi o indiano, que deu ao rei um artefato talismânico de cobre, figurando um homem em cuja boca havia uma corneta na qual ele punha a mão e assoprava. Ao ver aquilo, o rei ficou admirado e disse: "Ó generoso sábio, qual a serventia desse talismã de corneta à boca?" De fato, fora elaborado com curioso engenho. Respondeu o sábio indiano: "Ó rei, coloca este talismã às portas da cidade: assim, quando nela tentar adentrar algum espião ou inimigo ou celerado, ele soprará a corneta, e ficarás avisado, podendo então tomar as providências que te aprouverem."

Disse o narrador: ao ouvir aquilo, o rei contentou-se imensamente e determinou que o artefato fosse guardado até o "Dia do Teste", que era o terceiro do feriado, no qual, habitualmente, mandava trazer e testar tudo o que lhe fora presenteado; caso o presente de fato o satisfizesse, premiava o presenteador e lhe fazia os maiores obséquios.

Disse o narrador: o rei determinou que fosse trazido à sua presença o segundo sábio, que era o grego; este entrou e colocou diante do rei uma bandeja de ouro vermelho em cujo centro havia um pavão, e em redor do pavão doze filhotes, todos bem-feitos e de bela aparência. Ao ver aquilo, o rei admirou-se, considerou-o belo e disse: "Ó sábio generoso, qual a serventia desses pavões?" Respondeu o sábio grego: "Coloca-os, ó rei, diante de ti: a cada hora que se passar durante o dia, um dos filhotes voará; assim o farão a cada hora até que o dia termine; quando chegar a noite, a cada hora passada um dos filhotes pousará, e assim o farão a cada hora passada até que a noite termine. E, quando o mês se findar, o pavão soltará um longo apito e abrirá a boca, no interior da qual verás o crescente, e saberás que aquela já é a noite do mês seguinte." Disse o rei: "Se o que dizes for verdade e se o que mencionas efetivamente demonstrar-se, concretizarei as tuas melhores esperanças." E determinou que o artefato fosse guardado nos depósitos reais até o "Dia do Teste".

E nesse ponto a aurora alcançou Xahrazad, e ela parou de falar.

Octogésima quarta noite

Disse o filosófico Fihrás:
Ela disse: após determinar que o pavão fosse guardado nos depósitos reais, meu amo, o rei determinou que fosse trazido à sua presença o terceiro sábio, que era o persa, um homem velho e feioso. Ele entrou, cumprimentou o rei e colocou diante dele um cavalo de ébano com selas de ouro e estribos de pérolas e rubis, como nunca ninguém vira igual.

Disse o narrador: o rei admirou-se, bem como todos que estavam presentes ao conselho. Com o coração cheio de felicidade e alegria, o rei disse: "Ó generoso sábio, qual é o milagre desse cavalo que meus olhos nunca viram igual?" Respondeu o sábio persa: "Que Deus apóie o rei venturoso! Este cavalo que vês tem uma função admirável: no espaço de um dia e uma noite, ele percorre com o cavaleiro distâncias que os cavalos mais rápidos não percorrem senão num ano inteiro!" Ao ouvir aquilo, o rei lhe disse: "Se o que dizes for verdade, terás de mim o que quiseres", e determinou que o cavalo fosse guardado nos depósitos reais até o "Dia do Teste". E os três sábios, depois de o rei lhes ter prometido valiosas recompensas e generosos estipêndios, retiraram-se.

Quando chegou o "Dia do Teste", o rei acomodou-se no trono, pôs a coroa na cabeça e ordenou que os vizires e principais de seu governo fossem trazidos, e todos vieram e se sentaram ao seu redor. Em seguida, ordenou que os três sábios fossem trazidos, e também eles vieram e se apresentaram. Depois, ordenou que os três artefatos fossem trazidos e disse aos sábios: "Se tiverdes dito a verdade, recebereis o que desejardes."

Disse o narrador: nesse ponto, o rei determinou que se começasse pela estátua da corneta, que foi testada e considerada conforme a descrição do sábio indiano. Imensamente feliz, o rei lhe disse: "Podes pedir de mim o que desejares", e o sábio respondeu: "Eu gostaria, ó rei, que me desses a mão de tua filha mais velha em casamento, a fim de que eu me torne teu parente." "Concedido", respondeu o rei, que tinha três filhas e um filho. Naquele instante, por detrás de umas cortinas instaladas para escondê-las, as três filhas estavam observando o que ocorria no conselho do pai. Ao ver que sua mão fora dada em casamento ao sábio indiano, a mais velha ficou imensamente feliz, pois ele era bonito, cortês e inteligente.

Depois apresentou-se o segundo sábio, que era o grego; o pavão foi trazido e testado, e o rei, constatando que estava conforme a descrição, disse ao sábio: "Podes pedir de mim o que desejares", e o sábio respondeu: "Eu gostaria, ó rei, que fosses generoso comigo como foste com meu colega, e me desses em casamento a mão de tua filha do meio." O rei concedeu-lhe o pedido, e a filha do meio, ao observar o sábio grego, ficou imensamente feliz, pois nele viu beleza, elegância e perfeição.

Depois apresentou-se o terceiro sábio, que era o persa, construtor do cavalo de ébano; ele beijou o chão diante do rei, e se trouxe o cavalo. O rei lhe disse: "Eu gostaria, ó sábio generoso, de ver se este cavalo de fato anda com o cavaleiro da maneira que mencionaste." Respondeu o sábio: "Sim, ó rei", e, montando o artefato, esticou a mão e movimentou a manivela que o fazia subir – pois aquele cavalo tinha, à esquerda, uma manivela para a descida e, à direita, uma manivela para a subida.

Disse o narrador: quando o sábio movimentou a manivela da direita, o cavalo se movimentou: o ar penetrou em seu bojo e ele subiu aos ares; quanto mais se enchia de ar, mais se elevava no ar. Depois, ele movimentou a manivela de descer e o cavalo pousou diante do rei, que ficou imensamente feliz e lhe disse: "És o melhor dentre os sábios! É muito bem logrado o teu artefato. Podes agora pedir-me o que necessitares, pois me trouxeste algo que nunca ninguém antes havia trazido." Respondeu o sábio: "Que Deus te queira bem. Gostaria que me proporcionasses a mesma sorte dos meus colegas, dando-me a mão de tua filha caçula, a fim de que eu seja teu parente", e o rei concedeu-lhe o pedido.

E nesse ponto a aurora alcançou Xahrazad, e ela parou de falar.

Octogésima quinta noite

Disse o filosófico Fihrás:
Ela disse: assim que o rei acedeu ao pedido, meu amo, a filha caçula olhou para o sábio persa: como fosse um velho feioso, ela, que dentre as irmãs era a mais bela, chorou, ficou profundamente entristecida e começou a estapear o próprio rosto.

Disse o narrador: vendo-a em tal estado, o irmão perguntou: "Que tens, minha irmã? Por que choras neste dia de alegria?" Ela respondeu: "Como não chorar, meu irmão? Papai me deu em casamento àquele velho feioso!" Disse o irmão: "Não fiques triste. Eu vou te salvar dele e desfazer tudo o que papai prometeu."

Disse o narrador: em seguida, o rapaz saiu e rapidamente foi até o pai, a quem disse: "Meu pai, o que fez este velho feioso merecer tornar-se nosso parente?" Respondeu-lhe o rei: "Sua sabedoria e boa técnica." Disse o rapaz: "E qual é sua sabedoria e boa técnica?" Respondeu o rei: "Este cavalo, que aí vedes, voa com o cavaleiro da mesma forma que as aves voam pelos ares."

Disse o narrador: o rapaz olhou para o cavalo e disse: "Eu mesmo vou testá-lo e saber se ele está dizendo a verdade." E, avançando em direção ao cavalo, subiu na sela e a moveu, mas o cavalo não se mexeu; bateu-lhe com os pés e ele não se abalou. Diante disso, o rapaz disse: "Não se mexe nem se agita." Então, o sábio persa foi até o cavalo, movimentou um pouco a manivela de subir e o artefato se mexeu. Ao ver a manivela, o filho do rei foi tomado pelo espanto, mas não perguntou ao sábio sobre a manivela de descer, e o sábio, muito irritado, tampouco se lembrou de mostrar-lha.

Disse o narrador: o filho do rei movimentou a manivela de subir, e o cavalo se agitou e mexeu; seu bojo encheu-se de ar e ele saiu voando diante dos olhos do rei, até que desapareceu de suas vistas. Quando considerou excessiva a demora, o rei disse: "Devolve o meu filho, ó sábio" Respondeu: "Quem dera eu pudesse! Não tornarás a vê-lo!" Perguntou o rei: "E por quê?" Respondeu: "Porque teu filho, tomado pelo espanto e pela pressa, não me perguntou sobre a descida. Ele ficará flanando pelos ares até que alguma ventania mais forte o derrube, e então ele morrerá. Só se salvará se Deus lhe der a inspiração de movimentar a manivela de descer."

Disse o narrador: ao ouvir aquilo, o rei, com o semblante transtornado, deixou cair a coroa e desfaleceu, só acordando quando lhe aspergiram água ao rosto: mal se restabeleceu, determinou que o sábio persa fosse encarcerado. E, quando perdeu as esperanças de ter o filho de volta, o rei vestiu-se de lã e parou de alimentar-se.

Quanto ao filho do rei, ao se ver alçado aos ares, arrependeu-se e percebeu que o cavalo não pousaria senão com a movimentação de alguma outra coisa.

Passou então a tatear o cavalo, localizando por fim uma pequena manivela no lado esquerdo; movimentou-a e o cavalo perdeu altura; em seguida, movimentou a primeira manivela e o cavalo ganhou altura. Logo compreendeu que a manivela da esquerda era para descer, e a da direita, para subir. Assim, muito contente, mexeu na manivela de descer, mas o cavalo levou até a noite para pousar.

E nesse ponto a aurora alcançou Xahrazad, e ela parou de falar.

Octogésima sexta noite

Disse o filosófico Fihrás:
Ela disse: descortinou-se aos olhos do jovem, meu amo, uma cidade de mármore branco, cheia de rios, árvores e frutos. Pensou: "Quem dera eu soubesse quem é o dono desta cidade!" E o cavalo continuou baixando até pousar no teto de um palácio que jamais olho algum vira igual, com rios e árvores. Pensou: "Quem dera eu soubesse quem é o dono deste palácio!", e, circulando de um lado a outro, continuou pensando: "Não encontrarei lugar melhor do que este para dormir nesta noite; assim que alvorecer, montarei de novo, voltarei a meu pai e lhe relatarei o que aprendi sobre o cavalo."

Depois, descavalgou sobre o telhado, prosternou-se em louvor a Deus altíssimo e ficou zanzando ao redor do cavalo, contemplando e admirando. Pensou: "Se acaso Deus altíssimo me fizer tornar a meu país, serei bem generoso com o sábio persa" e, apoiando as costas no cavalo, tentou dormir, mas não pôde em virtude da fome e sede que o assediavam. Pensou: "Decerto não falta comida nem bebida neste palácio." Deixou o cavalo e desceu ao palácio, caminhando até chegar a um imenso pavilhão de riquíssimo brocado enfeitado de ouro vermelho e estacou boquiaberto, sem saber para que lado dirigir-se. Entrementes, ouviu um ronco e, aproximando-se, viu um homem dormindo: a seu lado havia uma espada, e diante de si um prato de ouro com comida; viu também uma vela fincada num candelabro de prata.

Disse o narrador: ele então adentrou, comeu daquela comida até ficar satisfeito, bebeu até não querer mais e, enfim revigorado, pensou: "Por Deus que não vou sair deste palácio antes de ver tudo o que ele contém!" Avançou na direção do homem adormecido, tomou-lhe a espada e, vislumbrando uma luz em outro aposento, dirigiu-se até lá, entrou e viu várias velas fincadas; no centro, uma cama de marfim sobre quatro pés de ouro cravejados de pedras preciosas e rubis; sobre a cama, uma pessoa dormia. Pensou: "Não há dúvida de que se trata do proprietário deste palácio." Foi até a cama, e eis que ali dormia uma jovem que parecia plenilúnio iluminado ou então astro arredondado, e cuja roupa era de fios de ouro vermelho entretecida. Ao vê-la, seu juízo se extraviou, seu coração se desvaneceu e seu próprio ser perdeu toda a importância: subiu à cama, instalou-se junto à cabeça da jovem, pondo-se a contemplar-lhe a beleza e formosura; finalmente, não conseguindo conter-se, beijou-a na testa, e ela acordou, olhou para ele, ficou de pé e disse: "Quem és e por onde entraste? As portas estão todas trancadas!"

E nesse ponto a aurora alcançou Xahrazad, e ela parou de falar.

Octogésima sétima noite

Disse o filosófico Fihrás:
Ela disse: então, meu amo, ela perguntou: "Acaso és humano ou gênio?" Ele respondeu: "Abaixa a voz, minha senhora, para que a criadagem não acorde!"

Ela disse: "Conta-me tua história. Não serias acaso aquele que me pediu em casamento a meu pai? E não foi ele quem te instigou a entrar aqui?" Ele respondeu: "Sim!", e a jovem, de olho na beleza e formosura do rapaz, ficou muito contente.

Disse o narrador: as criadas acordaram com o ruído da conversa entre ambos, e, pondo-se de pé, ficaram todas aturdidas pela beleza do jovem. A filha do rei perguntou-lhes: "Já vistes alguém mais formoso do que este jovem que meu pai escolheu para me casar?" Perguntaram as criadas: "E como ele chegou até aqui?" Ela respondeu: "Não sei, por Deus! Só sei que, ao acordar, encontrei-o a meu lado, perguntei quem era e ele respondeu: 'Teu marido.'" Disse uma das criadas: "Por Deus, minha senhora! Não, não foi ele que ontem te pediu em casamento! Aliás, aquele que te pediu em casamento não serve nem para ser criado deste. E juro que aquele, ao despedir-se ontem de teu pai, retirou-se da maneira mais humilhante! Mas este sim, este te é adequado, bem como és adequada a ele!"

Disse o narrador: em meio a isso tudo, o guarda da porta despertou e, como não localizasse a espada, foi indagar a respeito junto às criadas; estas colocaram-no a par do que estava acontecendo, e ele entrou no quarto, onde encontrou, sentados na cama, os dois jovens; disse então ao filho do rei: "Se fores gênio, ela te será proibida, mas, se fores humano, ela será tua e de mais ninguém." Respondeu o jovem: "Na verdade, eu sou humano tal e qual tu", e o guarda deixou-os e se dirigiu até o rei, a quem pôs a par do que estava acontecendo. Disse o rei: "Ai de ti! E por onde ele entrou aqui?" Respondeu: "Não sei!" Ao ouvir tal resposta, o rei levantou-se ligeiro e foi até as criadas, às quais perguntou:

"Ai de vós! O que se passa?" Responderam-lhe: "Não sabemos. O fato é que o encontramos sentado ao lado dela, com uma espada desembainhada na mão." O rei foi então à cama, ergueu-lhe a cortina e viu, sentado ao lado da filha, o rapaz, semelhando a lua em noite de plenitude; desembainhou a espada e ameaçou atacá-lo. O rapaz perguntou à jovem: "Quem é esse?" Ela respondeu: "Meu pai." Então o rapaz ergueu-se e, soltando um possante grito, causou ao rei tamanho susto que este achou melhor conquistar-lhe a simpatia. Perguntou: "És gênio ou humano?" Respondeu o rapaz: "Por Deus que, não fosse o respeito por tua filha, eu te faria passar desta para a melhor. Por que tentas ligar-me a gênios e demônios? Sou filho de um rei poderoso, o qual, caso te enfrentasse, humilhar-te-ia, arrasando tua terra e teu país."

E nesse ponto a aurora alcançou Xahrazad, e ela parou de falar.

Octogésima oitava noite

Disse o filosófico Fihrás:

Ela disse: ao ouvir tal discurso, meu amo, o rei ficou amedrontado e disse: "Se és mesmo o que estás alegando, como conseguiste adentrar o palácio sem minha autorização, violando os segredos de meu harém? Agora, vou ordenar a meus escravos que te matem." Ao ouvir essas palavras, o rapaz sorriu, e o rei lhe disse: "De que te ris?" Respondeu-lhe: "De tua falta de juízo. Onde encontrarias para tua filha marido melhor do que eu, ou com maiores cabedais, ou com mais soldados?" Respondeu o rei: "Eu gostaria é que a tivesses pedido em casamento na presença de testemunhas abalizadas, a fim de evitar minha desmoralização." Respondeu o rapaz: "Perfeitamente. Mas, por ora, creio que o melhor e mais correto procedimento é deixar tudo para amanhã: quando Deus bem fizer amanhecer, tu deverás dirigir-te a todos os soldados e guardas e ordenar que compareçam à praça de guerra; caso me derrotem, será tudo o que desejas; mas, caso eu os derrote, que marido melhor poderá existir para tua filha?"

O rei gostou dessas palavras e depôs a espada, no que foi secundado pelo rapaz; sentaram-se e puseram-se a conversar. O rei mandou um de seus escravos transmitir ao grão-vizir a ordem de que as tropas ficassem de prontidão. Assim, mal raiou a manhã, estavam todos montados em seus cavalos. O rei também montou e ofereceu ao rapaz um de seus corcéis puro-sangue, mas ele declinou da oferta. Perguntou-lhe: "E por quê?" Respondeu o rapaz: "Porque o meu cavalo está no teto do palácio." Presumindo que se tratava de uma pilhéria, o rei perguntou: "E o teu cavalo sobe em tetos?" O rapaz respondeu: "Envia teus criados comigo."

Disse o narrador: o rei enviou alguns criados com ele; subiram ao teto, encontraram o cavalo e levaram-no ao rei, que, perplexo, pensou: "Esse aí é um louco!" Em seguida, ordenou que o arauto real apregoasse o seguinte pelas ruas: "A quem estiver ouvindo: veio até mim um rapaz cujo juízo, decoro e eloqüência eu nunca vi iguais. Ele deseja desposar minha filha, e, como dote, estabeleci que deveria bater-se contra vós. A ele, pois!"

O rapaz montou o cavalo e movimentou a manivela de subir: todos os pescoços estenderam-se em sua direção, e o cavalo elevou-se aos ares, entre o céu e a terra. Vendo aquilo, o rei disse: "Pegai-o antes que escape!" Disseram-lhe: "Que Deus fortaleça o rei! Como poderemos capturar aquele gênio voador? Trata-se de um feiticeiro, um embusteiro do qual Deus nos livrou! Louvemos e agradeçamos a Deus altíssimo!"

E nesse ponto a aurora alcançou Xahrazad, e ela parou de falar.

Octogésima nona noite

Disse o filosófico Fihrás:

Ela disse: e assim, meu amo, os soldados recolheram-se desolados, e o rei retornou ao palácio, onde encontrou a filha muito triste por causa do rapaz: prostrada na cama, não queria saber de comer nem de beber, soltando imensas juras de que nunca mais o faria caso não tornasse a encontrá-lo. Vendo-a em semelhante estado, o pai beijou-a entre os olhos e disse: "Deus me livrou daquele feiticeiro", mas, apesar destas e de outras palavras que ele lhe dirigiu, a tristeza da jovem só fazia aumentar.

Nesse ínterim, o rapaz, no alto, cortando os ares em direção à cidade de seu pai, só pensava na beleza e formosura da jovem. Pousou no palácio, apeou-se do cavalo e, deixando-o para trás, foi até seu pai, que estava bastante abatido, e que, ao vê-lo de volta, levantou-se e abraçou-o. Depois, foi até as irmãs e a mãe, que também ficaram eufóricas ao vê-lo de volta. Indagou-as a respeito do sábio persa. Responderam: "Está na cadeia", e ele mandou libertá-lo e deu-lhe presentes, mas não o casou com a irmã, fato que deixou o sábio deveras encolerizado.

O rapaz pôs-se a relatar à família o que vira no palácio do outro rei, e disse que pretendia retornar; embora procurassem dissuadi-lo desse ato, ele replicou: "Por Deus que me é imperioso retornar!" E permaneceu no palácio do pai por três dias; no quarto dia, reuniu os mantimentos necessários, montou o cavalo e alçou-se aos ares. Ao ver aquilo, seu pai se arrependeu de não haver desativado o mecanismo de vôo do cavalo.

E o cavalo, por seu turno, voou até pousar no teto do palácio da jovem. O rapaz esperou que anoitecesse e só então, sabedor de que todos dormiam, desceu e caminhou com todo o cuidado até o quarto da jovem, cujas portas estavam abertas e no qual havia uma vela acesa. Foi até a jovem e a beijou até que despertasse. Vendo-o, ergueu-se rapidamente e pôs-se também a beijá-lo. Ele disse: "Eu te amo intensamente, apesar do que teu pai fez comigo. Agora, deixei meus familiares e voltei até aqui: caso estejas disposta a vir comigo, esta é a melhor oportunidade; caso contrário, abandonar-te-ei e retornarei à minha família." Ela disse: "Para mim, já não existe vida senão ao teu lado!"

Então o rapaz saiu e ela o seguiu; subiram ao teto, ele montou o cavalo, colocou-a na garupa, estreitou-a contra si, movimentou a manivela de subir, e o cavalo alçou-se com eles aos ares.

Disse o narrador: no palácio, as criadas despertaram e, não encontrando nenhum rastro da jovem, iniciaram um grande alarido que fez o rei acordar perguntando: "Qual é o problema?", e elas o informaram do sumiço da jovem. Ele então bateu no próprio rosto e rasgou as roupas.

Quando já estavam distantes da cidade do pai dela, o rapaz perguntou à jovem: "Queres que te devolva ao palácio?" Ela respondeu: "Não, por Deus que nunca mais me apartarei de ti! Não quero ninguém além de ti!"

E nesse ponto a aurora alcançou Xahrazad, e ela parou de falar.

Nonagésima noite

Disse o filosófico Fihrás:
Ela disse: tais palavras, meu amo, fizeram o amor pela jovem intensificar-se no coração do rapaz. O cavalo voou sem interrupção até chegar à cidade do pai dele, pousando num jardim situado em suas cercanias. Após deixar a jovem e o cavalo no local aos cuidados do jardineiro, o rapaz, cuja intenção era que ela comparasse ambos os reinos, disse: "Aguarda aqui, enquanto vou informar a meu pai que tu já chegaste, para que ele te envie nossas criadas e serviçais." A jovem ficou muito contente com aquilo, e ele foi até o palácio do pai, a quem cumprimentou e disse: "Já trouxe a jovem. Deixei-a no jardim com o intuito de que ela possa ter uma idéia do teu reino. Ordena a tuas tropas que cavalguem e usem as melhores roupas." O rei respondeu: "Sim", e imediatamente determinou que todos os moradores da cidade cavalgassem e que a cidade fosse engalanada. Ele próprio tomou sua montaria, e o rapaz trajou a melhor roupa; as criadas, as donzelas virgens e as serviçais saíram carregando turíbulos com as mais variadas espécies de incenso; enfim, não restou ninguém na cidade. O filho do rei entrou no jardim mas não encontrou a jovem nem o cavalo, e o grito que soltou foi tão violento que desmaiou. Quando acordou, disse: "Quem dera eu não a tivesse abandonado aqui!" Depois, determinou que todos os criados se apresentassem e disse: "Quero ser informado já sobre quem entrou neste jardim após

minha saída." Responderam: "Que Deus fortaleça o príncipe! O único a entrar aqui foi o sábio persa, que estava recolhendo ervas!" Ao ouvir tais palavras, ele compreendeu que não fora senão o sábio quem raptara a jovem.

Com efeito, dera-se o seguinte: enquanto a jovem permanecia à espera no jardim, o sábio persa ouviu que ela ali estava com o cavalo. Engendrou então um ardil: fingiu estar recolhendo ervas até que, aproveitando-se de uma distração dos vigias, entrou no jardim e ficou banzando por ali até localizar a jovem, que aguardava o retorno do filho do rei; beijou o chão diante dela, que perguntou: "Quem és?" Ele respondeu: "Sou mensageiro do filho do rei, que aqui me enviou a fim de que eu te conduza até outro jardim, mais próximo da cidade." Ela disse: "Será que o filho do rei teria um mensageiro ainda mais feio que tu? Na verdade, isso é uma falha da parte dele!" O sábio riu dessas palavras e disse: "Minha senhora, por Deus que, não fosse eu feio como sou, ele jamais me enviaria a ti, por quem ele nutre grande ciúme." Ao ouvir tais palavras, a jovem, levando tudo aquilo à conta de verdade, dispôs-se a acompanhá-lo: o sábio montou no cavalo, colocou-a na garupa e movimentou a manivela de subir: o cavalo voou com eles pelos ares, até que se distanciaram consideravelmente da cidade.

E nesse ponto a aurora alcançou Xahrazad, e ela parou de falar.

Nonagésima primeira noite

Disse o filosófico Fihrás:
Ela disse: ao notar, meu amo, que eles estavam se distanciando da cidade, a jovem perguntou ao sá-

bio: "É mesmo verdade que foste enviado por teu senhor, o filho do rei?" Respondeu o sábio: "Que Deus te amaldiçoe, e também a teu senhor!" Ela disse: "Tu me enganaste!" Ele disse: "De fato, o filho do rei não é meu senhor. Isto foi somente uma urdidura minha; agora, estou de posse de ti e do cavalo", e contou-lhe sua história.

Ao ouvir tal discurso, a jovem bateu no próprio rosto, rasgou as roupas e disse: "Nem com meu pai fiquei, nem com o filho do rei me casei."

Disse o narrador: e continuaram voando até que se aproximaram de um imenso vale nos arredores de certa cidade. Pousaram.

Disse o narrador: ora se deu que, naquele momento, o rei da cidade estava a passeio e, passando pelo bosque, avistou a jovem, o velho e o cavalo. Como notasse que a jovem estava chorando, disse a alguns de seus criados: "Investigai qual é a história daquela jovem com o velho." Um dos criados foi até ela e indagou-a a respeito. O velho respondeu: "É minha esposa!" Ela disse: "Mentes, ó inimigo de Deus! Tu me raptaste injusta e cruelmente!" Ao ouvir tais palavras, o criado retornou e relatou-as ao rei, que mandou prender o velho sábio e conduzir a jovem e o cavalo a seu palácio. Como não soubesse nada a respeito do cavalo, questionou-a, mas ela tudo ocultou. O rei determinou que se aprontasse para ela um aposento com mobília de brocado colorido; tratou-a com muita gentileza e colocou criados à sua disposição. Depois, tentou seduzi-la, mas ela recusou e começou a agitar-se como louca furiosa; ele a deixou em paz por alguns dias, ao cabo dos quais tentou possuí-la, mas ela tornou a agir da mesma maneira, o que levou o rei, triste e contrafeito, a ordenar que fosse amarrada.

Disse o narrador: entrementes, o filho do rei, ao ter plena certeza de que fora o sábio persa que raptara a jovem, entrou em grande desespero e vestiu-se de lã.

Certo dia, ele resolveu reunir dinheiro em quantidade que lhe pareceu suficiente, despediu-se do pai e saiu à procura da jovem, por cidades e palácios. E não cessou de vagar de uma cidade a outra até chegar ao limite extremo do país, não encontrando porém nenhuma notícia a respeito da jovem. Chegou a uma cidade na qual entrou vestido de mercador mas da qual também saiu sem obter informação alguma; dirigiu-se então a outra cidade, na qual topou com um grupo de mercadores que conversavam a respeito de uma cidade aonde haviam chegado uma jovem, um cavalo de ébano e um sábio. Ao ouvir aquilo, tomado de grande felicidade, o filho do rei saiu e, após atravessar terras distantes, atingiu por fim a tal cidade na qual estava a jovem, e logo quis entrar.

Era praxe do rei daquela cidade receber todo forasteiro que ali arribasse e perguntar-lhe quem era, donde vinha, por que tinha ido ali e qual ofício exercia.

E nesse ponto a aurora alcançou Xahrazad, e ela parou de falar.

Nonagésima segunda noite

Disse o filosófico Fihrás:
Ela disse: ocorre, meu amo, que, como o rapaz chegou à cidade na hora do jantar, conduziram-no à cadeia local a fim de que ele passasse a noite e, quando amanhecesse, levassem-no à presença do

rei para que este lhe fizesse as indagações de praxe. E, ali na cadeia, todos os que o viam não deixavam de admirar-lhe a formosura e beleza.

Nesse ínterim, surgiu um homem carregando comida; depositou-a diante do grupo em que estava o rapaz, e todos comeram, inclusive ele. Quando acabaram a refeição, puseram-se a conversar, e pediram-lhe que discorresse sobre si. Ele disse: "Eu sou da Pérsia, terra da dinastia de Kisra[1]." Alguns deles riram e disseram: "Ó jovem, já ouvimos histórias e crônicas de muita gente, mas nunca ouvimos ninguém mais mentiroso, nem vimos mais medonho, do que um persa que está preso aqui!" O rapaz perguntou: "E como foi isso? Qual mentira ele vos contou?" Responderam: "Esse persa, que se diz sábio, afirma que o nosso rei, tendo saído certo dia com alguns companheiros para caçar, topou com ele próprio, o persa, mais uma jovem e um cavalo de madeira. Esse persa teria então dito ao rei que a jovem era sua esposa, mas ela o desmentiu e garantiu que ele a raptara. Então, o rei levou-a ao palácio, onde teria tentado seduzi-la, e ela teria rechaçado semelhante tentativa. O fato é que a tal moça está agora louca, e o rei prometeu dar metade de seus bens a quem conseguir curá-la. E o nosso sábio aqui está sem comer nem beber por causa dela."

Disse o narrador: ao ouvir tais palavras, sobretudo a menção à moça, o rapaz ficou muito contente, mas ocultou seus sentimentos e prosseguiu a conversa até que Deus fez amanhecer, quando então o conduziram ao rei, a quem informaram da sua chegada na noite anterior. O rei perguntou-lhe: "Quem

---

1. Kisra (ou Kosroes), um dos mais poderosos reis da dinastia sassânida, governou a Pérsia de 531 a 579 d.C.

és, meu jovem? De que país provéns? E que atividade exerces?" Respondeu o rapaz: "Ó rei venturoso, quanto a meu nome, trata-se de um nome persa; quanto a meu país, é a Pérsia; quanto à minha atividade, sou médico e conheço remédios para doentes e loucos. Com isso, vago pelos mais diferentes países objetivando beneficiar as pessoas com meu saber, e também com as palavras de Deus poderoso e altíssimo: 'Há um sábio maior do que todos os sábios.'" Ao ouvir essas palavras, o rei ficou contentíssimo e disse: "Vieste visitar-nos, ó sábio, justamente num momento em que temos grande necessidade de ti. Tenho aqui uma jovem cujo juízo está transtornado. Caso consigas curá-la, repartirei contigo tudo quanto possuo." Respondeu o rapaz: "A responsabilidade pelo esforço é minha, mas a responsabilidade pela cura será de Deus." E continuou: "Descreve para mim o caso dessa jovem. Como foi que o gênio a possuiu?", e o rei descreveu-lhe o caso, desde o momento em que tinha tomado a jovem do velho sábio persa. O rapaz perguntou: "E o que fizeste com o cavalo?" Respondeu o rei: "Está nos depósitos reais. Não sabemos para que serve, se para o bem, se para o mal." O rapaz pensou: "Creio que será melhor examinar o cavalo antes de fazer qualquer coisa. Se ele tiver sido danificado, terei de arquitetar algum plano para me salvar", e disse ao rei: "Gostaria de examinar esse cavalo. Talvez ele contenha algum elemento que me beneficie e ajude a curar a jovem." Então o rei ergueu-se rapidamente, tomou o rapaz pela mão, levou-o até os depósitos e mostrou-lhe o cavalo. O rapaz examinou-o, checou-lhe os movimentos e, constatando que tudo estava em ordem, teve certeza de que seu plano daria certo. Disse ao rei: "Quero ver a jovem", e o rei conduziu-o até ela, a qual, ao ver o rapaz, começou a debater-se e lamuriar-se: tratava-se de uma artimanha para evitar a aproximação do rei. Já o rapaz, ao vê-la, ficou a ponto de cair desmaiado, tanta foi sua alegria. Aproximando-se, disse: "Refugio-me em Deus contra o demônio pusilânime! Em nome de Deus, o misericordioso, o misericordiador!", mas ela começou a bater no próprio rosto, intensificou os gritos e elevou a voz cada vez mais, enquanto ele piscava-lhe os olhos e cochichava: "Mais!" Depois disse: "Não te apavores, ó rei, com a gritaria. Juro que, com a permissão de Deus, irei curá-la", e o rei agradeceu-lhe.

E nesse ponto a aurora alcançou Xahrazad, e ela parou de falar.

Nonagésima terceira noite

Disse o filosófico Fihrás:
Ela disse: de igual modo, meu amo, o rei fez as mais gentis ofertas ao rapaz, que disse: "Traze-me uma galinha cozida e outra assada, ambas bem condimentadas", e tudo foi prontamente providenciado. Ele passou então a alimentá-la e a comer com ela, enquanto lhe passava, às escondidas do rei, as instruções sobre o procedimento desejável e lhe assegurava que a libertação não tardaria. Permaneceu junto a ela durante três dias e, no quarto, o rei apareceu dizendo: "Gostaria de observá-la", e o rapaz o acompanhou até ela, que ao vê-lo esboçou um sorriso estúpido. O rapaz disse: "Refugio-me em Deus contra o demônio pusilânime! Em nome de Deus, o misericordioso, o misericordiador! Aquieta-te, ó possessa!", e ela abaixou a cabeça, pondo-se a olhar

fixamente para o chão. Contente com aquilo, o rei lhe deu a própria túnica e mais mil dinares, desamarrou a jovem e, depois de untá-la com óleos aromáticos, ordenou que fosse conduzida ao banho. Quando ela saiu do banho, deu-lhe belos vestidos e adereços.

Mas, assim que Deus bem amanheceu a manhã, a jovem, conforme fizera nos dias anteriores, começou a gritar e a debater-se, e uma das criadas imediatamente foi informar o rei do fato. Em pânico, o rei dirigiu-se até ela e tentou conversar, mas ela só fez intensificar a gritaria. O rei disse ao médico: "Ai de ti! O que se passa?", e ele respondeu: "Tem paciência, meu amo. Esta noite eu estudarei os astros a fim de conhecer sua real situação. Deixemos a solução para amanhã, se Deus o permitir."

Quando Deus bem amanheceu a manhã, o rei perguntou: "O que viste nos astros, ó médico?" Ele respondeu: "Vi que um gênio, um inimigo de Deus, apossou-se dela no vale em que a encontraste com o cavalo e o persa. Somente será possível curá-la no local em que foi possuída. Foi isto que os astros me mostraram." O rei disse: "Sim", e ordenou que ela fosse levada ao bosque, onde se montou uma tenda de seda branca. O local foi cercado por mil cavaleiros durante o resto da noite. Quando Deus fez a manhã amanhecer, o médico disse-lhes: "Trazei-me o cavalo que encontrastes junto a ela, pois também isso me foi indicado pelos astros."

Disse o narrador: o rei determinou que o cavalo fosse trazido, o que logo foi feito. Ao vê-lo, a jovem, enquanto o médico fazia esconjuros e preces, jogou-se ao solo.

E nesse ponto a aurora alcançou Xahrazad, e ela parou de falar.

Nonagésima quarta noite

Disse o filosófico Fihrás:
Ela disse: o rapaz, meu amo, montou no cavalo, colocando a jovem na garupa e amarrando-a a si com o turbante; a alegria de ambos era tanta que mal podiam acreditar. Acionou a manivela de subir, e o cavalo se movimentou, enchendo-se-lhe o bojo de ar. Depois, voltando-se para o rei, disse: "Não perdeste nem teu lugar nem tua paisagem. A paz esteja contigo!", e saiu voando pelos ares; o rei e sua corte ficaram observando-os até que desapareceram de suas vistas. Quando perdeu as esperanças de que retornassem, o rei começou a chorar, prorrompendo em lamentos e gritarias até desmaiar. As pessoas juntaram-se em seu redor e borrifaram-no com água. Quando acordou, disseram-lhe: "Que Deus te fortaleça, ó rei! Ele voa como um pássaro! Não podemos com ele!", e tanto insistiram que aquilo não era assim tão importante que ele se acalmou um pouco, voltando ao palácio preocupado, choroso, entristecido, a tal ponto que, passados uns poucos dias, arrasado, morreu.

E nesse ponto a aurora alcançou Xahrazad, e ela parou de falar.

Nonagésima quinta noite

Disse o filosófico Fihrás:
Ela disse: bem acomodado no cavalo, meu amo, o rapaz avançou pelos ares, sem parada, até chegar à cidade de seu pai, pousando no teto do palácio. Apeou-se, apeou a jovem, tomou-a pela mão e conduziu-a até o rei, o qual, assim que o viu, levan-

tou-se e o abraçou. Vieram ainda sua mãe e irmãs, que também o abraçaram; enfim, todos quantos estavam no palácio aproximaram-se e o cumprimentaram, bem como à jovem. O rei fê-lo sentar-se a seu lado e contar tudo o que vira durante o tempo em que estivera fora. Depois, o rapaz disse: "É esta, meu pai, a jovem pela qual tanto sofri!" Respondeu o rei: "Graças a Deus, estais ambos salvos!"

O rapaz enviou uma mensagem ao pai da jovem, dando-lhe conta da situação e pedindo-lhe autorização para desposá-la. Quando o mensageiro chegou com a carta, o pai da jovem ficou muito feliz e, com a tristeza assim dissipada, honrou devidamente o mensageiro, promoveu um fabuloso festival e mandou responder que fazia muito gosto no casamento da filha com o jovem filho do rei. E encaminhou, junto com o mensageiro, um magnífico presente.

Disse o narrador: o pai do rapaz igualmente promoveu um formidável festival, no qual se alimentaram citadinos e beduínos pelo período de um mês completo. A jovem foi vestida com a melhor indumentária, e, ao consumar a união, o rapaz constatou que era virgem sem mácula. Permaneceram juntos, com comida abundante e bebida esfuziante até que lhes adveio aquilo de que não há escapatória, e graças a Deus findou-se a história.

História do rei e da gazela

Ela disse: conta-se, ó rei, que certo soberano[1] saiu um dia à caça, acompanhado de seus vizires e cortesãos. Em meio à caminhada pelo deserto, surgiu em frente ao grupo uma gazela de belos contornos, em cujo pescoço havia um colar de brilhantes; nas patas dianteiras, pulseiras de ouro; nas traseiras, chocalhos de prata; em seu dorso, uma túnica de brocado verde. Vendo tamanha beleza e formosura, o rei disse a seus vizires: "Creio que esta gazela não pertence senão a algum rei. Muito cuidado, não a deixeis escapar!", e eles soltaram cães e falcões no rastro da gazela. Esses animais de caça, porém, afastavam-se dela mal a avistavam. Estupefato, o rei disse ao grão-vizir: "Sigamos seu rastro, quem sabe assim a capturemos!", mas, quanto mais eles tentavam aproximar-se, mais ela corria e se afastava, e assim ficaram até que, no fim do dia, ela acabou por conduzi-los a um grande bosque pleno de frutas e árvores, no qual pastavam camelos, ovelhas e vacas,

---

1. No manuscrito de 1258 H./1852 d.C., consta: "Harun Arraxid e seu vizir, o barmécida Jáfar."

e em cujo centro havia um palácio que olho algum jamais vira igual ou melhor.

Quando se aproximaram do palácio, fizeram alto e, enquanto lhe contemplavam a beleza e formosura, um jovem vestido de verde e montado num corcel puro-sangue saiu pelo portão. Ao vê-lo, a gazela juntou as patas e pulou na sela do cavalo. O jovem a cobriu com sua roupa e voltou com ela ao palácio. O rei ficou assombrado, e o grão-vizir lhe disse: "Creio, ó rei, que esta gazela não pertence senão àquele jovem. Se quiseres, eu lhe pedirei que a venda ou a ofereça como presente a ti." O rei respondeu: "Sim." Ambos então dirigiram-se ao portão do palácio e pediram permissão para entrar. Os escravos foram ao jovem dono do palácio e disseram: "Há dois homens à porta, e presumimos que sejam de real condição. Desejam ver-te", e o jovem disse: "Trazei-os a mim."

Disse o narrador: eles foram então introduzidos no palácio. O rei olhou à direita e à esquerda, mas da gazela não vislumbrou vestígio nem rastro. Quando estavam devidamente acomodados, a mesa foi servida diante deles: bandejas de ouro com toda espécie de iguaria. Comeram e passaram a beber; depois, já tocado pela bebida, o rei disse ao jovem dono do palácio: "É certo que deves nos dignificar. E eu tenho um pedido." Disse o jovem: "Este palácio, ó rei, te pertence, bem como tudo que ele contém. Tudo o que desejares está desde já concedido." O rei disse: "Desejo que me ofereças a gazela como presente, ou então a vendas para mim!" Respondeu o jovem: "Que Deus dê prosperidade ao rei! Ela não é uma gazela: trata-se de minha esposa!" O rei disse: "Mas isso é o assombro dos assombros!"

E nesse ponto a aurora alcançou Xahrazad, e ela parou de falar.

Nonagésima sexta noite

Disse o filosófico Fihrás:

Ela disse: ao ver que o rei ficara impressionado com suas palavras, meu amo, o jovem imediatamente levantou-se, ausentou-se por uns instantes e logo retornou trazendo atrás de si a gazela, à qual disse: "Em nome daquele que te deu este poder, volta à tua forma originária, na qual foste por Deus criada!" Mal terminou de proferir tais palavras, a gazela se chacoalhou toda e tomou a forma de uma jovem que dentre as criaturas de Deus era a mais bela. Ao ver tamanha graça e formosura, o rei ficou boquiaberto e disse ao jovem: "Gostarias acaso de vendê-la? Estipula agora o preço que bem quiseres!" Respondeu o jovem: "Como eu poderia vender minha esposa, com quem tenho dois filhos? A história dela contém, para quem ouvir, os assombros mais assombrosos!" Disse o rei: "Eu gostaria de ouvi-la." Respondeu o jovem: "Sim, ó rei. Sou, na realidade, originário de Damasco, filho único de um pai tão rico quanto bondoso. Ele me ensinou a recitação do Alcorão, gramática e ciências, e me tornei sábio. O mestre por meu pai escolhido estava entre os mais sapientes, generosos e virtuosos homens que existem. Ao constatar minha capacidade de compreensão e os conhecimentos que eu acumulara, meu mestre disse: 'Já te ensinei todas as ciências que domino, e agora só falta um patuá, um fabuloso patuá que escreverei para ti, e que te protegerá dos homens, dos gênios e dos demônios.' E, assim dizendo, escreveu o patuá numa folhinha de ouro e ordenou que eu o pendurasse em meu braço direito. Foi exatamente o que fiz. Logo depois, meu mestre morreu – que Deus altíssimo tenha piedade de sua alma. Quanto a mim, assim que cheguei à maioridade, dediquei-me a cavalgar e a viver aventuras noturnas, tornando-me enfim um bravo cavaleiro.

Meu pai, já muito envelhecido, disse-me: 'Meu filho, eu gostaria, enquanto ainda estiver vivo, de te casar com a tua prima', e eu respondi: 'Faze o que achares melhor!' Ele providenciou um grande banquete de casamento, e eu possuí então minha jovem prima. Certo dia, estando eu na parte superior do palácio, vi um cavaleiro de armas e arnês. Aproximando-se de mim, pediu autorização para apear-se; eu a concedi e determinei que lhe servissem comida e bebida. Depois que ele se satisfaz, passamos a prosear e perguntei-lhe sobre seu país; ele disse: 'Sou da cidade de Basra.' E, durante os dez dias em que o hospedei, ele constantemente me falava de sua cidade, de um modo que me levou a desejar ardentemente ir para lá. Depois de algum tempo, ele disse: 'Preciso retornar a Basra', e eu lhe disse: 'Para mim, será muito difícil separar-me de ti.' Passei aquela noite ouvindo-o falar de Basra. Quando Deus fez amanhecer, eu lhe providenciei todos os apetrechos necessários à viagem e me despedi. Ele cavalgou com rapidez rumo a sua terra. Relatei à minha prima o que ouvira do cavaleiro, e também o desejo de conhecer Basra tomou conta de seu coração, em virtude de tudo o que me ouvira expor. Disse-me: 'ó meu primo, toma coragem e viaja para Basra. Agora, com a permissão de Deus, tal cidade se tornou imprescindível para ti!'

Vendi então todas as minhas propriedades e saí a pé, caminhando até chegar a Basra, onde me hospedei por algum tempo numa casa. Certo dia, enquanto repousava, ouvi à porta uma batida. Abrindo-a, deparei com um jovem de bonito rosto, que me perguntou: 'Por acaso me reconheces?' Eu respondi: 'Não!' Ele disse: 'Sou aquele que tiveste a generosidade de receber como hóspede!', e só então eu o reconheci; cumprimentamo-nos e ele disse: 'Vem comigo.' Eu o segui até um formidável palácio no qual havia um grupo de pessoas às quais ele disse: 'é este o homem sobre quem vos falei', e todos se puseram de pé em respeito a mim; deram-me as boas-vindas e instalaram-me no melhor lugar da reunião. Depois, serviram-nos comida, e pusemo-nos todos a comer e beber até o fim do dia, quando então retornei à minha casa. Permaneci junto ao jovem cavaleiro por dois meses inteiros.

Depois, contudo, esse jovem adoeceu seriamente e mandou trazer à sua presença o juiz e os jurisconsultos; recomendou, como testamento, que metade de sua fortuna a mim fosse legada, e depois morreu, que Deus altíssimo tenha dele piedade."

E nesse ponto a aurora alcançou Xahrazad, e ela parou de falar.

Nonagésima sétima noite

Disse o filosófico Fihrás:

Ela disse: o jovem, meu amo, disse: "Assim que o jovem de Basra morreu, apossei-me de tudo que me deixara em testamento. Comprei um navio e mandei avisar a todos os que pretendessem viajar à Índia. Depois, juntamente com minha prima, fiz-me ao mar. Com bons ventos, navegamos pelo período de um mês inteiro, ao cabo do qual todo o nosso suprimento de água se esgotou. Perguntei ao mestre do navio: 'Existe por perto algum local que tenha água?' Ele respondeu: 'Amanhã, se Deus quiser, avistaremos uma enorme ilha, cheia de árvores e frutos. O problema, porém, é que ninguém consegue desembarcar nela, pois é habitada por um gênio da estirpe dos demônios.' Eu disse: 'Vamos até lá.'

Disse o narrador: no dia seguinte, chegamos à tal ilha. Resolvi sair sozinho, na mão uma espada, na outra um recipiente para a água. Mal desembarquei, começou a soprar um vento escuro, e avistei um indivíduo gigantesco cujas patas eram semelhantes às de um cavalo, e cujo rosto era semelhante ao de um leão; lançou contra mim um grito tão violento que me fez desfalecer por alguns instantes, mas logo acordei. Aproximou-se de mim, chegando tão perto que pude então observá-lo detidamente: era um gênio, da estirpe dos demônios. Mas ele não conseguiu, graças a Deus e ao patuá que eu carregava, fazer-me mal: assestei-lhe então um golpe de espada e ele desapareceu diante de meus olhos. Continuei aplicando-lhe golpes até que ele fugiu, voando pelos ares em direção ao navio, onde, sem que eu soubesse, raptou minha mulher e se alçou com ela aos ares. Quando voltei a meus companheiros no navio, eles me parabenizaram por eu estar bem e me informaram do rapto de minha mulher; arrasado, eu lhes disse: 'Acaso sabeis onde mora esse gênio?' Respondeu um deles: 'Ele mora numa ilha chamada tal e tal.' Eu disse ao mestre: 'Vamos até lá', e navegamos até chegar. Era uma ilha habitada por seres humanos. Desembarcamos e nos estabelecemos ali pelo período de um mês. Indaguei aos moradores da ilha a respeito do gênio, e eles me transmitiram todas as informações, e também o mal que ele lhes fazia: todo ano aparecia exigindo que lhe dessem uma de suas mais belas mulheres. Caso recusassem, o gênio soltava contra eles um grito tão espantosamente violento que levava as mulheres grávidas a expelir o que carregavam no ventre. Também lhes destruía todas as formas de subsistência e queimava as árvores. Por mais de uma vez, tamanha calamidade levou-os a pensar em abandonar a ilha, mas o rei os demoveu. 'E hoje, conforme o hábito, ele virá levar mais uma jovem.' Eu perguntei: 'E como reconheceis a jovem que ele pretende levar?' Responderam: 'Temos um sinal: sopra uma forte ventania que deixa o rosto de todos amarelado, com exceção da jovem pretendida, cujo rosto fica avermelhado. Ela é então conduzida ao banho e preparada, e depois colocada numa gruta, com comida e bebida.' Com efeito, soprou naquele dia um violento vendaval, e a jovem cujo rosto se avermelhou era a própria filha do rei; logo foi conduzida ao banho e preparada. Então, o rei em pessoa se dispôs, junto com alguns soldados, a conduzir a filha à gruta.

Disse o narrador: tomei pois minhas armas e os segui secretamente até a gruta. Ali, montaram-lhe um leito no qual a depositaram, o rei despediu-se dela e, deixando-a sozinha, foram todos embora.

Assim que o grupo se afastou, embrenhei-me na gruta e me escondi. Depois de algum tempo, eis que o gênio, ali adentrando, atirou-se sobre a jovem, mas eu, avançando por trás dele, assestei-lhe um golpe de espada ao mesmo tempo que recitava as palavras inscritas em meu patuá – e ele desapareceu diante de mim. Tentei segui-lo por alguns instantes e depois volvi à jovem, a quem encontrei desmaiada. Acordando após algum tempo, ela disse: 'Quem és? Foi por teu intermédio que Deus realizou minha salvação!' Eu disse: 'Sou, como ti, um ser humano. Este gênio é meu inimigo.' Ela disse: 'Senta-te, e come e bebe comigo até a aurora.'"

E nesse ponto a aurora alcançou Xahrazad, e ela parou de falar.

Nonagésima oitava noite

Disse o filosófico Fihrás:

Ela disse[2]: e assim, meu amo, o jovem permaneceu com ela até a aurora, e depois tornou a esconder-se. Quando Deus bem amanheceu a manhã, algumas pessoas foram à gruta a fim de recolher os apetrechos que haviam sido deixados na noite anterior, e ali encontraram a jovem no mesmo lugar em que fora abandonada. Voltaram correndo ao rei, a quem informaram o fato, e este, acompanhado dos principais da ilha, cavalgou até a gruta. Entrou, abraçou a filha e perguntou-lhe: "Como estás? O que te ocorreu?", e ela lhe relatou tudo o que sucedera.

Disse o narrador: nesse momento, o jovem, saindo do esconderijo, foi até o rei, beijou-lhe as mãos e relatou sua história e como o gênio lhe raptara a mulher "De dentro daquele navio atracado em tua ilha. Sou eu o proprietário. E vou perseguir esse gênio até encontrá-lo e matá-lo. Disse-me o rei: 'Graças a Deus, que por teu intermédio atendeu aos nossos rogos. Mas, caso já tenhas perdido as esperanças de recuperar tua mulher, eis aqui a jovem que Deus salvou por intermédio de tuas mãos: és mais digno

---

2. Note-se que, embora a narrativa devesse estar na primeira pessoa, ela se encontra na terceira, narrada por Xahrazad sem a intermediação do jovem. A primeira pessoa é retomada no parágrafo seguinte, e foi indicada com abertura de aspas.

dela do que qualquer outro. E terás de mim a melhor recompensa.' Respondi-lhe: 'Nada desejo de ti além de ajuda para encontrar minha mulher. Mostra-me o local onde mora esse gênio.' Disse o rei: 'Ele mora num imenso vale ao qual ninguém, gênio ou humano, consegue ter acesso. Fica a três dias desta ilha.' Eu lhe disse: 'Ajuda-me no que te pedi e, quanto ao resto, mantém distância!' Assim, conduziram-me a uma imensa galeria subterrânea e disseram: 'Este local é a entrada para a morada do gênio.' Tomei então uma corda, amarrei-a à cintura e lhes disse: 'Fazei-me descer e, caso eu puxe a corda, içai-me', e combinei com eles um prazo de três dias para o retorno.

Disse o narrador: desci até o fundo da galeria, de espada na mão e patuá no braço. Desamarrei-me da corda e avistei ao longe uma luz que ali entrava através de um estreito corredor pelo qual caminhei, saindo enfim numa imensa esplanada diante da qual havia um suntuoso palácio, sob cujo portão estava aboletada uma velha com uma chave às mãos. Ao me ver, disse: 'És tu o jovem damasceno à procura da esposa?' Respondi: 'Sim. Como me reconheceste?' Ela disse: 'Mediante as características que me foram descritas por tua esposa.' Perguntei: 'Ela ainda vive ou está morta?' Respondeu: 'Ainda vive. E o gênio não pôde acercar-se dela em virtude do ferimento que tu lhe infligiste. Tua prima todo dia vem perguntar-me a teu respeito, se acaso já chegaste, mas eu digo a ela – não! como poderia ele chegar a este lugar? –, e aí ela me responde – tenho certeza de que ele não me abandonaria nem que eu estivesse no sétimo círculo das profundezas!'

Disse o narrador: em meio a esse diálogo, eis que saiu do palácio uma jovem que parecia a lua resplandecente. Ela disse: 'É nosso dever, ó damasceno, dignificar-te.' Perguntei: 'E como soubeste que sou eu o damasceno?' Ela respondeu: 'Mediante as características que me foram descritas por meu irmão.' Perguntei: 'E quem é teu irmão?' Ela respondeu: 'Meu irmão é o gênio que procuras.' Perguntei: 'Como poderias, minha jovem, dignificar-me, sendo eu inimigo de teu irmão? Irei matá-lo na primeira oportunidade.'"

E nesse ponto a aurora alcançou Xahrazad, e ela parou de falar.

Nonagésima nona noite

Disse o filosófico Fihrás:

Ela disse: e o jovem, meu amo, disse: "A jovem respondeu: 'Eu ficarei, ó damasceno, feliz com a morte de meu irmão, pois ele, por ser ímpio e eu, crente, sempre me fez muito mal.' Perguntei: 'E qual é a maneira de matá-lo?' Ela respondeu: 'Não tens, com certeza, como chegar até ele. Eu, porém, te indicarei a maneira e te ajudarei a dar cabo dele, desde que haja um acordo entre nós.' Perguntei: 'E qual seria esse acordo?' Ela respondeu: 'Minha condição é que sejas meu marido e eu tua mulher.' Eu disse: 'Se a minha esposa concordar...'

Enquanto conversávamos, surgiu minha mulher e, ao me ver, lançou-se sobre mim, abraçou-me fortemente, cumprimentou-me e chorou muito. A irmã do gênio disse-lhe: 'Aquieta-te e não chores, pois eu planejo eliminar meu irmão, mas com a condição de que faças comigo um acordo.' Minha esposa perguntou: 'E qual é?' Ela respondeu: 'Que repartas teu marido comigo, e assim eu o ajudarei a matar meu irmão gênio. Darei a teu marido tudo quanto existe no palácio.' Minha esposa respondeu: 'Isso eu aceito!' Firmado o acordo, a irmã do gênio disse-me: 'Não é possível penetrar neste palácio; meu irmão está aí instalado e vigilante, não permitindo a entrada de ninguém; por isso, temo por tua vida. Espera aqui um pouco até que eu reapareça', e entrou no palácio, subiu em suas ameias e me estendeu uma corda, com a qual me içou até seu ponto mais elevado.

Disse o narrador: quando cheguei lá em cima, ela me tomou pela mão, guiando-me em seu interior, no qual estavam aprisionadas cem jovens filhas de reis, todas raptadas pelo gênio. Depois, dirigiu-se a uma porta no chão, cujos cadeados de ouro ela abriu e foi até o irmão, que repousava numa cama de ouro. Ao vê-la, repreendeu-a dizendo: 'Como te atreves? Sinto em ti o cheiro do damasceno!' Ela disse: 'Estás a imaginar tal coisa, tamanho é o pavor que ele te causa!', e, enquanto o distraía, ela passava a mão por baixo da cama. Quando o gênio adormeceu, ela retirou dali uma espada e a entregou a mim dizendo: 'Usa esta espada.' Então, tomando a espada, acerquei-me do gênio e o golpeei na garganta com violência; ele morreu na hora.

Depois, ela me deu tudo o que havia no palácio: jóias, adornos e outras coisas. Refiz o caminho pelo corredor estreito, cheguei à galeria, puxei a corda e então içou-se tudo o que estava no palácio, e as cem jovens que o gênio havia raptado, além da velha que ficava à porta. Eu fui içado por último.

Ao ver aquilo, o rei ficou muito satisfeito e enviou cada uma das jovens de volta a seus respectivos pais. Quanto a mim, permaneci junto ao rei, com cuja filha também me casei. Quando ele morreu, que Deus altíssimo dele tenha piedade, fui entronizado e reinei por alguns anos, ao cabo dos quais, cansado daquela ilha, nomeei outro rei em meu lugar e voltei à terra natal, acompanhado de minha esposa, da filha do rei e da irmã do gênio, que é esta gazela. Depois, morreu minha prima, e fiquei muito triste por algum tempo. Depois, morreu a filha do rei, que Deus tenha dela piedade."

E nesse ponto a aurora alcançou Xahrazad, e ela parou de falar.

Centésima noite

Disse o filosófico Fihrás:
Ela disse: depois, meu amo, o jovem damasceno disse: "Após as mortes de minha prima e da filha do rei, para mim a vida se tornou insuportável em minha terra, e então mudei-me para este bosque, no qual construí este palácio, vivendo de maneira bastante aprazível com a irmã do gênio, que me diverte assumindo várias formas: às vezes, vira pavão; à vezes, como viste, ó rei, gazela. Tenho com ela dois filhos."[3] Tanto o rei como seu vizir ficaram assombrados com a história.

E, quando Deus bem amanheceu a manhã, ambos despediram-se do jovem damasceno, deixando-o em seu palácio. Passaram a lhe fazer visitas anuais, até que lhes adveio aquilo de que não há escapatória, e graças a Deus findou-se a história.

---

3. Observa M. Tarchouna que no manuscrito de 1852 nem o protagonista se torna rei nem sua primeira mulher morre; tampouco a irmã do gênio se transforma em gazela para diverti-lo, mas sim "quando se sente aborrecida".

História do vizir Ibn Abi Alqamar com o califa Abdulmâlik Ibn Marwán

Disse a jovem: conta-se, ó rei acatado e cavaleiro aclamado, que o príncipe dos crentes Abdulmâlik Ibn Marwán tinha um vizir chamado Ibn Abi Alqamar. Homem inteligente e versado em todos os ramos do saber, o vizir gozava de excelente posição nos misteres do governo, fato que lhe granjeou a inveja do clã Omíada, ao qual pertencia o califa. Os membros desse clã passaram então a assacar contra ele pesadas denúncias e reclamações, mas o califa nada aceitava. Então, apresentaram contra ele um escrito falsificado, segundo o qual ele tencionava promover uma rebelião no império. Como a veracidade de tal escrito fosse atestada por pessoas da maior probidade, o califa, ao lê-lo, teve a cor alterada e, tomado de grande impaciência, disse a um de seus serviçais: "Quando o vizir Ibn Abi Alqamar chegar amanhã, montado, desnuda-o, entrega-lhe uns trapos de mendigo, expulsa-o de minhas terras e dize-lhe: 'O rei manda dizer-te: se acaso encontrar-te em qualquer ponto de suas terras, irá matar-te e crucificar-te. Se fores inocente, Deus provará a tua inocência, e, se fores culpado, Deus se encarregará de te aniquilar.'

Disse o narrador: e, quando Deus bem amanheceu a manhã, o vizir, como de hábito, chegou, sendo recebido por serviçais que executaram as ordens do rei. O vizir pensou: "Quem dera eu soubesse qual meu crime ou minha culpa!"

Depois de sair do país, sem saber para onde se encaminhar, passou enfim a zanzar ao léu. Era inverno. Prosseguiu a marcha até chegar a uma cidade, na qual entrou à noitezinha, acossado pela fome e pelo frio, além do terror, medo e cansaço que precedem a morte. Dirigiu-se a uma hospedaria de mercadores, na qual ficavam depositadas suas mercadorias e demais bens. Atarantado, sem saber o que fazer, disse ao encarregado: "Tens acaso um quarto onde eu possa passar a noite?" Respondeu-lhe: "Por Deus que nenhum vagabundo miserável vai passar a noite aqui, pois nesta hospedaria estão depositadas as mercadorias e demais bens dos mercadores. Não posso correr riscos!"

Disse o narrador: como o vizir continuasse ali aparvalhado, sem saber o que fazer, um mercador levantou-se e disse: "Ó encarregado desta hospedaria! Dá-lhe um quarto onde possa passar a noite. Ele ficará sob minha responsabilidade", e então o encarregado conduziu-o a um quarto recém-construído e sem cobertores. Quis acomodar-se, mas as paredes geladas não deixaram. Atônito – a noite já soltara seu negro véu, e os demais hóspedes fecharam as portas de seus quartos, alguns em silêncio, outros cantando –, o vizir pensava: "Somos de Deus e a ele retornaremos! Maldita coisa fiz eu comigo mesmo! Para passar a noite, antes eu tivesse procurado algum canto ao lado de uma padaria." Depois, refletindo sobre a triste situação em que se encontrava, e a próspera situação em que se encontrara – amarga reviravolta! –, figurou-a com os seguintes versos:

> *Onde se vende a morte? Quero comprar,*
> *pois já não vale a pena esta vida.*
> *Quando avisto qualquer túmulo,*
> *anseio: quem dera fosse eu o enterrado!*
> *Ó piedade! A melhor dádiva de um*
> *desgraçado a seus irmãos é a morte!*

Disse o narrador: quando terminou de recitar essa poesia, ainda perplexo, ouviu baterem-lhe à porta; abriu-a imediatamente e deparou com o mercador sob cuja garantia ele fora hospedado. Entrou com um lampião de cobre, que pendurou na parede, carvões acesos, um belo cobertor, roupas e uma travessa com comida e água. Tirou-lhe os trapos que lhe cobriam o corpo, fê-lo vestir as roupas que trouxera e deu-lhe de comer e de beber. Com isso, o vizir se recuperou um pouco do cansaço e da depressão. O mercador, tratando-o com extrema gentileza, pôs-se a conversar com ele e distraí-lo. Perguntou-lhe: "Qual é a tua história? O que te ocorreu, meu irmão? Os versos que há pouco recitaste evidenciam que o teu coração está machucado!" O vizir respondeu: "Em verdade te digo, meu irmão, o mesmo que disse Jacó, que a paz esteja com ele: 'Só a Deus encaminho minha tristeza e angústia.'"

Disse o narrador: embora o mercador continuasse cumulando-o de gentilezas, o vizir, por temor ao califa, nada revelou. Penalizado, o mercador disse: "Eu tenho quatro filhas, e meu capital é de mil dinares. Fico com a metade e dou-te a outra metade. Jurei a Deus que não utilizaria esse dinheiro senão em coisas que fossem de Seu agrado. E, como não estou vendo ninguém mais merecedor do que ti, toma-o, com a bênção de Deus." O vizir respondeu: "Não posso aceitar." O mercador disse: "Então, quem sabe, aceitarias a metade desse valor?" Mas o vizir continuou recusando-se a aceitar. O mercador, após muita insistência, conseguiu dar-lhe um único dinar.

Disse o narrador: assim que Deus fez raiar a manhã, o vizir disse ao mercador: "Que Deus te cumule de benesses e te agradeça o que fizeste por mim." E o mercador, após despedir-se e desejar-lhe boa sorte, tomou o caminho de casa, deixando o vizir sozinho, mergulhado em reflexões sobre a situação em que se encontrava. De repente, um serviçal do califa parou às portas da hospedaria. Estava montado e carregava uma trouxa cheia de petições. Disse ao encarregado: "Acaso ontem se hospedou aqui um homem conhecido por Ibn Abi Alqamar?" Respondeu: "O único que se hospedou aqui ontem, naquele quarto, foi um homem de mísera condição. E quem lhe pagou a hospedagem, por caridade a Deus, foi um mercador."

Disse o narrador: o serviçal dirigiu-se até o quarto e, ao vê-lo, o vizir ficou bastante atemorizado. O serviçal disse: "Nada temas, meu senhor! Foste contemplado pela bênção de meu amo, o califa, que crucificou teus inimigos após descobrir que tu estás correto e que eles apresentaram falsos testemunhos, acusando-te do que não cometeste." Continuou: "Monta este cavalo e veste esta túnica, meu senhor!" Imediatamente, o vizir, após agradecer a Deus altíssimo e louvá-lo na justa medida, montou o cavalo e avançaram ambos até se aproximarem da cidade. O serviçal conduziu-o em meio aos jardins e pomares califais. Quando se apresentou ao califa, este, em respeito, pôs-se de pé, abraçou-o fortemente e disse: "Ó vizir, todos os pomares e jardins que atravessaste são agora tua propriedade, como compensação pelos erros que contra ti cometi, acreditando em alheios dizeres."

Disse o narrador: o vizir tomou posse de tudo que lhe fora concedido e voltou para casa.

Deu-se então, por um decreto de Deus altíssimo, que o mercador que havia auxiliado o vizir saiu certo dia numa caravana com outros mercadores; no meio do caminho, foram atacados por um grupo de ladrões, que os apearam de suas montarias e roubaram-lhes todas as posses. O mercador, a quem não restara nem muito nem pouco, pensou: "Por Deus! Irei até a cidade; quem sabe ali eu não encontre quem me empreste alguma coisa. Quem sabe Deus não me ajuda! Afinal, sou muito conhecido entre os mercadores."

E nesse ponto a aurora alcançou Xahrazad, e ela parou de falar.

Centésima primeira noite

Disse o filosófico Fihrás:
Ela disse: ao dirigir-se à cidade, meu amo, que era Damasco, o mercador passou por aqueles pomares e jardins que o rei havia concedido ao vizir. Atônito, sem saber o que fazer nem para onde se dirigir, eis que o mercador viu o próprio vizir atravessando o jardim em direção de casa! O mercador aproximou-se a fim de certificar-se de que era mesmo ele, e pensou: "Não é este o amigo por quem fiz isto e aquilo? Por Deus que vou abordá-lo! Quem sabe ele não me ajuda em alguma coisa!"

Disse o narrador: então ele abordou o vizir, que não lhe deu atenção nem o reconheceu, pois no local havia muita gente. De resto, não só o aspecto do vizir estava bastante alterado, como também o aspecto do mercador estava alterado. O mercador pensou: "Vou fazê-lo reconhecer-me, pois quem sabe assim ele se compadeça de mim!", e passou a indagar as pessoas sobre quem era aquele homem. Informaram-no de que se tratava do vizir do rei e relataram-lhe sua história. O mercador seguiu-o e viu-o entrar em casa; tomou então uma folha de papel, na qual, tentando fazer o vizir lembrar-se dos versos que recitara na hospedaria, escreveu os seguintes versos:

> *Eia, transmiti ao vizir, sem rebuços:*
> *alguém te lembra o que já olvidaste:*
> *continuarás a dizer-me, na penúria,*
> *"Onde se vende a morte? quero comprar!"*

Disse o narrador: assim que terminou de escrever esses versos, entregou a folha ao criado do vizir e lhe disse: "Entrega esta folha ao teu amo." O criado entrou e entregou-a ao vizir, o qual, ao ler os versos, lembrou-se imediatamente do mercador. Saiu, abraçou-o fortemente e disse: "Por Deus que não entrarás em minha casa senão sobre os ombros do criado!" E, recebendo-o em casa, preparou-lhe um banquete e lhe deu tudo o que anteriormente lhe havia sido dado pelo califa. Depois, conduziu-o até o próprio califa e disse-lhe: "Eis o homem sobre o qual te havia falado. Eu dei a ele tudo o que me havias dado."

Disse o narrador: o califa também agraciou o mercador com uma excelente posição na corte, em virtude do bem que havia feito a seu vizir, mesmo sem saber de quem se tratava. Também providenciou para que suas filhas se casassem com os filhos de outros mercadores. O vizir e o califa conviveram fraternalmente até que lhes adveio aquilo de que não há escapatória, e graças a Deus findou-se a história.

Completou-se a história das Cento e uma Noites com a graça de Deus altíssimo e seu bom auxílio e êxito, no ano de 1190[1].

---

1. Ano da Hégira, correspondente a 1776 da Era Cristã. No manuscrito de 1268 H./1852 d.C., o final é o seguinte:

Quando Xahrazad completou cento e uma noites, verificou-se que Dinarzad estava grávida, e por isso o rei concedeu-lhe plenas garantias de vida; desde então, Xahrazad cessou de reunir-se com ele.

Termina aqui, com a graça de Deus e sua boa ajuda, o Livro das Cento e uma Noites. Não há força nem poderio senão em Deus altíssimo e poderoso. Que suas preces estejam com nosso senhor Muhammad, seus parentes e companheiros. No mês de *jumada athâni* de 1268 (sexto ano da Hégira, correspondente a 1852 d.C.).

ANEXO 1

História do xeique Hadabi com Harun Arraxid [1]

---

1. História constante do manuscrito de 1268 H./1852 d.C., no qual ocupa as noites 20-26.

Depois ela disse: conta-se, ó rei, que havia no tempo do califa Harun Arraxid um homem a quem chamavam o xeique Hadabi [corcunda]. Esse homem trabalhava na oficina de um ferreiro assoprando a fornalha, e também tocava instrumentos musicais. Ao fim do dia, depois de executar seus serviços, recebia o pagamento e comprava comida, vinho e o que mais fosse necessário para acompanhar a bebida, até que não lhe sobrasse nem sequer um centavo. Munia-se do vinho e da comida e se dirigia a um bosque nos arrabaldes da cidade para comer, beber, recitar poesias, regalar-se e alegrar-se.

Certo dia, enquanto ele, como de hábito, estava sentado no bosque, eis que Harun Arraxid e Jáfar, o barmécida, ali chegaram com o objetivo de espairecer. Assim que entraram, viram o xeique corcunda sentado, com um copo de vinho, a recitar os seguintes versos:

Fosse eu venturoso e não seria o vinho meu guia;
se eu pudesse, beberia vinho até em pensamento.
O vinho é o que de melhor podes beber,
mesmo que ele te faça carregar muitos pesos;

*não me censures por ser o vinho tão puro:
fica com o paraíso, e me deixa morar no inferno*[2].

Arraxid e Jáfar puseram-se a olhar para o xeique Hadabi, espantados com tais versos. Ele lhes disse: "Sentai-vos e espairecei neste entardecer." Responderam-lhe: "Sim", e sentaram-se com ele, que lhes ofereceu a taça de vinho, mas ambos declinaram da bebida. Em seguida, o rei [Harun][3] disse-lhe: "Dá-nos mais de tuas poesias, ó xeique", e ele lhe disse: "Sim", recitando os seguintes versos:

*Ó fragrante esbeltez, ó formosura de porte:
és o sol e és a lua nova: és a luz de todo o orbe
tudo o que apreciares, farei com prazer forte.*

Disse-lhe Arraxid: "Não te pedi que me elogiasses, mas sim outra coisa", e então o xeique recitou:

*Quando me recordo de Layla,
vivo muito e morro muito;
o fogo da paixão se acendeu em meu coração,
no qual uma aranha já tecera sua teia.*

E ficaram ambos junto a ele até que a embriaguez o fez desmaiar. Conduziram-no até a cidade e perguntaram-lhe sobre sua casa. O xeique respondeu: "No bairro dos ferreiros." Como estivesse inteira-

---

2. Mahmoud Tarchouna observa que todas as poesias desta história carecem de métrica e qualidade, o que pode dever-se à técnica de representação. Também muitos diálogos parecerão disparatados, mas isto é certamente resultado do clima chistoso da história.

3. Curiosamente, o texto refere-se várias vezes ao califa Harun Arraxid como "rei". Porém, para evitar confusões, a tradução utilizou "califa" ou o nome próprio.

mente embriagado, eles enviaram algumas pessoas para conduzi-lo à sua oficina. Depois, retornaram ao califa, que disse: "Se trouxéssemos o corcunda aqui nesta noite, a fim de nos divertir com ele, seria melhor." Disseram-lhe: "Se Deus o permitir, faremos isso amanhã, senhor." Disse Arraxid: "Não abro mão de que isto se faça nesta noite."

Disse o narrador: Jáfar levantou-se imediatamente e enviou ao xeique um rapaz chamado Lulu [Pérolas], ao qual disse: "Vai à oficina tal; encaminha o xeique que ali encontrares até o banho, limpa-o e depois traze-o até mim", e o rapaz foi até a oficina, onde o xeique se encontrava embriagado. Bateu à porta, e Hadabi respondeu: "Vai-te embora! Quem é que bate à porta nesta hora da noite? Se não fores embora, sairei e te carregarei às costas até a cadeia." Lulu respondeu: "Se o que dizes for verdade, então venha!" O corcunda abriu a porta e saiu, e o rapaz agarrou-o e o carregou às costas, enquanto o xeique Hadabi gritava inutilmente por ajuda, soltando um peido atrás do outro. O rapaz o levou até um banho, lavou-o das imundícies, vestiu-o com roupas limpas e encaminhou-se com ele até o palácio do califa. O xeique estava bêbado e tresvariando. Vestiram-lhe o manto real e lhe puseram primorosos ornamentos. Colocaram-no no assento do califa e fizeram com que fosse cercado por mulheres e donzelas. Enquanto isso, Arraxid ria, parado diante dele como se fora um de seus escravos.

Disse o narrador: quando notaram que sua embriaguez não passava, deram-lhe uma raiz utilizada para cortar os efeitos da bebedeira, e ele acordou, pondo-se a olhar à direita e à esquerda.

E nesse ponto a aurora atingiu Xahrazad, e ela parou de falar.

Vigésima primeira noite

Ela disse: o xeique se viu em meio a um palácio que jamais havia visto igual, construído sobre trezentas e sessenta colunas de mármore, conforme os dias do ano[4]. Depois, olhou para si mesmo e viu um manto que nunca havia vestido em toda a sua vida. Haviam-no adornado com uma espada cujo selo era de rubi, e ao seu redor estavam jovens tão belas quanto a lua.

Disse o narrador: quando olhou para as jovens, elas lhe disseram: "Fala conosco, nosso senhor!" Ele perguntou: "Como posso ter isso tudo?" Elas responderam: "Passaste a ter a partir do momento em que bebeste vinho." Ele disse: "Bebi vinho mais de cinqüenta mil vezes, mas nunca vi nada semelhante ao que vejo agora." Depois, ele olhou para aquelas jovens tão belas quanto a lua e perguntou: "Quem sois vós?" Responderam: "Tuas mulheres, senhor." Ele perguntou: "Eu nunca me casei nem fiquei noivo de mulher nenhuma." Depois pensou: "Talvez eu tenha enlouquecido e este seja o início da minha loucura", e pôs-se a morder os dedos até sentir dor. Disse: "Talvez eu tenha perdido a razão, talvez a loucura tenha me atingido, e estas jovens sejam gênias." Depois, ele tornou a olhar para aquelas jovens tão belas quanto a lua e lhes disse: "Quem sois?" Elas responderam: "Tuas concubinas, senhor." Ele disse: "Eu nunca na minha vida possuí concubina alguma." Elas disseram: "Que Deus perdoe, senhor! Nós somos tuas concubinas. Tens alguma dúvida? Estás é ocupado em divertir-te à noite e em cuidar de teu reino!"

---

4. Trata-se, evidentemente, do ano islâmico.

Disse o narrador: então ele refletiu e disse com seus botões: "Se forem de fato gênias, isso logo se esclarecerá; se não forem, também", e, dirigindo o olhar para uma das jovens, disse: "És minha esposa?" Ela respondeu: "Sim, meu senhor, e também tua criada." Ele perguntou: "E qual é o teu nome?" Respondeu: "Não sabes como me chamo, mesmo sendo eu tua esposa e tendo tu me dado o nome de Layla?" Ele disse: "Não há divindade senão Deus! Digo o mesmo que disse o poeta 'Louco de Layla'[5]", e recitou os seguintes versos:

Amei-te, ó Layla, quando eras pequena:
eu tinha uns sete anos, nem chegara aos oito.
E agora estão dizendo: 'Layla está doente no Iraque':
oh, quem dera eu fosse o médico de cabeceira!
Mas me censuram o amor por Layla meus parentes:
meu irmão, meus primos e meus tios maternos.

Disse o narrador: Harun Arraxid riu até quase desmaiar. Layla pediu ao xeique: "Dá-nos mais de tuas poesias, meu amo!" Ele respondeu: "Só se me deres certeza da notícia de que és minha esposa." Ela disse: "E por acaso tens alguma dúvida, meu senhor?" Ele respondeu: "Se o que dizes for verdade, então vamos para a cama." Ela disse: "Fica com esta outra jo-

---

5. Referência ao poeta Qays Ibn Almulawwih Alámiri, morto por volta de 688 d.C. Ficou conhecido como o "Louco de Layla" porque a musa de suas poesias amorosas, com a qual supostamente ele jamais pôde casar-se, tinha esse nome. Formou-se um vasto anedotário a respeito do caso, mas parece que essa Layla era tão "real", diga-se assim, quanto a Cíntia de Propércio. No *Livro das Canções*, do século X, Abu Alfâraj Alasbahâni apresenta o interessante relato de um sujeito que foi até a localidade em que vivera esse poeta a fim de pesquisar sobre ele, obtendo a seguinte resposta de um ancião: "A que louco te referes? Pois, aqui, todo aquele que se apaixona é 'louco', e toda mulher pela qual alguém se apaixona é 'Layla'."

vem, pois ela é melhor e mais bela que eu." O xeique olhou para a jovem indicada e perguntou: "Ó moça, és também minha esposa e criada?" Como ela respondesse dizendo que seu nome era Durra [Pérola], ele recitou os seguintes versos:

Pérola do mar, escondida estava até que
um mercador a visse em meio a outras;
escorreram-lhe as lágrimas, e ela disse: ai de mim,
ai destes apaixonados que se entregam ao perigo!
Mas deixa-me com ele, mãezinha, pois
quem sabe sozinhos saciemos nosso desejo.

Disse o narrador: espantado com suas palavras e poesias, Harun Arraxid riu até cair sentado. Por seu turno, Hadabi deu um violento grito e perguntou: "Onde estou, ó Durra?" Ela respondeu: "Em teu palácio, sede do teu reino. Porventura não o reconheces ou será que te esqueceste?" Ele disse: "Só posso estar sonhando", e mordeu os dedos até sentir a mordida, certificando-se, portanto, de que estava acordado. Disse: "Vamos para a cama, Durra!" Então uma outra jovem lhe disse: "Deixa-a, meu amo. Eu a substituirei e saciarei o teu desejo melhor do que ela." O xeique olhou para a jovem, que era muito graciosa, formosa, esbelta e delicada, e lhe disse: "Qual é o teu nome?" Ela respondeu: "E por acaso se pergunta à lua cheia qual seu nome? Meu nome é Badr [Lua Cheia]." O xeique suspirou profundamente e recitou:

A noite estava escura e então ela surgiu,
e por entre suas franjas vislumbramos a aurora.
Perguntei-lhe o nome e ela disse: "Que espantoso!
Cabe então perguntar o nome à lua nova?"
Eu a fiz deitar-se em meu braço, também me
                    [deitando,

e disse à noite: "Prolonga-te, pois a lua nova surgiu."
A aurora, porém, aproximou-se e nos separou.
Mas qual prazer não se destrói pelo tempo?

Arraxid estava admirado com seus versos. O corcunda disse: "Vamos, moça, deitar comigo na cama." Ela respondeu: "Tenho medo de Durra." Ele ordenou: "Vamos então, Durra", mas ela respondeu: "Tenho medo de Layla." Então Hadabi se voltou para Layla, olhou bem para ela, suspirou profundamente e recitou:

Layla me deixa doente: promete o encontro mas
                              [não cumpre,
e esse seu desprezo um dia ainda vai matar o doente:
se suas promessas são cada vez mais saborosas e
                              [doces,
seu desprezo é veneno cada vez mais mortal e
                              [amargo.

Disse o narrador: o califa ficou espantado com esses versos. Já o corcunda, após recitar a poesia, disse à jovem: "Vamos, Badr, para a cama", mas ela respondeu: "Ainda sou criança e virgem, meu amo, e tu ainda não fizeste uma festa para mim. É necessário que faças uma festa e dês um regalo a alguém em homenagem a mim." O xeique disse: "É de minha responsabilidade fazer o que dizes, mas não conheço ninguém para dar além de meu mestre, o ferreiro." Ela disse: "Presenteia-o, pois." [Entrementes, Durra começou a discutir com Layla.[6]] Hadabi se enfureceu com ela e disse: "Some da minha frente, Dur-

---

6. Frase exigida pelo contexto, mas que não consta do original. Segundo Tarchouna, o texto apresenta vários problemas de concatenação.

ra." Ela disse: "Foste tu que deste início à hostilidade entre mim e Layla." Ele perguntou: "E por acaso eu tenho outras esposas além de vós?" Ela respondeu: "Sim"; ele perguntou: "E onde estão elas?"

Disse o narrador: e eis que duas jovens tão lindas quanto a lua surgiram diante dele, que perguntou à primeira: "Qual é o teu nome?" Ela respondeu: "Salima", e ele recitou:

> *Não existe na terra senão Salima,*
> *nem no Paraíso existe ninfa*
> *que tenha tanta beleza,*
> *por mais ninfas que lá existam.*

Depois ele perguntou à segunda: "Qual é o teu nome", mas ela não respondeu e lhe deu as costas. Ele perguntou: "Que tens? Por que me dás as costas?" As outras jovens responderam: "Está irritada contigo porque a esqueceste até agora." Ele lhes perguntou: "E qual é o nome dela?" Responderam: "Seu nome é Ámlah Annás [A Mais Graciosa das Pessoas]." Então o corcunda, após ter soltado um grito e desmaiado, acordou e recitou:

Graciosa, a beleza lhe adveio de todos os lados;
apaixonei-me por ela e em matéria de amor não
                                                                [minto.
No terrível dia da separação perguntei às minhas
                                                               [lágrimas
o que sucede aos olhos de quem chora, enquanto
    lágrimas abundantes me escorrem pelo rosto,
e o fogo de meu coração incendeia por todo canto.

Disse o narrador: Harun Arraxid ficou admirado com a quantidade de poesias que ele sabia de cor. Hadabi perguntou às jovens: "Existe alguma que seja mais graciosa ainda?" Disse-lhe Layla: "Talvez estejas pretendendo uma quinta esposa." Disse-lhe Ámlah Annás: "Mas isso não é canonicamente lícito." Disse Layla: "Talvez ele esteja querendo adotar a doutrina de Abu Dawud[7], que afirma: 'O homem pode casar-se com sete mulheres.'" Disse o corcunda: "Não adotarei a doutrina de Abu Dawud nem de nenhum outro antes de me testar casando-me com quatro mulheres. Se eu vir que posso aumentar, então aumentarei, mas se eu vir que não posso com quatro, elas me bastarão. Aliás, nesta noite eu quero dormir com Layla, que já me mandou dar um presente a alguém em sua homenagem, e eu não tenho ninguém mais caro que meu mestre, o ferreiro. Quem iremos enviar até ele?" Respondeu-lhe Layla: "Envia-lhe algum dos teus criados." Perguntou: "E onde estão eles?" Respondeu: "Às portas do palácio."

Disse o narrador: enquanto as coisas estavam nesse pé, eis que o jovem Lulu apareceu diante deles com sua espada. Prosternou-se, beijou o chão diante do xeique e depois disse: "Tudo que me ordenares, meu amo, eu farei." Disse-lhe Hadabi: "Vai até a oficina do mestre ferreiro fulano de tal e traze-o até mim com toda a rapidez, agora."

E nesse ponto a aurora atingiu Xahrazad, e ela parou de falar.

Vigésima segunda noite

Ela disse: então o rapaz disse: "Sim, meu amo e senhor", e se dirigiu célere até o mestre ferreiro, a

---

7. Mahmoud Tarchouna supõe que se trate do célebre teólogo muçulmano Abu Dawud Sulayman Ibn Alaxath Ibn Isháq Ibn Baxír Assijistáni (202 H./817 d.C.–275 H./889 d.C.).

quem trouxe com a maior rapidez possível, enquanto ele, temeroso por sua vida, perguntava-se: "O que pode ter acontecido? O que foi que eu fiz?"

Quando chegou à entrada do palácio, o jovem pediu autorização ao corcunda e lhe disse: "Eu já o trouxe, meu senhor." Disse o xeique: "Faze-o entrar agora."

Disse o narrador: trazido pelo rapaz para dentro do palácio, e vendo o xeique Hadabi instalado no trono imperial, vestido com trajes reais, o mestre ferreiro ficou perplexo e perguntou: "Mas que coisa espantosa é essa?" Respondeu-lhe o corcunda: "Não corres perigo, ferreiro; eu me tornei rei, sultão e filho de sultão. Não corres perigo." Perguntou o ferreiro: "Como chegaste a tal posição? E desde quando te tornaste rei?" O corcunda respondeu: "Por Deus que não sei", e chamou: "Criados!" Responderam-lhe: "Sim?", e entraram, beijando o chão diante dele, que lhes disse: "Trazei comida e colocai-a diante do ferreiro", e então eles trouxeram comida em recipientes de ouro e prata, com taças de ouro, além de frutas, e depositaram o banquete diante do mestre; também providenciaram jarra e bacia de ouro, com as quais lhe lavaram as mãos, e em seguida lhe trouxeram uma toalha de seda com bordados de ouro. E ele comeu e bebeu até ficar saciado. Ao cabo, trouxeram-lhe outra toalha mais bela que a primeira para que ele limpasse as mãos. Hadabi então disse: "Ó mestre", e se aproximou dele, cochichando-lhe ao ouvido: "Toma estes mil dinares de ouro. Se eu permanecer como sultão, eles serão só teus; porém, caso eu não permaneça como sultão, eles serão divididos entre nós em partes iguais. Não vás depois negar! Não vás depois negar! Não vás depois negar!" Respondeu o mestre: "Sim, meu senhor." E o corcunda disse: "Retira-te com a bênção de Deus altíssimo."

Disse o narrador: o ferreiro saiu depois de se haver prosternado mui decorosamente diante de Hadabi, em reconhecimento aos direitos da autoridade, e foi-se embora. Quando chegou à sua casa, a esposa, que estava preocupada com ele, perguntou: "O que te ocorreu?" Respondeu: "Eu te informo que o xeique Hadabi agora ocupa o califado, e eu sou o seu conselheiro." Ela disse: "Cala-te, que Deus te amaldiçoe! Não vá o sultão ouvir-te e cortar-te a língua!" Ele disse: "Por Deus que ele é o sultão, sem dúvida! E estes são os mil dinares que ele me deu", e despejou as moedas em seu colo. Ao ver o ouro, suas dúvidas se desfizeram e ela disse: "Guarda segredo sobre o califa."

Disse o narrador: quanto ao califa e às jovens, eles quiseram dormir. Durra levantou-se e disse ao corcunda: "Vamos dormir, meu amo, pois a aurora já se avizinha", e ele respondeu: "Sim." Então ela o conduziu até a cama, sobre a qual havia lençóis de seda colorida através dos quais se viam seus braços, semelhantes a duas lâminas de prata. Excitado, ele disse: "Vamos nos deitar", e ela respondeu: "Estou com vontade de comer contigo, meu amo." Ele disse: "Agora não estou com vontade de comer." Ela disse: "Meu amo, por teu reino, come comigo!" Ele disse: "Que seja", e Durra trouxe então alimentos que continham um forte entorpecente; assim que comeu, Hadabi ficou embotado. Tiraram-lhe as roupas reais, colocaram-lhe as suas roupas e o jovem Lulu carregou-o de volta à oficina.

Disse o narrador: quando Deus bem amanheceu a manhã, o mestre ferreiro acordou e foi até a oficina, ali encontrando o corcunda a roncar a sono solto. Voltou para casa e disse à mulher: "O que eu vi ontem foi sonho", e ela retrucou: "Sonho como? Não trouxeste mil dinares de ouro?" Ele disse: "Mas eu o encontrei dormindo na oficina, roncando, e constatei que ele foi tomado por gênios", e ela disse: "Falas a verdade; a questão só pode ser essa." O mestre retornou à oficina e disse: "Acorda, Hadabi, e vê se fazes o serviço direito." O corcunda levantou-se, pôs-se a assoprar a fornalha e perguntou: "Ó mestre, acaso viste ontem como me tornei sultão, com tantas moças à minha frente e criados à minha volta? Parece que te dei mil dinares e disse: 'ó mestre, se eu continuar sultão, são teus, mas se eu perder o sultanato, então eles serão nossos, meio a meio'." O mestre respondeu: "Acende o fogo, ó maluco", assim negando ter recebido os mil dinares. O corcunda acendeu o fogo e trabalhou para ele até a tarde, quando então disse: "Se por acaso eu voltar a ser sultão como ontem, juro por Deus, aquele que é único, que te cortarei o pescoço ou te darei dois mil golpes com chicotes e cordas, até que vejas a morte de perto", e, recolhendo seu salário, comprou vinho e tudo o mais de que necessitava, dirigindo-se depois ao bosque de costume.

Enquanto ele estava sentado bebendo vinho e tocando, eis que o califa Harun Arraxid e seu conselheiro Jáfar, o barmécida, apareceram. Ele os cumprimentou dizendo: "Que a paz esteja convosco", com um copo de vinho às mãos, cantando e recitando os seguintes versos:

Minhas lágrimas me escorrem pelo rosto,
e o coração está ansioso pelo ser amado;
o choro das montarias me causa insônia:
como dormir se nos corações existem fogos?
Não me traias, pois o fogo do coração está aceso.
Se eu não morrer de tristeza, acenderei outros fogos.

Pediram-lhe: "Dá-nos mais poesias", e ele respondeu: "Meus irmãos, eu vos informo de que ontem me tornei rei, com jovens que pareciam luas." Harun Arraxid sussurrou para Jáfar: "Vamos levá-lo esta noite de novo para o palácio, a fim de nos divertir com ele", e Jáfar respondeu": "Com todo gosto." Em seguida, perguntaram-lhe, quanto às mulheres que vira, qual a mais maravilhosa, e ele respondeu: "Uma garotinha ainda em jejum, que parecia lua nova, ou corsa graciosa; foi ela que seqüestrou as labaredas do meu coração; dei-lhe o nome de Layla, e presumo que ela seja alguma gênia que se divertiu à minha custa e me encantou", e recitou:

*Deus não permita que Layla tenha poder,
pois comigo será injusta se algum dia puder.*

Disse-lhe Harun Arraxid: "Que Deus te recompense por nós, ó xeique."

Disse o narrador: nesse momento, a embriaguez tomou conta dele inteiramente, e Harun e Jáfar levantaram-no e levaram-no até a cidade, colocando-o na oficina e retornando ao palácio. Logo depois o califa lhe enviou o jovem Lulu, que o trouxe bêbado após tê-lo levado ao banho e limpado das imundícies; no palácio, foi recostado ao trono do califa e vestido com uma roupa real melhor do que a utilizada no dia anterior, e lhe puseram um anel cujo brilho era como a luz do sol. Finalmente, colocaram sobre ele, ainda bêbado e inconsciente, o manto real; depois, enfiaram uma pena em sua garganta, fazendo-o vomitar tudo o que trazia na barriga, e deram-lhe de beber o preparado especial. Ele abriu os olhos e agradeceu a Deus poderoso e altíssimo.

E nesse ponto a aurora atingiu Xahrazad, e ela parou de falar.

Vigésima terceira noite

Ela disse: vendo mulheres e jovens a cercá-lo por todos os lados, ele pensou em voz alta: "Voltei de novo a ser sultão." Layla lhe perguntou: "E por acaso, meu senhor, foste invadido por alguma dúvida a respeito?" Ele respondeu: "Juro por Deus, juro por Deus, que essa é a coisa mais assombrosa: como posso ser, durante o dia, ferreiro, e, à noite, sultão?" Disse Layla: "Deus te livre, estás muito acima disso; não és senão rei, descendente de reis. A quem poderias temer neste mundo?", e emendou: "Agora estou convicta de que estás ficando velho e senil, e vais perder o reino e esquecer os teus súditos." Ele disse: "Não estou senil. Dizei-me a verdade, ó jovens e mulheres: sois da raça dos gênios ou dos humanos?"

Disse o narrador: todas as mulheres riram do xeique. Quanto ao califa e a Jáfar, eles desfaleceram de tanto rir do corcunda naquela noite.

Disse-lhe Layla: "Deixa-te de dúvidas, meu amo", e ele respondeu: "Não tenho dúvidas, Layla, de que isto se trata de sonho ou coisa de gênios." Ela disse: "És rei; morde a língua, e assim acordarás se estiveres dormindo"; ele disse: "Ontem eu fiz isso, mas quando acordei me vi na oficina do ferreiro." Disse Layla: "Meu amo, viste em sonho que és ferreiro porque os ferreiros enfeitam as coisas; o que esse sonho quis dizer foi que eles combatem os teus inimigos; como tu passaste a ser subordinado deles, a história acabou se transformando em sonho, e o sono, em vigília." Ele perguntou: "E este anel? Desde quando foi posto em mim?" Respondeu Layla: "Desde que te sentaste com tuas mulheres e concubinas." Ele disse: "Mentes, ó inimiga de Deus." Então todas riram e Layla disse: "Vê como fizeste todas rirem de mim e se divertirem à minha custa. É esta a recompensa que me dás?" Ele disse: "Eu vou te agradar, pois és para mim a mais cara dentre todas. Contudo, Layla, já faz um bom tempo que não possuo uma mulher, e por isso quero te possuir esta noite." Ela disse: "Como, se tu ontem te deitaste com Durra? Porventura não te satisfizeste com ela?" Ele respondeu: "Disseste a verdade; deitei-me com ela, mas nada aconteceu entre nós." Layla disse: "Levanta e te defende, Durra", e então Durra se ergueu e quis falar, mas, vencida pela hilaridade, pôs a mão na boca e riu. O xeique Hadabi dirigiu-lhe a palavra perguntando: "Fizemos alguma coisa ontem, Durra?" Ela, envergonhada, fez com os dedos um sinal que significava "Ontem fizemos quatro vezes". Ele lhe disse: "Fizemos ontem quatro vezes? Mentes, ó inimiga de Deus", e ela tentou responder: "Ah... ah...", mas caiu no chão de tanto rir. Layla disse a ele: "É assim, meu amo, que fazes toda noite com tuas esposas e concubinas? Por Deus que de hoje em diante teu pinto só vai deitar comigo", e ele disse: "Quando eu te possuir esta noite verás o que farei", e recitou:

Corre atrás dos prazeres, pois a tristeza se foi;
responde a quem amas, e também ouve:
não percas um minuto sequer sem prazer,
pois a vida se vai e não volta mais.
Não há outro prazer no mundo senão o sexo:
é a melhor coisa para quem se deleita;
não deixes a quem desejas sem sexo uma só noite:
eis o melhor conselho para quem sabe ouvir;
não te satisfaças com o amado apenas uma vez,
pois uma única vez não dá prazer;
o direito está em fazer no mínimo duas,

que são a justa medida que brota das coisas;
mas se puderes, nalguma noite, fazer três,
aí estaria a satisfação e ampliação das esperanças;
porém, se temeres alguma ciumeira do teu amado,
então o mais benéfico é fazer quatro vezes ou mais.

Disse Layla: "És um excelente homem, amo." Ele perguntou: "Qual é a tua idade, Layla?" Ela respondeu: "Treze anos." Ele disse: "Com essa idade, és a montaria da iniqüidade. E o que me dizes da jovem de vinte anos?" Ela respondeu: "Com essa idade é dotada de muita beleza", e continuou: "Fica sabendo que as mulheres nunca envelhecem inteiramente." Ele disse: "Pela minha doutrina, com vinte e cinco anos a mulher é velha."

Disse o narrador: Harun Arraxid riu e disse para Ámlah Annás: "Com mais cinco anos já estarás velha"; ela então olhou para o corcunda e disse: "Acaso não ouviste os dizeres do poeta?", e recitou:

Onde a menina de dez anos, de seios como pérola
encontrada por mergulhador, o peito agitado,
ou a de vinte, à qual nada se compara, pois
a passagem do tempo só a beneficia;
ou a de trinta, cuja saliva cura:
ela é vida quando os paus não provaram seus
                                   [encantos;
e onde a de quarenta... e a de cinqüenta dá, ainda,
um pouco do prazer das jovens se o corpo é rijo;
mas a de sessenta já não tem mérito:
sua genitália é gasta, e sua cobiça, excessiva.

Disse o narrador: disse o corcunda: "És uma excelente jovem, ó Ámlah Annás!", e ela respondeu: "Meu amo, como pudeste expor-me assim diante de minhas rivais, dizendo que vinte e cinco anos é idade de velha? Como pudeste esquecer-me, se a beleza e a graça em mim atingiram a perfeição?" Ele disse: "E qual teu argumento a respeito? Apresenta provas do que pensas, pois disseste que a de sessenta é velha." A jovem respondeu: "E tu, qual é o teu argumento? Pois o profeta, que as preces e a paz de Deus sejam sobre ele, disse: 'A idade dos de minha nação chega aos sessenta e aos setenta'; logo, aí se incluem os de trinta e cinco... portanto, a de trinta não pode ser censurada. E Umar[8], que Deus altíssimo esteja com ele satisfeito: 'A de dez é um sol que adorna; a de vinte alegra os que a vêem; a de trinta, um prazer para quem se delicia; a de quarenta é mãe de moças e moços; a de cinqüenta, dedicada esposa; a de sessenta, velha que logo irá partir.'"

Disse o narrador: nessa altura, o corcunda suspirou profundamente e disse: "Ah... estou apaixonado por Layla." Então, Harun Arraxid disse a ela: "Levanta", e ela foi até o corcunda e disse: "Meu amo, já sei que estás apaixonado por mim, mas não aceitarei senão brincar, pois o teu pinto eu não posso suportar." Harun Arraxid riu até desmaiar. O corcunda disse a ela: "Aproxima-te, ó Layla"; ela se aproximou e disse: "Eis-me aqui, meu amo; porém, és um homem velho." Ele disse: "Ó Layla, os homens só ficam mais doces depois que o pau sobe." Ela disse: "Por vida tua, meu amo, que vou te contar a seguinte história: um velho, tendo encontrado uma jovem de graça, beleza, boa altura e esbeltez, tentou seduzi-la; ela disse: 'Tenho um defeito', e ele perguntou: 'E qual é esse defeito?' Ela respondeu: 'Um pouco de cabelos brancos', e ele a rejeitou e saiu. Ela então o chamou e disse: 'Volta', e ele voltou. Ela

---

8. Companheiro do profeta, foi o segundo califa do islã. Morreu em 23 H./644 d.C. Note-se que as falas aí são inteiramente despropositadas, funcionando numa chave de *nonsense*.

lhe mostrou os cabelos, e o que ele viu foi algo semelhante às asas de um corvo. Ele perguntou: 'E por que disseste que tinhas um defeito?' Ela respondeu: 'Para que assim reconhecesses os teus próprios defeitos', e o mandou embora." O corcunda perguntou: "Ó Layla, qual o homem que as mulheres mais apreciam?" Ela respondeu: "Aquele cuja face e altura sejam iguais às nossas; que gaste muito e que se enciúme pouco." Disse o corcunda: "Ó Layla, pelo Deus da Caaba que o transformaste num cafetão!" E todos riram tanto que desmaiaram. Durra disse: "Que Deus faça mais felizes ainda os teus dias e prolongue a tua permanência entre nós, meu amo. Vamos deitar." Ele disse: "Com muito gosto", e emendou: "A boa retórica contém magia"; ela disse: "E a boa poesia contém sabedoria"; ele disse: "Admiro-me das pedras pequenas que crescem"; ela disse: "Pois eu me admiro dos pântanos, cuja água nunca é doce e onde a erva jamais cresce"; ele disse: "E eu me admiro do buraco que tens entre as pernas: por mais que se escave, nunca se chega ao fundo."

Disse o narrador: a jovem se calou, envergonhada de Harun Arraxid, que se pôs a rir dela. E, subitamente, o rapaz Lulu entrou e disse: "Tens alguma ordem para mim, meu amo?" Ele respondeu: "Vai ao mestre ferreiro e traze-o até mim agora", e o rapaz foi até o mestre, trazendo-o aterrorizado e colocando-o diante do corcunda.

E nesse ponto a aurora atingiu Xahrazad, e ela parou de falar.

Vigésima quarta noite

Ela disse: assim que viu o ferreiro diante de si, o corcunda disse: "Ó mestre, estás vendo como retomei o sultanato e como negaste ter recebido de mim os mil dinares de ouro?" O mestre respondeu: "Nunca mais, enquanto eu viver, voltarei a te negar nada." O corcunda disse: "Alguém está comigo?" Responderam-lhe em uníssono: "Eis-nos todos aqui contigo, ó rei dos tempos, ó único deste tempo e de todos os tempos; o que determinares nós o faremos!" Ele disse: "Tirai-lhe as roupas e deitai-o ao chão."

Disse o narrador: e eles assim procederam. O corcunda disse a Lulu: "Dá-lhe mil golpes com a chibata", mas, como o rapaz se recusasse, o corcunda ficou furioso e, pondo a mão na copa da espada, disse-lhe: "Ó rapaz, se não o vergastares com força, cortarei o teu pescoço com esta espada." Então Harun Arraxid fez um sinal para o rapaz e lhe disse: "Golpeia", e ele começou a golpear enquanto o corcunda gritava "Dá-lhe mais", e sua cólera aumentava por causa da negação dos mil dinares. E o rapaz não parou de bater até se completarem as mil vergastadas. Foi quando Layla prosternou-se diante do corcunda e disse: "Ó rei dos tempos, ó único deste tempo e de todos os tempos, já basta de pancadas, pois senão o pobre-coitado pode morrer."

Disse o narrador: a chibata com a qual o ferreiro apanhou estava recheada de lã, a fim de que suas costas não ficassem marcadas nem os golpes o ferissem. Layla continuou: "Conforta-lhe agora o coração, meu amo, e aplaina-lhe as mágoas, pois ele tomou muitas chibatadas; dá-lhe algum dinheiro." O corcunda ordenou que se trouxessem outros mil dinares e disse ao ferreiro: "Estende a mão, mestre", e lhe deu os mil dinares enquanto dizia: "Não vás negar! Não vás negar! Não vás negar! Pois eles serão teus, mas se eu não permanecer como sultão, então os dividiremos meio a meio." E o mestre ferreiro foi-se embora.

Então, uma jovem chamada Álam Annás [A mais instruída das pessoas] disse-lhe: "Vamos dormir, pois a aurora se avizinha", e ele respondeu: "Com muito gosto." Ela o fez subir numa cama acolchoada e ele disse: "Aproxima-te, quero satisfazer o meu desejo." Ela replicou: "Eu gostaria muito de comer contigo, meu amo." Ele disse: "Agora não estou com vontade de comer." Ela disse: "Mas se já comeste com as tuas outras mulheres, colocando-as em posição melhor do que a minha!" Ele disse: "Traze então a comida", e ela trouxe a comida, que continha um forte entorpecente. O corcunda comeu e dormiu, sendo então carregado até a oficina pelo jovem Lulu, que antes lhe tirara as vestes reais e lhe pusera as roupas que usava.

Quando Deus bem amanheceu a manhã, o mestre ferreiro foi para a oficina, abriu-a e encontrou o corcunda roncando a sono solto. Encolerizado, acordou-o, insultou-o, deu-lhe um bofetão na cara e disse: "Acorda, Hadabi, e trabalha com vontade!" O corcunda levantou, trabalhou até a tarde e disse: "Ó mestre, juro por Deus único e sem igual que, se eu voltar a ser sultão uma terceira vez, cortarei o teu pescoço com a espada. Agora, porém, dá o meu pagamento", e o mestre lhe deu um dinar; o corcunda disse: "Por Deus que não aceitarei senão o meu salário apenas. Tu queres me corromper com um dinar por causa de dois mil dinares." E o mestre lhe deu dez dirhams, mas o corcunda levou apenas dois dirhams, que constituíam o seu salário, atirando o resto ao chão, chamando-o de estúpido e dizendo: "Eu ainda vou te mostrar algo assombroso", e se retirou, deixando-o sozinho.

Disse o narrador: o mestre ferreiro ficou bastante assustado com o corcunda e se arrependeu de tê-lo agredido. Quanto ao corcunda, ele comprou vinho e as demais coisas de que necessitava, dirigindo-se ao bosque de costume, onde se sentou e se pôs a beber, tocar e cantar. E logo chegaram ali Harun Arraxid e Jáfar, que o encontraram bebendo e recitando os seguintes versos:

Bebi tantos pecados que minha razão se perdeu,
e a pior coisa é a que faz perder a razão.

E continuou a beber até que desfaleceu, sendo então levado para a oficina, enquanto o rei e seu conselheiro retornavam ao palácio. E, quando a noite avançou, enviaram o jovem Lulu para trazê-lo, não sem que antes fosse conduzido ao banho e limpo conforme o hábito. Adornaram-no com insígnias reais, vestiram-lhe a roupa adequada, colocaram-lhe anel e espada de rei e instalaram-no no trono do califa, fazendo-o antes vomitar o álcool e beber a poção utilizada para curar os efeitos da bebedeira. Ele abriu os olhos, acordou, olhou bem e disse: "Graças a Deus voltei a ser sultão pela terceira vez. Rogo ajuda a Deus contra o mal que existe neste palácio, e também contra o mal que em vós existe." Layla se levantou e disse: "Enlouqueceste, ó xeique, pela terceira vez, pois ontem dormiste comigo e ficaste deitado na cama." Ele disse: "Ó mentirosa, e onde eu estive durante o dia?" Ela respondeu: "Estava deitada contigo e só acordei há pouco, mas eu soube que foi justamente tanto sono que corrompeu e perdeu o teu juízo." Ele disse: "Como poderiam as coisas ter-se passado assim, se o mestre ferreiro me esmurrou e esbofeteou na cara?" Ela disse: "Não tens culpa, pois o teu juízo falhou, tua razão se ausentou, teu reino se extraviou e perdeste os teus súditos por causa de nossa injustiça contigo, uma vez que te deixamos dormir o dia todo, e chegaste a ponto de confundir o sono com a vigília." Ao ouvir tais palavras, o corcunda ficou em dúvida e disse: "Talvez seja essa a verdade; porém, ó Layla, no meu caso é pecado dormir durante o dia."

E Harun Arraxid e Jáfar riam até desmaiar. Naquela noite, Harun Arraxid observava por detrás das cortinas, acompanhado de sua esposa Zubayda, filha de Jáfar Ibn Almansur[9], a quem ele muito amava, e a quem, durante o islã, nenhuma mulher superou em beleza. Ele não a deixava passear com as criadas, mas sim oculta a todos os olhos. Quanto ao festival realizado em suas núpcias, e aos presentes distribuídos e gastos feitos em sua homenagem, nenhum coração humano pode imaginar algo semelhante, nem antes nem depois desse evento, tal a quantidade incalculável de enxovais, vestimentas, perfumes, criadas, escravos; ele lhe deu um manto de pérolas e rubis de valor inestimável. Harun Arraxid consumou seu casamento com ela no "Palácio da Eternidade", onde reuniu gente de todos os pontos do horizonte, e distribuiu, naquela época, quantias incalculáveis: os recipientes de prata eram enchidos de ouro e rapidamente esvaziados, e assim também faziam os mais notáveis, e, logo em seguida a isso, lançava-se almíscar e âmbar em grande quantidade. As mulheres do clã de Háxim[10] e dos Barmécidas foram ficar com ela, e cada uma ganhou roupas de seda, bolsas com dirhams e dinares e fras-

---

9. Zubayda, morta em 831, era prima e esposa de Harun Arraxid. Ambos eram netos de Almansur, o segundo califa abássida, que governou de 754 a 775.

10. O clã de Háxim era constituído pelos descendentes daqueles que, nos primeiros tempos do islamismo, haviam apoiado resolutamente o profeta Muhammad.

cos com perfumes e aloés, objetos como pentes e toda espécie de equipamento de diversão e música, tudo indescritível. Nunca houve uma festança assim antes nem haverá depois, nem no islã nem antes. Também opulentíssimo foi o festival de casamento de Almamun[11], quando se casou com Buran, filha de Hasan Ibn Sahl, pois os gastos e presentes dados em sua homenagem não podem ser aquilatados por nenhum coração humano nem descritos por ninguém, e isso se deu no ano de duzentos e dez. O pai de Buran fez pela filha o que nem sequer um rei faria: entre outras coisas, mandou bordar-lhe um tapete de ouro, e também ordenou que os recipientes de comida viessem cheios de pérolas e rubis, que eram lançados sobre o tapete. Entre as pessoas que compareceram àquela festa estava, além de outras, Hamduna, filha de Harun Arraxid. Ao fim da festa, em vez de lenha, eles lançavam linho ao fogo.

Disse o narrador: voltemos, porém, à história do corcunda: deu-se então que Zubayda saiu por detrás da cortina. Ao vê-la, o corcunda suspirou profundamente e recitou os seguintes versos:

O sono sumiu de meus olhos e não voltará,
e as dores do meu coração se multiplicam:
é como se o sol por entre seus braços brilhasse
lindamente, ou a lua nova saísse em meio a seus
[botões.

---

11. Filho de Harun Arraxid (mas não com Zubayda e sim com uma concubina chamada "Marájil"), foi conduzido ao califado em 813, após uma breve luta contra seu irmão Amín (este, sim, filho de Harun e Zubayda), e governou até 833. As peripécias de seu casamento com Buran foram relatadas em mais de um livro de crônicas históricas. Incentivador das artes e da cultura, fundou durante o seu governo a célebre "Casa da Sabedoria" em Bagdá.

Disse o narrador: quando reparou na graça e beleza de Zubayda, em sua altura e esbeltez, ele ficou catatônico e boquiaberto.

E nesse ponto a aurora atingiu Xahrazad, e ela parou de falar.

Vigésima quinta noite

Ela disse: quando o xeique Hadabi viu a senhora Zubayda, pôs-se, maravilhado e estático, a contemplá-la. Então Layla lhe disse: "Que tens, meu amo? Por que olhas assim abestalhado para essa jovem? É a primeira vez que a vês na tua frente e já esticas o olhar para o seu lado, ao passo que não olhas para nós com o mesmo interesse. Ela se apossou da tua razão, e passou a ser a única mulher que amas." O corcunda começou a rir das palavras de Layla e lhe disse: "O que estás dizendo, Layla? Acaso não é qualquer um que ficaria feliz com a simples visão desta mulher, com essa silhueta e com esse rosto que parece espelho polido? Sua fronte brilha como o relâmpago forte, suas tranças parecem asas de corvo; suas sobrancelhas parecem ter sido desenhadas a lápis; seus olhos são como os da gazela, cheias são as maçãs de seu rosto; bem, já retratei tudo o que devia ser retratado; quanto ao resto, irei descrevê-lo na hora adequada, em que der prazer."

Disse o narrador: e todos riram tanto que quase se borraram, enquanto Layla lhe dizia: "Mas que pecado!" Ele suspirou profundamente e pôs-se a recitar os seguintes versos:

Ó misericórdia divina, eu te mereço!
Ó delícia da humanidade, quão belas são tuas
[palavras!

*Só nos visitaste uma única vez na vida; repete-a
e não a transformes na maior raridade do mundo.*

E olhou para a favorita Zubayda, suspirou e disse a ele: "Desde quando tu te tornaste ilícita para mim?" Disse-lhe a favorita Zubayda: "Desde que te comprometeste com Layla." Ele disse: "Não dou por provado o que estás dizendo; aliás, isso nunca teria me ocorrido." Disse-lhe a favorita Zubayda: "Mas ocorreu, desde que redigiste a carta me tornando ilícita." Ele disse: "E quem contou essa história?" Layla respondeu: "Foi o que fizeste." Disse o corcunda: "Ó Layla, onde está o nosso contrato de casamento? Mentes, ó inimiga de Deus! Eu nunca a teria tornado ilícita! Nunca faria isso! Não sou louco! Como eu poderia tornar ilícita aquela que é melhor do que todas vós? E, se eu a tiver de fato tornado ilícita, estou voltando atrás agora e tornando-a lícita." Layla retrucou: "Isso não é válido, pelo que se conhece da doutrina de Málik[12], que Deus esteja satisfeito com ele."

Disse o narrador: súbito, tomado de grande cólera por Layla, o corcunda bateu umas palmas furiosas e disse: "Ai se eu encontrasse um carrasco que matasse Layla." E a favorita Zubayda acrescentou: "E que assim nos livrasse dela." Ouvindo tais palavras, aumentaram tanto a raiva do corcunda contra Layla como sua alegria pela concordância de Zubayda. Pondo-se de pé, ele disse: "Trazei-me o carrasco!", e então todas as jovens se levantaram, prosternaram-se e disseram-lhe: "Ó rei dos tempos, ó único deste tempo e de todos os tempos, como po-

---

12. Referência a Málik Ibn Ânas (712-795), jurista muçulmano, fundador da doutrina que leva o seu nome e que é uma das mais rígidas do islamismo.

des mandar matar Layla se ela te é a mais querida de todas as mulheres?" Ele respondeu: "E como quereis impedir-me de ter com minha noiva Zubayda nesta noite? Não, não, é necessário que Layla morra." Então Harun Arraxid saiu em pessoa por detrás das cortinas, prosternou-se e disse: "Ó rei dos tempos, que Deus faça perdurar o teu reino e os teus dias venturosos. Por acaso tens alguma ordem para me dar?" Respondeu: "Por Deus, mata esta jovem", mas Arraxid estacou por alguns momentos, o que levou o corcunda a gritar com ele dizendo: "Por Deus que, se não a matares conforme te ordenei, cortarei o teu pescoço com a espada." Então Arraxid tomou Layla pelas mãos, estendeu-a ao solo e, pegando algumas garrafinhas cheias de cânfora – que é vermelha –, passou a espada por elas, que se quebraram, e a cânfora escorreu pelas roupas da jovem como se fosse sangue, enquanto seu aroma se espalhava. Entre as jovens, o riso com a cólera do corcunda contra Layla era tanto que havia algumas chorando convulsivamente e outras rolando ao solo. O corcunda, presumindo que tal atitude o aproximara da favorita Zubayda, disse: "Fazei-a sumir de minhas vistas!" e, virando-se para Zubayda, disse-lhe: "Achega-te, pois eu já me vinguei por ti, ó noiva", mas, como ela permanecesse calada, ele continuou: "O profeta, que as preces e a paz de Deus estejam com ele, disse: 'Satisfazei vossas necessidades com os que são belos de rosto.'" Ela respondeu: "Iremos satisfazer-te", o que deixou o corcunda muito feliz.

Disse o narrador: nesse instante, eis que adentrou o rapaz Lulu, o qual, após prosternar-se, pediu autorização para falar e perguntou: "Ó amo, acaso tens alguma ordem para que eu possa triunfar executando-a?" Respondeu Hadabi: "Traze-me o mestre ferreiro."

O mestre ferreiro, aliás, tomara um Alcorão emprestado de seus vizinhos e o colocara na cabeceira da porta de sua casa dizendo: "Se esses que têm vindo aqui forem gênios, não conseguirão entrar; mas, do contrário, conseguirão." E, enquanto ele conversava com sua esposa, o jovem Lulu bateu à porta. O ferreiro recolheu, sem que sua esposa visse, os dois mil dinares e retirou-se com o jovem em direção ao palácio, onde foi conduzido à presença do corcunda, diante do qual ele se prosternou decorosamente, rendendo ao poder os seus tributos. Mas o corcunda, depois de desviar o rosto por alguns momentos, encarou-o e perguntou: "Ó ferreiro, onde está a surra que me deste, e onde estão os dois mil dinares?" Respondeu o ferreiro: "Eu me rendo, meu amo; já estou arrependido; eis aqui os dois mil dinares", e os depositou diante do corcunda, que perguntou: "Onde está quem trouxe esse homem aqui?", e o jovem Lulu apresentou-se dizendo: "Eis-me aqui pronto, meu amo!" Disse o corcunda: "Corta a cabeça deste cachorro com a espada, bem diante de mim, para que eu possa saciar minha cólera contra este cão traidor. Se não o fizeres, cortarei o teu pescoço com esta minha espada."

O rapaz, porém, inclinou-se e caiu sentado de tanto rir; também Harun Arraxid desfalecera de tanto rir, mas o mestre perdera as esperanças de permanecer vivo, tão certo estava de que o corcunda mandaria matá-lo. Então Zubayda ordenou às jovens que suplicassem pelo ferreiro, e todas se levantaram, prosternaram-se diante do corcunda e lhe disseram: "Ó amo, ele já está rendido e arrependido das culpas em que incidiu contra ti." Ele disse: "Juro por Deus, juro por Deus que somente o perdoarei se esta jovem – e apontou para Zubayda – o perdoar." Ela disse: "Pois então, meu amo, eu já o perdoei. Eu te peço contudo, meu amo, que lhe agrades o coração e cures o pavor que ele enfrentou dando-lhe mais dois mil dinares além dos outros dois mil." O corcunda então ordenou: "Dai-lhe", e disse ao mestre: "Leva tudo, ó ferreiro", que respondeu: "Eu te suplico que me dispenses disso, amo, pois o fato de teres poupado meu pescoço é para mim mais importante do que este mundo e tudo quanto ele contém", [mas o corcunda exigiu que ele levasse ao menos dois mil dinares[13]] e o ferreiro voltou correndo, muito contente, para sua casa. Então a jovem Ámlah Annás levantou-se e disse para o corcunda: "Levanta, meu amo, e vamos para a cama." Ele perguntou: "E de quem é a vez de dormir comigo?" Ela respondeu: "É a vez de dormires comigo." Ele disse: "Mas nesta noite eu gostaria de possuir esta noiva", referindo-se a Zubayda. Ámlah Annás observou: "Mas deves obedecer aos termos do teu contrato de casamento, no qual se prevê que tens a obrigação de promover um festival em homenagem a ela. E nesta noite não irei abrir mão da minha vez." Ele disse: "Embora sincera, estás enganada."

Disse o narrador: então a favorita Zubayda tomou-o pela mão e o conduziu até a cama, sobre a qual ambos se sentaram. Depois, veio a comida. Ele disse a ela: "Fiz a promessa de não comer nada até satisfazer-me contigo", mas ela se encolerizou e disse: "É esta, meu amo, a recompensa que recebo de ti? Tu te satisfazes com tuas mulheres todas as noi-

---

13. Acréscimo exigido pelo contexto, como se verá no decorrer da leitura.

tes, comes e bebes com elas, e a mim queres dispensar disso tudo?" Ele disse: "Pois bem, vamos comer, rápido", e ela pôs a comida na cama. Ele pediu: "Dá-me de comer com as tuas mãos."

Disse o narrador: e assim ela lhe deu de comer um só bocado que continha entorpecente, e ele imediatamente ficou embotado e caiu ao solo. Tiraram-lhe as roupas de rei e lhe colocaram as suas próprias roupas. Harun Arraxid disse: "Deixai-o no alpendre do palácio até amanhã, quando então, com a permissão de Deus, iremos dar-lhe algum dinheiro e pedir-lhe perdão pelo que lhe fizemos e por termos caçoado dele." E se fez o que Arraxid ordenara.

E nesse ponto a aurora atingiu Xahrazad, e ela parou de falar.

Vigésima sexta noite

Ela disse: quando Deus bem amanheceu a manhã, o califa Harun Arraxid acordou, fez a prece matinal e instalou-se no trono do reino, tendo o conselheiro Jáfar ao seu lado. Em seguida, ordenou aos escravos, criados e serviçais que carregassem o corcunda com todo o cuidado. Depois, autorizou-os a colocá-lo diante de si. O califa perguntou-lhe: "Ó xeique, quem te introduziu em nosso palácio? Não podes ter vindo para cá senão com o intuito de roubar!" Respondeu o corcunda: "Por Deus que não sou ladrão nem gatuno; na verdade, sou ferreiro na oficina do mestre fulano de tal. Porém, há três dias surgiram uns gênios e fizeram comigo coisas que nunca vi antes; tornei-me rei, dono de jovens, de esposas e de criados. Não sei onde estou: dormi à noite e quando acordei me vi no alpendre deste palácio; agora estou diante de ti, ó príncipe dos crentes."

Disse o narrador: então Arraxid ordenou a todos os que estavam no palácio que lhe dessem presentes na medida de seu esforço. Quanto ao conselheiro Jáfar, ele lhe deu dois mil dinares; o califa deu pessoalmente dez mil dinares e lhe disse: "Perdoa-nos, pois fomos nós que fizemos aquelas coisas contigo." E o corcunda ajuntou o que ganhara, e que chegava a vinte e três mil dinares. Portanto, o total do que ele recebera nos três dias fora de vinte e cinco mil dinares.

E foi esta a história das ocorrências e conversas entre Harun Arraxid, seu conselheiro Jáfar, o xeique Hadabi, a favorita Zubayda, as jovens do palácio e o rapaz Lulu.

ANEXO 2

História de Ali Aljazzár com Harun Arraxid [1]

---

1. A presente história provém do mesmo manuscrito da anterior, no qual ocupa as noites 26-28 e vem após a história anterior.

Depois ela disse: conta-se, ó rei, que certa noite o califa Harun Arraxid, acometido por forte insônia, chamou seu conselheiro Jáfar, o barmécida, e lhe disse: "Estou muito entediado e por isso gostaria de me disfarçar e sair contigo a fim de visitarmos outras terras." Em seguida, chamaram o conselheiro Arrabi e lhe entregaram o governo.

E avançaram pelo deserto durante dias e noites, de país em país, até chegar a Damasco, na Síria, onde entraram por volta do cair da tarde, e logo viram uma grande multidão aglomerada em volta de uma casa. Inquiriram a respeito e foram informados de que a casa era de Ali Aljazzár, e aquelas pessoas pretendiam receber comida dele. Perguntaram: "E por acaso ele alimenta a todos com os seus próprios recursos?" Responderam-lhes: "Todo mundo tem um registro com ele, no qual estão anotados os nomes de seus parentes. Conforme as pessoas vão chegando, ele lê os registros e dá a cada um de acordo com a quantidade de parentes e filhos." O califa e seu conselheiro ficaram espantados, e o primeiro disse ao segundo: "Vamos até ele esta noite, Jáfar, e assim veremos qual é o caso."

Assim, quando soou o chamado para a prece vespertina e as pessoas a fizeram, dispersando-se os que se encontravam diante da casa de Ali Aljazzár, Arraxid e Jáfar bateram à porta, sendo atentidos pelos criados, que lhes perguntaram: "Quem sois?" Responderam: "Somos dois hóspedes estrangeiros." Os criados foram até o patrão, informaram-no a respeito e ele veio pessoalmente recebê-los; demonstrando contentamento, deu-lhes as melhores boas-vindas, convidou-os a entrar, dignificou-os, colocou-os dentro de casa e mandou servir-lhes uma excelente refeição. Enviou-lhes a filha com jarra e bacias de ouro para lavarem as mãos, sobre as quais ela mesma deitou a água, e toalhas de seda. O califa ficou tão transtornado com a beleza da jovem que mal conseguiu comer: a paixão o atingira. Ele disse ao conselheiro Jáfar: "Quero experimentar a generosidade deste homem pedindo-lhe a filha em casamento; mas que tudo se consume nesta noite." Disse o conselheiro: "Isto não é possível, meu senhor; trata-se de um homem generoso, que nos introduziu em sua casa, cujas mulheres nos deixou ver sem nem sequer saber quem somos." Disse o califa: "Mas o que eu desejo é absolutamente necessário."

Ali Aljazzár disse-lhes: "Jantai, meus hóspedes, sem constrangimentos. Só vos apresento esse tanto porque a maior parte da comida já foi distribuída. Aceitai nossas desculpas." Então o conselheiro Jáfar lhe disse: "Nós te pediremos algo e esperamos que não nos frustres." Ele respondeu: "Mesmo que seja meu próprio pescoço, eu não o recusaria." "Gostaria que desses a mão da tua filha em casamento a este homem", disse o conselheiro apontando para o califa. O homem respondeu: "Consultarei a mãe dela", e dirigiu-se até a esposa, a quem relatou o caso. Ela disse: "Não daremos. Estes são dois forasteiros pobres, que nada possuem." Ele disse: "Tenho vergonha de recusar-lhes algo." Ela disse: "Toma este rubi, mostra-o a eles e dize: 'A mãe dela se casou tendo este rubi como dote; sua filha deve também receber o mesmo dote.'" E ele respondeu: "Sim" e, dirigindo-se a eles, disse: "Caros hóspedes, quando me casei com minha esposa, dei-lhe este rubi como dote. Assim, a filha não poderá casar-se com um dote que não seja igual ao da mãe." O conselheiro disse: "Aceitamos a tua condição. E nós igualmente te pedimos que ele consume o casamento já nesta noite." O homem respondeu: "Isto é algo impossível. Impõe-se que façamos uma festa de casamento para a minha filha, pois não tenho outra." Mas o conselheiro, retirando da bolsa três rubis maiores do que o rubi que ele mostrara, disse: "Este é o dote da tua filha; porém, desejo que ele consume o casamento nesta mesma noite." Ali Aljazzár retornou à esposa e lhe deu a informação. Quando viu os três rubis, a mulher ficou estupefata e disse: "Mas isto é espantoso! Somente os reis possuem rubis iguais a estes!" Em seguida, eles escreveram o contrato de casamento e Harun Arraxid dormiu com a jovem naquela mesma noite, constatando que se tratava de montaria ainda não usada e pérola não perfurada. E com ela ficou por toda a noite.

Quando a manhã se avizinhava, Harun escreveu sua posição e origem num papel e escondeu-o dentro de um colar de ouro. Em seguida disse à mulher: "Se deres à luz uma menina, coloca este colar em seu pescoço; e, se deres à luz um menino, coloca-o em seu pulso direito." E, indo até o conselheiro, disse: "Vamos voltar ao nosso país." Observou o conselheiro: "Meu senhor, e o que fizeste com a jo-

vem?" Ele respondeu: "Possuí-a e depois larguei-a."
Saíram de volta rumo a Bagdá, a cidade da paz, e chegaram.

E Arraxid instalou-se em seu trono e se pôs a distribuir suas decisões. Isso quanto ao califa. Agora, quanto a Ali Aljazzár, sucedeu que, logo ao acordar, ele perguntou sobre o genro, o dervixe forasteiro. Sua filha respondeu: "Saiu assim que alvoreceu." Todos acharam que ele fora ao banho. Porém, chegou a hora do almoço e ele não retornou. A família permaneceu mais alguns dias em vigília, mas, como ele tampouco retornasse, perderam as esperanças. E verificou-se que a jovem estava grávida; passados os meses regulamentares, ela deu à luz um garoto tão belo quanto uma fatia da lua. O avô Ali Aljazzár encarregou-se de criá-lo da melhor maneira. E a mãe lhe pendurou a pulseira, conforme o pai da criança recomendara, em seu pulso direito[2].

O menino cresceu, e Ali Aljazzár o ensinou a ler. Certo dia, ele saiu para brincar com outros meninos e acabou batendo num deles, o qual lhe disse então: "Estás me batendo, filho-da-puta? Quem é o teu pai?" Respondeu: "O meu pai é Ali Aljazzár." O menino disse: "Ali Aljazzár não é teu pai, e sim teu avô. Teu pai é um estrangeiro que foi até a tua mãe numa noite, dormiu com ela e depois fugiu. Ninguém sabe quem é ele." Encolerizado, o menino foi até a mãe e perguntou: "Dize-me quem é o meu pai." Ela respondeu: "Meu filhinho, teu pai é Ali Aljazzár." Ele respondeu: "Ele não é meu pai, mas sim meu avô! É absolutamente imperioso que me informes agora quem é o meu pai e me contes toda a minha história. Caso contrário, vou me matar com

---

2. Por possível erro de revisão, o original traz "pulso esquerdo".

este alfanje", e puxou um alfanje. A mãe lhe disse: "Meu filho, teu pai é um estrangeiro que se hospedou aqui e me pagou três rubis como dote. Depois deixou-te esta pulseira e foi-se embora. Nunca mais tivemos notícias dele." O menino respondeu: "É absolutamente imperioso que eu viaje por todas as terras em busca do meu pai." Ali Aljazzár ouviu tais palavras e disse: "Meu filho, fica conosco. Eu estou no lugar do teu pai. Aonde irás procurá-lo? Como vais reconhecê-lo? Para que terra irás viajar?" O menino insistiu: "É absolutamente imperioso que eu viaje para procurá-lo."

Então Ali Aljazzár preparou-lhe os fardos para a viagem, carregando-os tanto que se torna impossível a qualquer língua descrever as peregrinas mercadorias que continham; deu-lhe ainda cem mil dinares de ouro e alugou-lhe espaço numa caravana, recomendando ao responsável que olhasse pelo rapaz. E a caravana partiu rumo à cidade de Bagdá.

Disse o narrador: em meio à viagem, a caravana foi atacada por salteadores, que roubaram todo o seu carregamento. O rapaz e mais alguns membros da caravana só conseguiram escapar com a roupa do corpo. Porém os cavalos, os camelos e as mercadorias, tudo foi levado pelos salteadores. Assim, o rapaz entrou na cidade de Bagdá sem saber para qual lado dirigir-se. Os caprichos do destino empurraram-no até o estabelecimento de um velho que vendia doce. Ao ver o rapaz, o velho disse: "Meu senhor, eu sou aqui forasteiro e também tu és forasteiro. Vais morar comigo como se fosses meu filho, e isso em obediência a Deus, pois não tenho filhos. Aceitas, ó rapaz, ser meu filho e eu teu pai, em obediência aos desígnios de Deus?" Respondeu o rapaz: "Quando fizeres o bem não consultes a ninguém."³ O velho disse: "Cuida da doceria", e o rapaz ficou cuidando da doceria.

E nesse ponto a aurora alcançou Xahrazad, e ela parou de falar.

Vigésima sétima noite

Ela disse: o velhote doceiro ficou muito feliz com o jovem. E, quando entardeceu, disse-lhe: "Levanta, meu filho; vamos para casa e para tua mãe." O jovem respondeu: "Permanecerei aqui na doceria." Disse o velho: "É necessário que eu te leve até a tua mãe." Respondeu o jovem: "É verdade, seria preciso ir até a minha mãe; porém, Deus sabe mais, e eu prefiro ficar aqui." O velho insistiu até cansar-se, mas o jovem se recusou e ficou na doceria. Então, o velho lhe trouxe comida e o ensinou a calcular os pesos e a fazer doces.

Disse o narrador: o velho vendia, diariamente, sete arráteis[4] de doce; tal era a parte que Deus bendito e altíssimo lhe destinara; era essa sua venda diária. Contudo, com a presença do jovem na doceria, aqueles sete arráteis não foram suficientes, e logo ele teve de produzir mais doce. Tudo o que ele fazia se comprava, e as vendas logo passaram a quatrocentos arráteis diários de doce, com as pessoas aglomeradas em torno da doceria, usando a compra de doces como desculpa para poder observar a beleza

---

3. Observa Mahmoud Tarchouna que se trata de provérbio tunisiano.

4. No original consta "ratl", peso cujo valor varia conforme o país. É a origem da palavra portuguesa "arrátel", que corresponde a 459 gramas, mesmo valor que tem no Egito. Nesse caso, as vendas do velho seriam equivalentes a pouco mais de 3,2 quilos.

do rapaz e dirigir-lhe a palavra. E as notícias sobre a beleza do jovem doceiro correram por todo o país.

E estava decretado pelo destino que a filha do conselheiro Jáfar enviasse uma velha criada para resolver-lhe um assunto qualquer, e lhe dissera: "Não te demores." A velha respondeu afirmativamente e saiu rápida. Porém, ao passar pela loja do jovem doceiro, notou as pessoas ali aglomeradas e, vendo a beleza do jovem doceiro, ficou aparvalhada e disse: "Não se arrependeria quem dormisse contigo abraçado até o amanhecer", e se pôs a contemplar a beleza que Deus bendito e altíssimo lhe concedera. E assim ficou até o pôr-do-sol. Foi somente quando a multidão se dispersou e o jovem entrou na doceria e trancou as portas que a velha se lembrou de que sua patroa, a filha do conselheiro, a encarregara de uma missão, e de que ela se atrasara e não cumprira a ordem. Pensou: "Ela me chicoteará até a morte. Deixa-a destruir, quem dera ela não consiga mais construir."

Disse o narrador: e a velha se encaminhou até a filha do conselheiro, a qual, ao vê-la, disse: "Onde estavas, velha agourenta? Fizeste o que te recomendei?" Respondeu a velha: "Minha senhora, espera até eu terminar de te contar um segredo entre nós duas; que ninguém nos veja." E, pondo-se a sós com ela, a jovem disse: "Fala o que te sucedeu." A velha disse: "Se a mentira às vezes salva, a veracidade salva muito mais[5]. Quando saí daqui, passei pelo mercado tal e notei uma multidão aglomerada. Pensei: preciso verificar qual o motivo dessa aglomeração,

---

5. Informa Mahmoud Tarchouna que se trata de mais um provérbio tunisiano.

e me enfiei no meio. Vi então um jovem doceiro vendendo seus doces e o mundo inteiro amontoado em torno dele! Quando vi sua beleza – exalçado seja quem o criou de água e argila, e lhe disse: 'Seja', e então ele foi –, fiquei aparvalhada, aproximei-me dele, não conseguindo controlar minha alma nem me lembrar de tuas ordens ou do que quer que fosse. Meus pensamentos se ausentaram e eu só conseguia desejar que ele se tornasse teu marido. E permaneci olhando para ele e para sua beleza até que a noite chegou e eu nem sequer notei." Disse a filha do conselheiro: "Agora me deixaste com desejos por ele. Como poderei fazer para encontrá-lo?" Respondeu a velha: "Minha senhora, nós lhe enviaremos uma quantia de ouro que o deixará enlouquecido, pois se trata de um rapaz pobre, e então o traremos até ti."

Disse o narrador: então a jovem, pegando dois mil dinares em ouro, deu-os à velha e disse: "Entrega-os a ele e traze-o a mim amanhã." A velha respondeu: "Com muito gosto."

E quando Deus bem amanheceu a manhã, a velha recolheu os dinares e foi até a doceria do jovem, onde viu mais gente amontoada do que no dia anterior. Enfiando-se pelo meio do povo, chegou até o rapaz e o chamou, querendo sussurrar-lhe algo ao ouvido. Mas as pessoas puxaram-na e lhe disseram: "Ó velha malsinada, estás querendo beijá-lo no rosto enquanto nós nem ao menos conseguimos falar-lhe?", e lhe aplicaram uma surra dolorosa, a tal ponto que, além de perder o dinheiro que trazia consigo, seu sangue começou a pingar no chão e suas roupas se despedaçaram. Então, ela retornou em situação deplorável à sua senhora, a qual, vendo-a naquele estado, perguntou: "Quem fez isto contigo?"

Ela respondeu: "Minha senhora, deves convocar o chefe dos arquitetos para que te construa um túnel desde tua casa até a doceria do rapaz. Por meio desse túnel, ou tu vais até ele ou ele vem até ti." De fato, a doceria era muito próxima dali. A jovem disse: "Vai até o chefe dos arquitetos. Dize-lhe o mesmo que me disseste e também que, se o fizer, ele terá tanto dinheiro que ficará rico."

Disse o narrador: então a velha foi até o chefe dos arquitetos e lhe relatou o caso. Ele disse: "Com muito gosto." Em seguida, entrou secretamente na casa do conselheiro com quatro cristãos e escavou, construiu e terminou o trabalho em poucos dias. A jovem pagou-lhe uma quantia que o deixou rico, e os cristãos foram mortos. Entrando no túnel, a jovem constatou que ele conduzia à doceria do rapaz.

Disse o narrador: nossa história retoma agora o califa Harun Arraxid e seu conselheiro Jáfar. O fato é que ambos haviam recebido notícias sobre o jovem doceiro e sua formosura. O califa disse: "É absolutamente imperioso que vistamos roupas de dervixes, desçamos à cidade e vejamos esse jovem doceiro." Disse-lhe o conselheiro: "Com muito gosto", e então ambos retiraram suas roupas de reis e vestiram as pobres roupas dos dervixes. Saíram por uma porta secreta e caminharam até chegar à doceria do jovem. Quando chegaram, o jovem os viu e, coração penalizado, acorreu até eles e disse: "Tende a bondade de vos instalar aqui comigo, meus senhores." E fez questão de que entrassem na doceria. Instalou-os a seu lado e também fez questão de que dormissem em sua casa. Eles aceitaram. Depois, mandou um recado ao velho que o adotara, pedindo-lhe que preparasse excelente hospedagem. Muito contente, o velho cozinhou-lhes uma comida adequada e a serviu; ambos comeram à saciedade. Fizeram a prece vespertina, e o rapaz se pôs a recitar o Alcorão Sagrado até que soou o chamado para a prece do pôr-do-sol. Todos rezaram e depois se puseram a recitar o capítulo de abertura do Alcorão. Estavam nisso quando a terra se ergueu diante deles na doceria, e logo entraram duas moças carregando velas às mãos. Beijaram a mão do rapaz, bem como as dos dervixes, e lhe disseram: "Meu senhor, nossa patroa te saúda", e, estendendo-lhe mil dinares em ouro, continuaram: "Recebe isso como prêmio por tua devoção." Ele perguntou: "E quem é vossa patroa?" Responderam: "A filha do conselheiro deste país." O rosto do conselheiro se avermelhou, mas o califa lhe piscou o olho. O rapaz respondeu às moças: "Eu nunca vou à casa de ninguém." Disseram: "É absolutamente imperioso que vás, ou por bem ou por mal." Disse-lhe o califa dervixe: "Meu senhor, nós tememos por ti. Levanta e ajuda-a." Ele respondeu: "Juro que nunca desrespeitei a Deus desde que ele me criou; isso não pode ser." As duas moças foram embora e logo retornaram dizendo-lhe: "Nossa patroa te diz: vem tu e também teus hóspedes, pois em minha casa há dois hóspedes." Disseram-lhe os dervixes: "Nós iremos proteger-te melhor do que teu próprio pai; não estás a salvo da perversidade da filha do conselheiro. Vai até ela." E assim convenceram-no a ir. Levantaram-se todos, o rapaz, os dois dervixes, com as duas moças à frente, e caminharam até chegar à filha do conselheiro, que se levantou em reverência a eles e, após beijar a mão do rapaz e dos dervixes, disse-lhes: "Sede muito bem-vindos", e lhes ofereceu um banquete. Todos comeram e beberam. Olhando para o rapaz, ela disse: "Visita-me, meu senhor, pois a atração por tua pessoa faz adoecer quem por ti se apaixona." O califa cutucou o conselheiro com raiva e disse-lhe: "Amanhã vamos deixar o mundo livre deles todos."

E o rapaz possuiu a jovem, constatando que se tratava de uma jóia não perfurada e de uma potranca ainda não montada. Depois de ter acabado, levantou-se para ir embora. Ela lhe deu uma grande quantia em dinheiro e disse: "Assim será toda noite."

E nesse ponto a aurora alcançou Xahrazad, e ela parou de falar.

Vigésima oitava noite

Ela disse: a filha do conselheiro deu aos dervixes duzentos dinares de ouro e duas túnicas das mais opulentas. E todos retornaram à doceria. Mal alvoreceu, os dervixes foram embora e o rapaz permaneceu sozinho. E, quando Deus bem amanheceu a manhã, o califa ordenou que o governador prendesse o rapaz e, depois de exibi-lo pela cidade, fosse decapitado.

Disse o narrador: e assim, enquanto o rapaz estava sentado, eis que apareceu o governador e seus criados; acorrentaram-no e circularam com ele por toda a cidade. Depois colocaram-no no local onde se executava a pena, tiraram-lhe as roupas e eis que em seu pulso direito estava o colar. Assim que o viram, o governador disse ao carrasco: "Afasta a mão dele até que consultemos o califa a seu respeito. Esse aí é filho de rei", e, com o colar nas mãos, foi até o califa, o qual, ao vê-lo, caiu desmaiado. Após aspergirem-no com água, ele acordou e perguntou: "Morreu?" Responderam-lhe: "Está vivo." Ele disse: "Pela força de Deus que se ele tivesse morrido eu destruiria por sua causa todos os que vivem nesta cidade. Meu filho, alegria de meus olhos, trazei-mo!", e então carregaram-no nas cabeças até o califa, que lhe perguntou quando o viu diante de si: "Tu és filho de quem?" Respondeu: "Meu pai é o doceiro." Disse o califa: "Dize a verdade ou então perderás a vida." E o rapaz contou-lhe sobre seu avô Ali Aljazzár. O califa se pôs de pé, muito grato a Deus por não ter ocorrido mal algum ao rapaz, e ordenou que os médicos o tratassem. Então o conselheiro disse: "Graças a Deus que o que nos ocorreu foi de ti, ó rei, e não de outro." E escreveu a carta com o dote para a filha do conselheiro, realizando uma grande festança que nunca tinha sido vista antes. Mandou trazer a mãe, filha de Ali Aljazzár, que se reuniu ao filho e ao marido. E o rei renunciou[6] e entregou o governo a seu filho, que foi amado pelos soldados e pelos habitantes do país. E viveu com abundante comida e bebida até que se abateu sobre todos o inevitável. Louvores a Deus, o senhor dos mundos.

---

6. Trata-se, evidentemente, de pura ficção. Note-se, aliás, que o texto se refere insistentemente a Harun Arraxid como "rei", mas a tradução usou "califa" a fim de evitar mal-entendidos.

ANEXO 3

História de Mukábid Addahr, sua filha Izz Alquçur e Waddáh Alyaman[1]

---

1. Esta história consta de um manuscrito depositado na Biblioteca Nacional da França sob nº "3660 arabe", e utilizado por G. Demombynes para sua tradução das *Cento e uma noites*. Ali, ocupa as noites 5-7 e é a segunda narrada por Xahrazad, logo após a história do jovem mercador. Os anais da literatura árabe registram um poeta chamado Waddáh Alyaman, morto por volta de 708 d.C., mas o relato não parece fazer nenhuma alusão a essa personagem histórica, cuja morte trágica – ele foi enterrado vivo – se deveu ao envolvimento com a esposa do califa Alwalíd Ibn Abdulmâlik (48/668-96/715), sexto califa da dinastia Omíada.

Depois ela disse: conta-se, ó rei, que em priscas eras vivia na Índia um soberano chamado Mukábid Addahr [Suportador do Destino], o mais notável entre seus contemporâneos. Reinou durante cem anos e possuía cem concubinas – mas não conseguia ter um filho varão. Já envelhecido, temendo morrer e deixar o reino a alguém que não fosse de sua estirpe, enviou uma carta de queixa ao rei do Iêmen, que era seu tio paterno.

Esse tio tinha uma filha que era das mais belas criaturas que já haviam caminhado sobre a face da terra; enviou-a pois ao sobrinho, que a possuiu e permaneceu com ela pelo período de nove meses, ao cabo dos quais ela lhe gerou uma filha. Imensamente feliz, o rei promoveu um grandioso banquete e deu à criança o nome de Izz Alquçur [Orgulho dos Palácios].

A menina cresceu e se desenvolveu, adquirindo a mais perfeita compleição. O rei determinou que se construísse para ela um palácio diante do seu, e a fez morar ali com cinqüenta serviçais. A jovem tinha ainda, morando com ela, uma ama já entrada em anos, que lhe ensinou todas as artes do decoro e da elegância.

O rei, que meditara a respeito da filha e conhecia a debilidade das mulheres, mandou reunir vários mercadores aos quais deu dinheiro, ordenando-lhes que comerciassem para sua filha Izz Alquçur; então, eles viajaram pelas terras, trazendo tesouros, riquezas e roupas, que o rei ordenava que fossem depositados no palácio da jovem.

Mas deu-se que, certa feita, Izz Alquçur subiu ao topo do palácio e pôs-se a observar a cidade; foi então que vislumbrou um jovem de bela figura e estupenda beleza, chamado Waddáh; ele tinha vindo do Iêmen com a mãe. Deus determinou que o coração da jovem ficasse transtornado de amor por ele, passando a não comer nem beber nem dormir; sua cor se amarelou e a morte se aproximou por causa do amor pelo jovem. Ao vê-la naquele estado, dirigindo-se constantemente ao topo do palácio, a velha ama inquiriu-a a respeito, e a jovem informou-a de tudo. A velha disse: "Minha filha, não corres perigo. Se me tivesses avisado antes, não terias chegado a este estado. Vou arranjar-te tudo e conseguirás o que desejas." Perguntou a jovem: "Como, se há cinqüenta vigias às portas?" Respondeu a velha: "Minha senhora, escreve uma carta que eu a farei chegar a ele e arranjarei tudo." Então, a jovem escreveu uma carta para o jovem, queixando-se de sua paixão e afirmando que acabaria morrendo se não se juntasse a ele.

Sexta noite

Então a velha levou a carta até Waddáh, o qual, ao lê-la, chorou copiosamente. Perguntou a velha: "O que te faz chorar, jovem?" Ele respondeu: "Por Deus que este choro se deve à proximidade da minha morte." Ela perguntou: "E donde soubeste disso?" Ele respondeu: "Desta carta, pois, caso eu não faça o que ela diz, esse será o sinal de minha morte; e, caso eu faça, necessariamente alguém vai acabar denunciando. Nos dois casos, morte." Disse-lhe a velha: "Meu filho, quem iria denunciar, se desse caso só temos conhecimento eu e ela? Ademais, se fores até ela, ressuscitarás uma morta." Ele disse: "Ó velha! como poderei chegar até ela, se às portas do palácio existem guardas e vigias?" Disse-lhe a velha ama: "Eu arranjarei a melhor maneira." Ele disse: "Faze o que for melhor."

A velha foi até a jovem e disse: "Já se me afigurou um estratagema para a entrada dele." E recitou a propósito:

Só conhece a paixão quem a enfrenta,
só conhece a ansiedade quem a sofre.

Perguntou-lhe Izz Alquçur: "E qual é o estratagema, mãezinha?" Respondeu: "Diariamente, os mercadores trazem as mercadorias em caixas e entram no palácio. Faremos com que o jovem seja colocado numa caixa que seja carregada às costas de algum funcionário, e entre junto com outras caixas." Disse a jovem: "É o melhor a fazer." A velha foi então até o jovem e informou-o do estratagema. O jovem disse: "Eu gostaria de saber quando é que o rei não vai ao palácio, pois ele visita a filha toda sexta-feira." Ela lhe deu todas as informações e colocou-o numa caixa depois que ele vestiu sua melhor roupa, enfeitou-se e perfumou-se. Um empregado carregou-o às costas e assim ele foi introduzido no palácio, onde permaneceu com a jovem, trocando carinhos, comendo e bebendo; quando o pai ia visitá-la, o jovem saía do palácio numa caixa, da mesma forma que tinha entrado. O prazer de um com o outro aumentava, e a paixão e o amor se intensificavam.

Certo dia, estando a beber com alguns companheiros, estes o indagaram a respeito de suas constantes ausências, e ele, inconsciente, lhes contou de seu caso com Izz Alquçur, filha do rei, dizendo que entrava e saía do palácio numa caixa.

Um desses companheiros, cheio de inveja, recitou o seguinte:

> *Qualquer inimizade se resolve,*
> *menos a que provém da inveja.*

Disse o narrador: depois, escreveu uma carta sobre o assunto, colocou-a num canudo, fechou-o com cera e colocou-a no canal d'água que adentrava o palácio real, onde havia uma cisterna quadrada; em cada canto da cisterna, uma estátua de leão em ouro vermelho, de cuja boca escorria a água. Coincidentemente, enquanto o rei estava sentado numa das bordas da cisterna, junto a seus parentes, próximos e servas, eis que o canudo, carregado pela água, saiu da boca de um dos leões e caiu na cisterna. Vendo-o, o rei recolheu-o e quebrou-o, nele encontrando uma carta. Decifrou-lhe o título e eis o que leu: "Isto foi escrito a vós, ó rei, por alguém que vos deseja aconselhar. O fato é que Waddáh Alyaman está com vossa filha Izz Alquçur: ele entra e sai normalmente numa caixa, como se fosse mercadoria. Investigai o fato e vereis que é verdade. Adeus."

Disse o narrador: ao ler aquilo, o rei teve a cor alterada e a mente revirada, a tal ponto que isso se tornou visível em seu rosto. Ordenou aos presentes que se retirassem e convocou seu guarda-costas, um rapaz chamado Masrur, a quem disse: "Segui-me", e ele o seguiu até a entrada do palácio da filha, onde havia uma porta que dava acesso ao jardim. O rei bateu à porta, e as serviçais ficaram de pé, renderam-lhe as homenagens devidas a sua real autoridade e perguntaram-lhe o que desejava. Ele respondeu que viera visitar a filha.

Ao ouvir que seu pai, contra todo costume, viera ao palácio naquele momento, Izz Alquçur escondeu Waddáh e foi recepcionar o pai, o qual de fato já chegara e entrara em sua cúpula, sentando-se na caixa em que Waddáh estava escondido. A jovem cumprimentou o pai e perguntou: "O que te trouxe aqui, de maneira tão pouco habitual?" Ele respondeu: "Chegou-me, filha, uma carta de meu tio paterno pedindo que eu envie a ele algumas jóias. Mas, como eu não encontrei nada, lembrei-me destas caixas que tens aqui; desejo uma delas." A jovem respondeu: "Meu senhor, o dinheiro é teu, e teus são os escravos. Leva, pois, o que bem quiseres." Então o rei chamou Masrur e lhe disse: "Carregai esta caixa", e apontou para a caixa sobre a qual estava sentado. O rapaz carregou-a, e o rei retirou-se imediatamente. A jovem ficou no pior estado e na mais angustiosa situação: ao perder o jovem, sua mente se turvou e ela recitou:

> *Eu tinha, meu amigo, um só olho,*
> *mas o destino me atingiu e cegou.*

Sétima noite

O rei dirigiu-se ao jardim e, ordenando ao guarda-costas que depusesse a caixa no chão, disse-lhe:

"Cavai um buraco bem fundo." Depois, voltando-se para a caixa, disse: "Ó caixa, se for verdade que conténs o que me disseram, então estaremos te protegendo da infâmia. E, se for mentira, teu enterro nenhum prejuízo trará." E disse ao rapaz: "Enterrai esta caixa", e ele a depositou no buraco e cobriu de terra. Depois, foi a um canal de água e desviou-o até o local do buraco, retirando-se a seguir para o palácio; em seu coração ardia tal fogo que não seria apagado nem pelos sete mares. A noite avançava e ele, em sua cúpula, não conseguia dormir; abriu então uma janela secreta do palácio e descortinou o jardim, pondo-se a contemplar as árvores, a ouvir o canto dos pássaros e a dizer: "De nada adiantam vigias e guarda-costas, e de nada adianta o reino e o poder." Em meio a isso, eis que sua filha Izz Alquçur abriu a porta que dava para o jardim e começou a perambular por entre as frondosas árvores frutíferas, chorando e dizendo:

> *Um gracioso amigo eu tinha comigo,*
> *que o destino traiu e matou;*
> *e eu disse ao pérfido destino:*
> *"Decerto cometeste um desatino,*
> *pois a mãe e o pai olvidaste,*
> *e por meu amigo começaste."*

Ao ouvir as palavras da filha, o rei acordou seu servo Masrur e disse: "Segui meus passos", e entrou no jardim, pondo-se a perambular por entre as frondosas árvores frutíferas. Ao alcançar a filha, disse: "Boas tardes!", e ela respondeu: "Para ti também." Disse o rei: "Repete, minha filha, o que estavas dizendo", e ela disse:

Um gracioso amigo eu tinha comigo,
que o destino traiu e matou;
e eu disse ao pérfido destino:
"Decerto cometeste um desatino,
pois a mãe e o pai olvidaste,
e por meu amigo começaste."

Ele disse: "Se teu pêssego morreu, minha filha, eu te trarei um pêssego mais belo." Ela respondeu: "Quem dera! Não existe nenhum pêssego que seja parecido com o meu!" Ele disse: "Mandarei aos camponeses e a todo o país ordens para que me enviem pêssegos melhores que o teu!" Ela disse: "Inútil!" Ao ver que ela não queria senão Waddáh, chamou o serviçal Masrur e determinou-lhe que desviasse para o outro lado aquele canal que desaguava na cova de Waddáh, e se pusesse então a cavar. Ele assim fez, retirando a caixa da cova e Waddáh do interior da caixa. Disse o pai: "É este que alegas ser o único de tua vida, ó Izz Alquçur?" Ela disse: "Sim!" Ele disse: "Avança, pois, e contempla!" A jovem aproximou-se de Waddáh e, notando que suas feições estavam alteradas, soltou um violento grito que a fez desmaiar. Tocando-a, o pai percebeu que estava morta; tomou-a nos braços e a depositou na caixa, junto a Waddáh, enterrou-a, desviou o canal novamente para a cova e disse ao guarda-costas Masrur: "Que ninguém saiba o que nos aconteceu!", retirando-se para seu palácio, onde encontrou sua esposa e prima dormindo à luz de uma vela que brilhava na cúpula; acordou-a e disse: "Acaso sabes o que fez tua filha Izz Alquçur?" A mulher ficou em pé e perguntou: "O que fez minha filha?", e ele lhe relatou o que ocorrera do começo ao fim. Ela disse: "Que Deus te recompense por nós! Protegeste-nos, que Deus te proteja!", e não chorou, não se alterou nem voltou a tocar no assunto.

O rei ficou com a esposa na melhor vida, e, mal se passara um ano, Deus o agraciou com um filho varão, compensando de modo superior a perda da filha. E assim o rei continuou a desfrutar de boa situação: o filho, menino abençoado, foi herdeiro de ambos. E todos viveram a melhor vida até que lhes adveio aquilo de que não há escapatória, e graças a Deus findou-se a história.

ANEXO 4

Os quatro prisioneiros e Harun Arraxid [1]

---

[1]. Esta narrativa consta do mesmo manuscrito da anterior, no qual está em antepenúltimo lugar e vai da noite 72 à 86.

Depois ela disse: contam, ó rei, que, tendo aumentado o número de pessoas aprisionadas em seu cárcere, o comandante dos crentes Harun Arraxid ordenou certo dia que lhe colocassem uma cadeira diante das portas da prisão. Sentou-se ali e ordenou que os prisioneiros fossem retirados, verificando que eram quinhentos homens. Determinou então que fossem libertados depois de os ter agraciado com generosas quantias de dinheiro. Em seguida, lançando o olhar para um dos lados da prisão, viu quatro homens no meio de cujas testas havia, em virtude de suas rezas excessivas, uma marca que parecia joelho de animal de carga. Caminhou, pois, até os quatro, deteve-se diante deles e, ainda espantado, perguntou-lhes: "Por Deus que se estivésseis em alguma mesquita adorando a Deus seria mais adequado para vós do que esta situação e esta estada na prisão, pois estou vendo que vossas características e roupas diferem das dos demais presos. O que vos fez chegar aqui? Que cada um de vós me conte a sua verdadeira história."

Septuagésima terceira noite

Eles responderam: "Por Deus, ó comandante dos crentes, nada cometemos que nos fizesse merecer a prisão. E somente poderás compreendê-lo quando ficares a par do que nos ocorreu." Ele lhes disse: "Que cada um de vós me conte sua história." Então um deles começou:

Sou estrangeiro e faço parte do povo de Ubulla[2]. Eu gozava de excelente situação, mas ela se extinguiu, e a necessidade me levou a buscar a companhia dos mercadores, aos quais eu fazia pedidos e eles me davam muitos dirhams. Viajei então para esta cidade e disse: "Por Deus que serei bastante parcimonioso com os gastos comigo mesmo e assim evitarei humilhar-me diante dos outros e pedir-lhes mais donativos." Como eu ajuntara trezentos dinares, pensei: "Por Deus que esta é toda a riqueza que detenho na vida", e adentrei uma mesquita, sentando-me lá dentro; pus-me a observar e, não vendo ninguém, puxei dos dinares e passei a contá-los; estava tão contente que errei na conta, e segunda vez comecei a contá-los até chegar ao fim, assegurando-me então de que eram, sem dúvida, trezentos dinares. Coloquei-os de volta no saco, que repus em seu lugar, no meio de minhas roupas, muito bem escondido. Depois, levantei-me e saí da mesquita, topando com um ancião com características de homem piedoso. Ele estava num ponto elevado da mesquita observando o que eu fazia com os dinares, mas eu não sentira sua presença. Plenamente seguro da quantia que eu tinha, pôs-se a correr atrás de mim e a gritar com estrépito: "Ó gente, ajudai-me contra este opressor! Ele roubou meu dinheiro e

---

2. Antiga praça-forte próxima à cidade de Basra, no sul do Iraque.

me deixou pobre." Então, as pessoas me cercaram por todos os lados e conduziram-me aos empregados do governador, que me revistaram e nada encontraram comigo. Porém, como acreditassem no velhote, em relação ao qual havia testemunhos de honestidade e honradez, encaminharam-me até o chefe da polícia, a quem a história foi contada enquanto eu permanecia aturdido e assustado.

Septuagésima quarta noite

O chefe de polícia perguntou ao velhote: "O que se sucedeu entre ti e este homem? Como ele roubou os dinares que mencionaste?" O velhote respondeu: "Eu estava sentado na mesquita e puxei de meu dinheiro para contá-lo e ficar a par de quanto possuía, mas me equivoquei na conta e esse homem aproximou-se com palavras doces e me disse: 'Dá-me o dinheiro e eu o contarei para ti.' Quando viu o dinheiro em suas mãos, saiu correndo e escapuliu pela porta da mesquita. Lancei-me em seu encalço e pedi ajuda às pessoas, que o capturaram e fizeram chegar até o senhor. Deus me livre, Deus me livre de ser assim roubado!" Então o chefe de polícia ordenou que eu fosse revistado, mas nada encontraram comigo.

Disse o narrador: um dos policiais mais hábeis, porém, ergueu um dos cantos da costura interna de minha túnica e, notando-lhe o peso, informou ao chefe, que ordenou sua revista, e o dinheiro foi enfim encontrado. Perguntou ao velhote: "Quanto possuías em dinheiro?" Ele respondeu: "Trezentos dinares sem tirar nem pôr." Então o chefe contou o dinheiro e constatou que a quantia era igual à mencionada pelo velhote, cuja honestidade e honradez haviam sido testemunhadas pelas pessoas; ele lhe entregou o dinheiro, e o velhote foi embora. Em seguida, o chefe de polícia me agarrou, rasgou minha túnica e desceu-a até minha cintura; aplicaram-me quinhentas chibatadas e me exibiram por toda a cidade, enquanto eu gritava para mim mesmo: "Eis o que acontece com os inábeis e inexperientes." Então me atiraram no cárcere, onde já estou há cinco anos. Esta é a minha história, e eu sou estrangeiro neste lugar.

Ao ouvir a história, Arraxid ficou assombrado e perguntou: "E por acaso existem pessoas que te conhecem?" O homem respondeu: "Todos os mercadores [de Ubulla][3] me conhecem." Arraxid ordenou então que alguns mercadores fossem chamados e lhes perguntou sobre o homem. Eles lhe responderam: "Sim, nós o conhecemos." Então Arraxid ordenou que ele fosse libertado e, dando-lhe vinte dinares, disse: "Mantém-te com esse dinheiro e procura quem te roubou. Quando o localizares, traze-o até mim."

Essa foi a história do primeiro homem.

Septuagésima quinta noite

Então o segundo homem se pôs de pé e se voltou para o comandante dos crentes, que lhe perguntou: "E tu, qual é o motivo do teu aprisionamento?" O homem respondeu:

Quanto a mim, meu senhor, sou aqui um estrangeiro[4]. Entrei em Bagdá quando já havia escurecido;

---

3. Acréscimo exigido pelo contexto.
4. Um manuscrito citado por Gaudefroy-Demombynes (e hoje indisponível para consulta, por ser propriedade particular) traz "sou de Dayr Alaqul", antiga cidade do Iraque situada a sudeste de Bagdá.

eu tinha um asno sobre o qual estavam as minhas coisas; comprava e vendia tudo o que tivesse saída. Caminhei à procura de um local onde me hospedar. O tempo urgia: todas as hospedarias haviam fechado. Por Deus que fiquei sem saber o que fazer, preocupado. Eu estava num caminho nas proximidades do rio Tigre quando uma mulher se achegou e me observou, dizendo em seguida aos gritos: "Ó tu, estrangeiro!" Respondi: "Sim?" Ela disse: "A noite já escureceu e as portas se fecharam. Neste momento, o chefe de polícia realiza sua ronda. Se fores encontrado, levarão tuas coisas e te matarão. Para evitar isso, entra em minha casa, descarrega tuas coisas e descansa." Respondi: "Se houver contigo um homem, entrarei; do contrário, não." Ela respondeu: "Há comigo um homem, que se encontra dormindo. Entra, não corres perigo." Então, introduzi o asno com as coisas no quintal. Entrei na casa e não vi ninguém. Retornei ao quintal, mas eis que a mulher se antecipara e dera sumiço no asno. Depois, voltou apressada e disse: "Ou me ajudas no que vou dizer-te ou trataremos de acabar contigo." Perguntei: "E o que desejas de mim?" Ela respondeu: "Neste quintal há uma serva de meu marido, a quem eu matei por causa dos ciúmes que sentia dela. Agora, eu receio que meu marido descubra o que aconteceu e me puna por causa da criada. Toma-a em teus ombros, carrega-a até as margens do Tigre e joga-a em suas águas."

Septuagésima sexta noite

E a mulher continuou: "Terás comigo acolhida melhor que a de meu marido; e se acaso tiveres desejo por mim, estás vendo a beleza e formosura de que desfrutarás. Eu me entregarei a ti e te darei prazer nesta noite." Eu disse: "Sim", e avancei atrás da mulher pelo quintal, até que enfim topei com algo enrolado em panos; recolhi-o, ergui-o aos ombros e carreguei-o até o rio Tigre, onde o atirei, voltando em seguida até ela, que pegou uma vela e foi até o quintal, e eis que ali havia outro rolo. Ela se voltou para mim e disse: "Ei, tu, levaste três rolos nossos que estavam amarrados uns aos outros e deixaste o rolo de que eu te falara." Tomado pela ilusão de que ela dizia a verdade, carreguei também o outro rolo até o Tigre e retornei até ela, que me disse: "Deita na cama e espera até eu terminar algumas coisas; em seguida, irei até ti." Por Deus que eu mal dera uns passos quando tropecei em alguma coisa. Caí sobre aquilo e senti que meu corpo estava sobre algo úmido e de cheiro forte. A mulher perguntou aos gritos: "O que tens?" Respondi: "Tropecei em alguém com cheiro de bêbado e que está dormindo. Empresta-me a vela para eu ver o que é isto." Ao ouvir minhas palavras, a mulher correu até a porta e gritou pelos vizinhos com a voz mais potente. Acorreram cerca de cem homens, que abriram a porta, acenderam uma vela e vieram até mim. Eu vi então que eu tropeçara num morto no meio da casa; seu sangue, que escorria, atingira, em razão do tombo, minhas roupas e meu corpo.

Septuagésima sétima noite

Ao olhar para aquilo, a mulher gritou, correu de um lado para o outro e disse: "Ai de vós! Levai-o e matai-o!" Eu lhes disse: "Eu me refugio em Deus contra o demônio abominável!" Os homens lhe perguntaram: "Mas o que ocorreu? E por que ele o matou?" Ela respondeu: "Meu marido estava deitado, embriagado, no meio da casa, e eu estava dormindo na cama. Então, este homem invadiu a casa com a faca nas mãos. Eu me esgueirei pela parede, de modo que ele não pudesse ver-me, e fugi, enquanto esse homem se atirava sobre meu marido. Tranquei a porta e gritei por vós até que viestes acudir-me. Estais vendo o que ele fez com meu marido", e se pôs a estapear o próprio rosto e a arrancar os cabelos. Seu choro fez os vizinhos chorarem, e todos se lamentaram pelo homem assassinado dizendo: "Como ele era bom!" Depois se voltaram para mim e perguntaram: "Por que o mataste?" Respondi: "Por Deus que não sei de nada, nem conhecia esse homem." Perguntaram: "E quem o matou?" Respondi-lhes: "Por Deus que não sei quem o matou." Então eles me pegaram, espancando-me até quase me matar, e disseram: "Ó maldito! Eis aí o sangue dele testemunhando contra ti, e eis aqui a tua faca jogada ao seu lado." Vieram uns criados e carregaram-me até o governador, o qual verificou os vestígios de sangue em minhas roupas. Quiseram fazer-me confessar, mas neguei. Sofri quinhentas chibatadas, fui exibido pela cidade e em seguida jogado no cárcere, no qual estou faz quatro anos.

[*Prosseguiu o homem*:] "É essa a minha história, ó príncipe dos crentes." Então Harun Arraxid mandou que se convocasse e procurasse a mulher, mas a resposta foi: "Hoje faz quatro anos que ela se mudou, e nunca mais tivemos notícias a seu respeito." Então o comandante dos crentes disse: "Vede se nos alojamentos existem viajantes ou mercadores que reconhecem esse homem."

Assim, foram-lhe trazidos dez homens que o reconheceram e deram testemunho de sua probidade e veracidade, e Harun Arraxid libertou-o e ordenou que lhe entregassem vinte dinares[5].

Septuagésima oitava noite

Então se ordenou ao terceiro homem que falasse; ele se voltou para o comandante dos crentes e disse:

Sou estrangeiro e não daqui de Bagdá. Meu pai morreu e deixou muito dinheiro para mim. Depois do enterro, enquanto eu me afastava de sua tumba, tomou-me pela mão um jovem com o qual eu convivia durante a vida de meu pai, e caminhou comigo até a sua casa, mandando trazer comida, bebida e música. Permaneci com o jovem durante aquele dia, e ele me suplicou que eu bebesse, chegando mesmo a afirmar que abandonaria a esposa[6] se eu não o fizesse. Bebi com ele, portanto, e ali passei a noite.

Quando amanheceu, dirigi-me embriagado para a tumba de meu pai e, quando eu estava me retirando, tomou-me pela mão um outro jovem e me suplicou que eu fosse com ele. Acompanhei-o então até um jardim no qual ele mandara preparar comida e bebida, e tocar música. Permaneci com o jovem durante aquele dia.

Quando amanheceu, dirigi-me embriagado para a tumba de meu pai, e quando eu estava me retirando, tomou-me pela mão um terceiro jovem, o qual eu acompanhei.

---

5. Esse parágrafo está narrado em primeira pessoa ("Então, foram-lhe trazidos dez homens que me reconheceram" etc.), o que pode evidenciar que, originariamente, a história talvez não pertencesse às *Cento e uma noites*.

6. Jura habitual entre os árabes.

Assim, durante dez dias seguidos nós nos mantivemos nisso e eu esqueci a desgraça, abandonando o estabelecimento comercial de meu pai, bem como a compra e venda, e me afundei em comida e bebida até dilapidar tudo quanto meu pai me deixara. Meus companheiros me abandonaram por causa da minha falta de dinheiro.

E certo dia, enquanto eu perambulava pelas ruas, vi uma formosa mulher vestida com lindas roupas. Fui até ela e lhe disse: "Faze-me a gentileza de me acompanhar?" Ela respondeu: "E onde é a tua casa?" Respondi gracejando: "Estás parada defronte dela, minha senhora" – pois na minha frente havia uma casa trancada com cadeados. Ela disse: "Abre a casa." Respondi: "Minha mãe trancou-a e foi ao banho." Ela perguntou: "Queres que eu a abra?" e, deixando ver o rosto, puxou os cadeados, soltou-os[7], abriu a porta, entrou e me disse: "Entra." Entrei e ela fechou a porta.

Septuagésima nona noite

Depois fomos até um aposento ornamentado com várias espécies de seda e brocado. Ela descalçou as sandálias e tirou o manto como se estivesse em sua própria casa; sentou-se na cama e disse: "Prepara algo para comermos." Levantei-me sem saber para que lado ir. Vi um armário e me movi em sua direção: continha uma caixa com restos de comida e pão. Levei-lhe essas coisas e começamos a refeição. Em seguida, sentindo cheiro de vinho, ela disse: "Tra-

---

7. A narrativa nesse ponto é elíptica, pois não se faz referência às chaves.

ze-me dessa bebida." Dirigi-me ao lugar que me pareceu estar exalando aquele cheiro e eis que encontrei uma garrafa cheia de vinho, cujo aroma parecia almíscar. Ela se serviu e também eu, tomando uma taça, sentei-me para beber com ela; assim permanecemos até que o dia raiou, a embriaguez tomou conta de nós e eu esqueci que estava em casa alheia.

Enquanto estávamos assim entretidos, eis que o dono da casa regressou. Notando que havia gente na casa e que a porta estava sem cadeado, balançou-a por fora e percebeu que estava trancada por dentro. Entrou então pela casa de um vizinho, subiu pelo telhado e desceu até nós sem que pressentíssemos; quando me dei conta, vi um jovem avançando em minha direção, formosa a figura, de rosto semelhante à lua em noite de lua cheia e trajando roupas decentes. Quando nossos olhares se cruzaram, ele sorriu para mim e disse: "Ó jovens, é assim que se faz? Comeis, bebeis e nos deixais de lado?", e entrou num aposento onde, suponho, estavam suas roupas. Ali retirou as vestes que usava e vestiu uma túnica mais apropriada para beber. Depois voltou até nós, saudou-nos, deu-nos boas-vindas, brindou conosco e disse: "Por Deus que hoje estou feliz com vossa presença", mas não nos interrogou a respeito de mais nada. Notei que a jovem olhava para ele, e ele para ela, com olhos de amor e paixão. Ele respirou profundamente, ela suspirou, e eu descobri que o desejo da moça se transferira para o jovem e que, se ela encontrasse um modo de se livrar de mim, não hesitaria. O rapaz continuou me servindo bebida até que fiquei violentamente embriagado. Empurrado pelos ciúmes que eu sentia, misturados à embriaguez, levantei-me e degolei-o. A jovem gritou, e muita gente acorreu e me cercou. O inspetor do bairro chegou e ela lhe relatou o que se sucedera conosco – e eis que a jovem era de todos conhecida, e seu amor pelo rapaz era fato consabido.

Octogésima noite

Então, o inspetor do bairro me agarrou e prendeu. Paguei a ele e aos parentes da vítima tudo o que eu possuía. Permaneci na cadeia, onde estou já lá vão dez anos. Não conheço ninguém. Por Deus que estou sufocado pelo cerco do cárcere. Se aceitares, ó comandante dos crentes, meu arrependimento, então eu estou arrependido e nunca mais adentrará minha alma algo abominável, por mais que a minha vida se prolongue. Mas, caso não aceites, de todo modo te peço que me dês descanso dos sofrimentos do cárcere.

Harun Arraxid lhe disse: "A decisão de tirar uma vida foi tua; é absolutamente imperioso que morras", e ordenou que ele fosse decapitado.

Depois, o comandante dos crentes voltou-se para o quarto homem e disse: "Qual o motivo da tua prisão?" O homem respondeu:

Que Deus dê prosperidade ao comandante dos crentes! No início, eu era pobre, paupérrimo. Fazia cestos e ganhava, por dia, dois dirhams, às vezes um, às vezes um e meio, e com isso dava de comer aos meus filhos, dos quais eu tinha muitos. Certo dia, fiz uma cesta e caprichei tanto no trabalho que disse: "Não a venderei senão por três dirhams." Rodei com a cesta por todos os cantos de Bagdá, mas ninguém me pagou nada por ela. Voltei à noitezinha para casa, sem nenhum dinheiro, e encontrei meus filhos acossados por uma fome terrível. Minha mulher perguntou: "Como faremos com estas crianças?" Ficamos, ó comandante dos crentes, no seguinte estado: eles chorando de fome e nós pedindo-lhes paciência e acalmando-os. Quando amanheceu, minha mulher disse: "Eu te ordeno que vendas essa cesta pelo valor que Deus mandar." Respondi: "Por Deus que ninguém me fez nenhuma oferta nem me perguntou: 'Por quanto estás vendendo essa cesta?'" Vendo o pé em que as coisas se encontravam, ela pegou um objeto seu e me disse: "Vende-o e com o valor compra comida para os meus filhos", e então eu vendi o objeto por meio dirham e com esse dinheiro comprei algo para as crianças comerem. Minha mulher e eu dormimos sem comer nada.

Quando Deus bem amanheceu a manhã, acordei, fiz minhas abluções, rezei e roguei a Deus poderoso e altíssimo. Minha esposa disse-me: "Vende essa cesta nem que seja por um dirham, ou meio." Rodei então pelos mercados de Bagdá sem que ninguém me pagasse nada por ela até a hora da prece da tarde. Fui para a entrada da mesquita tomado pela fadiga e fome, e ali me sentei.

Octogésima primeira noite

Em seguida, o muezim convocou a prece e eu pensei: "Entremos, rezemos e quiçá Deus nos ajude na venda desta cesta." Rezei, pois, roguei a Deus e pus-me a observar as pessoas saindo, até que não restou na mesquita senão um único homem, um beduíno. Como ele me vira fazendo súplicas a Deus, percebera minha fragilidade. Sentou-se ao meu lado e me perguntou: "Por que vejo a tua cor tão alterada? Presumo que ingeres bebidas alcoólicas e te afundas na bebida." Respondi: "Não, por Deus que não bebo nunca; nem sequer pão eu tenho disponível; faz três dias que em meu estômago não entra um único alimento. Como poderia ingerir bebidas alcoólicas?" E contei-lhe minha história do começo ao fim. Ele chorou com pena de mim e me disse: "Toma estes dinares e compra com eles comida para os teus filhos: pão, carne e suco de tâmaras[8]. Não voltes para casa sem teres comprado tudo o que mencionei." Contei o dinheiro e eis que eram cem dinares. Quando lhe dei as costas para ir embora, ele gritou: "Amanhã, neste período, volte para este mesmo local." Dirigi-me ao mercado e comprei o que ele me dissera; coloquei tudo nos ombros, entrei no quintal de casa e pensei: "Por Deus que não revelarei nada disso aos meus familiares antes de saber o que eles estão fazendo agora." Então me postei à porta de casa e ouvi minha mulher acalmando as crianças e dizendo-lhes: "Já já o papai irá trazer pão, carne e suco de tâmaras." Nesse momento, bati à porta e entrei. Ao ver-me empunhando aquelas coisas, minha mulher perguntou: "Quem mataste e roubaste?" Respondi: "Por Deus que não matei ninguém", e deixei-a a par da história, do começo ao fim. Ela disse: "Agora estou satisfeita", e começamos a refeição. As crianças comeram, beberam, ficaram contentes e brincaram; todos rogamos a Deus por aquele homem. E ficamos com a mesa farta, cheia de comida e bebida, até igual período do dia seguinte.

Quando amanheceu, fiz minhas abluções e me dirigi à mesquita. No momento da prece, o beduíno apareceu e me encontrou no mesmo local do dia

---

8. O original traz *nabídh*, que em geral significa "vinho". Porém, tendo em vista a censura anteriormente proferida pelo personagem, preferiu-se "suco de tâmaras".

anterior. Saudou-me, sorriu para mim, sentou-se ao meu lado, esperou que eu terminasse de rezar e que todos se retirassem e me disse: "Como foi o teu dia?" Respondi: "Uma festa, que Deus prolongue os teus dias." Ele disse: "E qual é o teu nome?" Respondi: "Muhammad." Ele perguntou: "Acaso sabes, ó Abu Abdullah[9], o que eu pretendo de ti?" Respondi: "Não." Ele disse: "Que me acompanhes durante um mês por cem dinares." Eu disse: "Meu senhor, até se me pedisses que eu te servisse gratuitamente por um ano, mesmo assim eu o faria em razão do grande favor e da ação pia que te devo." Ele disse: "Por Deus que não almejo senão o teu bem, de tal modo que te recordes de mim por causa disso."

Octogésima segunda noite

Em seguida ele me deu dezesseis dinares e disse: "Leva este dinheiro, ó Abu Abdullah, e vai até os teus familiares; gasta-o com eles em provisões suficientes para dois meses. E amanhã, neste mesmo horário, despede-te deles e vem até mim neste mesmo local para que viajemos juntos." Fiquei muito contente e corri até minha mulher, informando-a do que ocorrera. Ela disse: "É nossa obrigação satisfazer-lhe esse pedido, pois ele foi generoso conosco gastando de seu próprio dinheiro. Compra provisões para dois meses: trigo, gordura, mel, óleo e ovos." No momento aprazado do dia seguinte, despedi-me dos familiares e fui até o local combinado. Enquanto eu estava sentado, o beduíno chegou. Saudei-o

---

9. Como o nome "Muhammad" é muito comum entre os muçulmanos, não raro encontram-se alcunhas para referi-lo, como Abu Abdillah, Abu Djásim, Abu Hmêd etc.

e ele perguntou: "Já te preparaste para o que eu aludi?" Respondi: "Sim, meu senhor." Chegou o instante das preces: o muezim fez a recitação, rezamos e as pessoas se dispersaram. O beduíno tomou-me pela mão e caminhei com ele até a sua casa. Ele trouxe dois cavalos de raça e disse: "Espera aqui, ó Abu Abdullah, até que eu me despeça dos meus familiares." Sumiu por alguns instantes e, regressando, disse: "Montemos." Montamos ambos e saímos pelos portões da cidade, avançando durante quatro dias. Divisamos uma terra cheia de árvores e fontes, ao lado da qual havia uma enorme montanha que cortava os ares. Quando chegamos até o local, ele me ordenou que apeasse; descavalgamos, bebemos, servimos forragem aos cavalos e nos deitamos. Quando amanheceu, levantamos, rezamos e fizemos uma refeição. Então ele me disse: "Ó Abu Abdullah, alça-te a essa montanha, tenta ver alguma coisa e me informa." Subi e eis que havia dois enormes leões para me recepcionar; fugi correndo e informei ao beduíno, que riu de minhas palavras e disse: "Podes voltar, pois eles não passam de artefatos movidos a corda[10]." Mas eu respondi: "Não voltarei de jeito nenhum." Ele disse: "Não corres perigo nem tens que temer: volta." Respondi: "Não."

Octogésima terceira noite

Ante minha recusa, ele se ergueu e caminhou comigo até que chegamos aos leões. Ao me aproximar, notei que ele calculava os passos; contou nove

---

10. "Artefatos movidos a corda" é a tradução de *masnuayn bilawlab*. Gaudefroy-Demombynes traduz "machines".

passos e gritou para mim; aproximei-me e ele ordenou que eu escavasse no local; escavei até que apareceu uma grande rocha sobre a qual se aplicara chumbo, de tal modo que ninguém poderia arrancá-la. Perguntei a ele: "E quem poderia arrancá-la?" Respondeu: "Traze-me bastante lenha", e eu assim fiz. Ele colocou a lenha sobre a rocha e lhe ateou fogo; o chumbo se derreteu e arrancamos a rocha, sob a qual havia um corredor ao qual se acessava por meio de escadas. Ele me disse: "Desce e procura ver alguma coisa." Desci e vi correntes de ferro presas a pedras. Informei-o do que vira e ele disse: "Toma este martelo, desce e arranca todas as correntes que vires." Assim fiz e ouvi um estrondo tão violento que julguei que o corredor desabaria em cima de mim. Subi e o beduíno me disse: "Observa só o que aconteceu com os leões." Olhei para eles, e eis que estavam destruídos, caídos de borco no chão. Aproximando-me deles, notei que eram estátuas de cobre e fiquei assombrado com a destreza de sua confecção. Em seguida, o beduíno sentou-se à entrada da caverna, ali ficando durante a noite inteira. Comemos, bebemos e dormimos. Quando Deus bem amanheceu a manhã, levantamos e rezamos. Ele ergueu as roupas até a cintura e desceu para o corredor, desaparecendo por algum tempo. Depois, saiu carregando um enorme saco; colocou-o no chão, abriu-o e dele retirou um livro que ele abriu e leu. Notei que seu rosto se iluminou e ele disse: "Monta em teu cavalo"; montamos ambos e cavalgamos pelo deserto até amanhecermos ao lado de elevadas montanhas. Passamos então a cavalgar por um caminho no qual não existiam vestígios de que fora antes percorrido. Enfim nos aproximamos de uma cidade enorme, tão alta que cortava os céus, e à qual chegamos no final do dia. Quando já estávamos bem próximos, o beduíno me disse: "Alvíssaras, ó Abu Abdullah; já alcançamos nosso propósito." Descavalgamos e dormimos até que amanhecesse plenamente, quando então o beduíno me acordou e rezamos. Então ele sacou o livro e pôs-se a circular diante da cidade até parar em certo ponto e me dizer: "Escava aqui." Escavei até que apareceu uma enorme laje. Observei: "Não teremos forças para arrancá-la."

Octogésima quarta noite

Então ele me disse: "Amarra os cavalos à laje", e eu assim fiz; a laje se ergueu e debaixo dela surgiu um corredor ao qual se acessava por meio de escadas. Ele me disse: "Desce três degraus, nem mais nem menos, e vê o que encontras na janelinha que estará diante de ti; recolhe-o e traze-mo." Desci e logo vi uma pequena caixa trancada com cadeados de ouro. Recolhi-a e levei-a até o beduíno, que a abriu, retirou uma chave e me disse: "Eis aqui a chave desta cidade; é a única que pode abri-la." Foi até o portão da cidade, abriu-o e me disse: "Entra, tenta ver algo e volta logo para cá." Entrei e ouvi fortes ruídos de ferraria. Pensei: "Esta cidade é habitada, pois ouço barulho de ferreiros." Caminhei um pouco e vi duas serpentes gigantes que olhavam para o portão da cidade. Voltei correndo até o beduíno e informei-o do que vira. Ele entrou, encarou as serpentes e lançou-lhes um rijo ataque, dominou-as e se pôs a escavar debaixo delas até que apareceu o talismã [que as fazia funcionar]; golpeou-o com uma estaca e colocou as serpentes de barriga para cima: eram dois engenhos de cobre, movidos a corda. Ele gritou para mim e disse: "Nada temas, pois eu já lhes impedi qualquer movimento." Entramos então na cidade e passamos por vários palácios elevados com árvores, frutas e fontes numa terra que parecia esmeralda; não havia casas no lugar. Caminhamos até chegar a um palácio que era o mais belo da cidade. O beduíno disse: "O que nós necessitamos está dentro desse palácio. Entra, tenta ver alguma coisa e volta logo até mim." E eu entrei no palácio e comecei a circular lá dentro. Divisei ao fundo um aposento que era o mais belo do lugar.

Octogésima quinta noite

Entrei no aposento, e eis que ele continha uma cama de ouro cravejada de pérolas e rubis; deitado sobre a cama havia um velho de olhos arregalados a quem eu cumprimentei, mas ele não me respondeu. Voltei ao beduíno e informei-o do fato. Ele me disse: "Volta e traze-me o que está sob a cabeça do velho, pois foi por causa disso que enfrentamos tudo o que viste. Regressei até o velho e percebi que se subia até ele por meio de três degraus de escada. Subi o primeiro degrau, e o velho se mexeu; subi o segundo, e ele se ergueu e sentou; subi o terceiro, e ele estendeu a mão para o lado, puxou um arco, vergou-o, colocou-lhe uma flecha e fez menção de disparar contra mim. Eu lhe disse: "Ó xeique, não o faças, pois eu não tenho nada contra ti", mas ele não me dirigiu a palavra. Quando retrocedi um degrau, ele devolveu o arco ao seu lugar; retrocedi outro degrau, e ele se sentou; quando retrocedi o último degrau, ele se deitou tal como se encontrava no início. Regressei até o beduíno e o informei a respeito. Ele entrou comigo atrás e fomos até o velho. O beduíno subiu o primeiro degrau, e o velho agiu como agira comigo. Porém, quando chegou ao topo e o velho disparou a flecha, o beduíno aparou o disparo com um escudo que trazia consigo, e o velho caiu de borco. Examinamo-lo, e eis que ele era movido a corda; ficamos assombrados. O beduíno esticou a mão por debaixo da cabeça do velho e recolheu uma grande caixa. Regressamos e topamos no caminho com montões de gemas e rubis, mas, como ele não pegasse nada daquilo, eu me encolerizei e disse: "Por que abandonas o que te enriquecerá e carregas o que não te enriquecerá?" Ele riu e me disse: "Não pegues nada disso, caso contrário estaremos mortos." Respondi: "Sim", mas peguei quatro rubis que pareciam ovos de um monte que continha cerca de cinqüenta pedras; coloquei-os na cintura e corremos até o portão, que encontramos trancado. Ele me disse: "Ó Abu Abdullah, se tiveres pegado algo, devolve-o; caso contrário, seremos ambos mortos." Então, devolvi os rubis ao local de onde os retirara e retornei, encontrando o portão já aberto.

Octogésima sexta noite

Quando saímos, eu perguntei: "Por Deus, meu senhor, mostra-me o conteúdo dessa caixa." Ele a abriu, e eis que a caixa continha terra amarela. Eu disse: "Foi por causa disso que arriscaste a vida? Se tivesses me dito lá na tua terra, eu te mostraria um lugar onde tal areia é tão abundante que poderias carregá-la em animais de carga!" Ele riu e disse:

"Isto é alquimia." Tomamos o caminho de volta e chegamos à cidade de Bagdá. Descavalgamos em minha casa, e ele se hospedou comigo por três dias, ao cabo dos quais, fazendo tenção de ir-se embora, disse-me: "Traze-me quarenta e cinco quilos[11] de cobre ou chumbo ou ferro", o que logo providenciei. Ele acendeu o fogo debaixo do material até que este derretesse e depois lançou sobre ele um pouco daquela areia amarela; logo, tudo se transformou em ouro de boa qualidade. O beduíno me disse: "Toma dessa terra uma quantia equivalente a nove quilos[12]. Quando se acabar o que possuis, procede do mesmo modo que eu procedi", e, despedindo-se de mim, retirou-se.

Eu pus-me então a fabricar e vender ouro, mas as notícias sobre mim chegaram até o comandante dos crentes, irmão de Alhádi – que Deus dele tenha misericórdia –, e ele ordenou que eu fosse surrado, preso e exibido pelas ruas. Estou no cárcere há sete anos. Esta é a minha história, ó comandante dos crentes.

Assombrado com aquilo, Harun Arraxid ordenou que o homem fosse libertado e que lhe dessem vinte dinares. Que Deus tenha misericórdia deles todos, amém, até o dia do Juízo Final. Louvores a Deus, senhor do universo.

---

11. "Quarenta e cinco" traduz um *qintār*, unidade de medida de valor variável. Calculou-se a partir do padrão egípcio.

12. "Nove quilos" traduz três dirhams, por aproximação.